UNE FEMME SUSPENDUE

Lorenzo Silva

UNE FEMME SUSPENDUE

Roman

Traduit de l'espagnol par Dominique Lepreux

LE GRAND LIVRE DU MOIS

Collection « Suspense & Cie »
dirigée par Sibylle Zavriew

Titre de l'édition originale
El lejano país de los estanques
publiée par Ediciones Destino

Pour Jacinta et Carlos, sous le toit desquels ce livre a été conçu.

Et esta piedra que quebranta todas las otras, foradando las o taiando, et ninguna otra non puede tomar en ella. Et aun faz mas esta piedra, que si con ella traen las otras, muele las todas ; pero hay una natura de plomo, aque dizen en arauigo açrob et en latin estanno, que quebranta esta manera de piedras desta guisa ; que embuelen el estanno en derredor de la piedra el dan con el martiello ; quiebra luego, et desque la quebrada, si fizieren mortero et maiadero deste plomo, pueden la y moler et fazer della poluos.

Alphonse X, *Lapidario.*

Et c'est là une pierre qui fend toutes les autres, en les perçant ou en les taillant, et aucune autre ne peut la réduire. Et cette pierre-là fait plus encore, car si on la frictionne contre les autres, elle les broie toutes ; mais il est une sorte de plomb, dit açrob *en arabe et* stannum *en latin, qui fend cette sorte de pierres de cette façon : on dispose l'étain tout autour de la pierre et on frappe avec un marteau ; elle se fend aussitôt et, une fois fendue, si on la pilonne avec ce plomb, on peut la broyer et la réduire en poudre.*

Alphonse X, *Lapidaire.*

1.

Une femme suspendue

Perelló aspira à pleins poumons à travers son mouchoir et décréta :

— Fichtre ! les belles miches.

— Puisque vous le dites, mon adjudant, admit Satrústegui, avec discipline mais sans conviction, le nez prudemment couvert de son mouchoir pour se prémunir contre la puanteur ambiante.

— Bordel, Satrústegui, tu es basque et par-dessus le marché tu as du jus de navet dans les veines. Je me demande comment tu as pu te faire admettre dans le Corps[1].

— Avouez, mon adjudant, que la fille n'est pas au mieux de sa forme.

— Plus fort encore, Satrústegui. Imagine-la sur la plage, en train de se les rôtir au soleil. Pouah !

— Ce n'est pas pourtant l'imagination qui me manque. N'allez pas croire, dans tout Amurrio vous ne

1. *El Cuerpo* désigne en Espagne la Guardia Civil. (*N.d.T.*)

trouverez pas un autre gars qui ait eu la lubie de devenir *txakurra*[1].

— Quoi qu'il en soit, Satrústegui, et pour revenir à nos moutons, je rêvais de tomber un jour sur un châssis pareil. Trente ans de service. Un peu plus, et la retraite me privait de ce spectacle.

Satrústegui secoua la tête.

— Elle est morte, mon adjudant. Et regardez dans quel état on l'a mise. Une chiennerie. Je ne sais pas comment vous faites, vous avez l'estomac bien accroché pour penser à de telles choses.

— Nous mourrons tous un jour, Satrústegui. Il faut savoir prendre la vie du bon côté.

Ils avaient tous deux raison, chacun à leur façon. La femme était suspendue par les poignets, entièrement nue. On avait passé la corde par-dessus une des poutres qui servaient de décor faussement rustique au salon de la villa et on avait dû hisser le corps avant d'attacher l'extrémité du lien à la poignée d'une des portes. La pointe des pieds de la victime se trouvait à une quarantaine de centimètres du sol. Elle avait reçu une balle dans le cou et une autre dans le crâne, un peu au-dessus de la tempe gauche. Les projectiles n'avaient pas été tirés à bout portant et l'épanchement de sang n'était pas excessif. De prime abord on ne relevait pas d'autre signe de violence, même si la peau était légèrement lacérée au niveau des poignets. Le corps avait pris une teinte jaunâtre, mais il conservait ce soyeux suffisant pour que Perelló vante sans scrupule l'attrait physique de la victime. Le médecin légiste devait certifier, le lendemain matin, que la mort était survenue un jour et demi avant la découverte du corps. Les voisins avaient donné l'alerte non en raison de l'absence de vie dans la maison, chose habituelle dans une

---

1. Mot basque signifiant chien et... policier. (*N.d.T.*)

villa de location au bord de la mer, mais à cause de l'odeur qui s'en dégageait. A quelques mètres du cadavre, les émanations étaient franchement nauséabondes. On était au mois d'août et dans la crique l'humidité était intense et persistante.

— Que pensez-vous de l'arme, mon adjudant ?

Perelló observa de près les deux points d'impact. Il se gratta le front et trancha :

— Il n'y a pas trop de place pour le doute, même pour un brigadier de village comme moi. On lui a fait ça avec un calibre 22. Un revolver, j'en jurerais. Tout à l'heure un type se présentera et il écrira la même chose après une observation microscopique de plusieurs minutes. Moi, ce que je peux dire ce n'est qu'un pari, mais lui, ce qu'il va signer ce sera une preuve. C'est pour ça que je suis dans ce misérable bled et que lui viendra de Palma ou de Madrid.

— Pour ce qui est du calibre, c'est assez probable. Mais pourquoi un revolver ?

— On pourrait penser à un rifle, mais c'est plus difficile à porter sur soi et la balle serait entrée avec plus de force. Sans parler d'autres dégâts, le projectile aurait transpercé le cou de la victime, c'est presque certain. Ou alors à un pistolet de tir olympique, mais c'est une arme moins répandue. Les étrangers ne manquent pas par ici. Il y a des pays où les revolvers calibre 22 sont vendus en libre-service dans les grandes surfaces. A côté des soupes en sachet.

— Si je comprends bien, on a même un profil possible du suspect. On peut dire que nous avons mis à profit ces dix premières minutes d'enquête, mon adjudant.

— Ne t'emballe pas, Satrústegui. Dans les dix minutes qui nous restent nous ne trouverons pas l'assassin. Le juge et sa suite vont débarquer d'un instant à l'autre, avec appareils photographiques, matériel d'identification judiciaire et les narines pincées. Et ils nous colleront dehors pour écarter les curieux. Alors, profites-en plutôt pour admirer le paysage, tant qu'on ne nous en prive pas. D'autres viendront rendre la justice.

— Décidément, je ne comprends pas comment vous pouvez admirer ça, mon adjudant.

— Quand tu auras une panse comme la mienne tu auras l'estomac mieux accroché, Satrústegui. C'est une question de galbe, je présume.

Un quart d'heure plus tard, le juge d'instruction arrivait sur les lieux. C'était une femme d'environ vingt-neuf ans, au visage blanchâtre et criblé de taches de rousseur. La précédant, la protégeant pour ainsi dire, s'avançait, l'air alerte et dégagé, comme à son habitude, le capitaine Estrada. Il devait à peine avoir deux ou trois ans de plus qu'elle et il était évident qu'il se croyait en bonne posture pour obtenir ses faveurs. Perelló jugeait le salaire de sa charge plus convoitable que la juge en soi, un peu chétive à son goût. Mais, par feinte ou par conviction, le capitaine prenait soin de laisser transparaître le moindre de ses égards. Elle se laissait faire, manifestement irritée par les manières trop désinvoltes d'Estrada.

— A vos ordres, mon capitaine, tonna Perelló de l'entrée de la villa.

— Bonjour, adjudant. S'il vous plaît, ordonnez à votre homme de tenir à distance les curieux.

— Satrústegui, tu as entendu.

— A vos ordres, mon adjudant, obéit avec résignation Satrústegui.

— Comment est la victime ? demanda le capitaine.

— On ne peut plus morte, affirma Perelló, laconique.

— Faites pas chier, adjudant. Pardonnez-moi, *Señoría*[1], s'excusa sur-le-champ Estrada en souriant.

Puis, changeant de visage et d'interlocuteur, il s'enquit :

— Je veux dire le corps est-il en très mauvais état ?

Perelló soupira et haussa les épaules.

— Tout dépend de ce que vous entendez par là, mon capitaine.

Estrada capitula :

— Nous y allons, *Señoría* ?

— Nous sommes là pour ça, si vous n'y voyez pas d'inconvénient, ronchonna-t-elle.

Estrada se racla la gorge et ses joues se colorèrent de part et d'autre d'un nouveau petit sourire forcé. La juge était agacée par le comportement du capitaine qui l'assistait comme si elle était une enfant, alors que, conformément à la loi, c'était elle qui commandait. Mais elle ne parvenait pas à dissimuler sa nervosité. C'était sa première victime d'un assassinat et elle tremblait d'une manière ostensible.

Perelló les conduisit jusqu'à la pièce. Avec autant de sentiment que s'il leur avait présenté un jambon pendu dans une cambuse, ou peut-être un peu moins, il leur indiqua le cadavre.

— Voici.

La juge se précipita dans un coin et vida en un éclair son déjeuner, du café à l'apéritif.

— Mon Dieu, quelle puanteur ! se plaignit Estrada, animé par une intention confuse ou erronée.

Il laissa la juge se soulager sans oser intervenir et il ne s'approcha d'elle pour la secourir qu'au moment où elle se redressa, un mouchoir devant la bouche.

— Vous vous sentez bien ?

— A merveille, susurra à part lui Perelló.

1. Titre donné aux juges en Espagne. (*N.d.T.*)

— Excusez-moi, marmotta la juge. C'est terrible.

— Vous ne voulez pas aller prendre un peu l'air ?

— Ne vous tracassez pas, capitaine. Je me dominerai.

Elle s'approcha du cadavre. Elle était trop pâle pour rougir devant cet abrupt spectacle de mort et de nudité, et ses traits s'altérèrent pour composer une grimace au sens obscur. Elle examina les deux orifices, sans réussir apparemment à s'informer de rien, jeta furtivement un coup d'œil aux parties naturelles, dont Perelló avait fait l'éloge, et quand sa vue s'attacha au ventre de la défunte, de nouvelles nausées la propulsèrent dans le coin vomitoire, où elle se soulagea cette fois de ce qui lui restait de son petit déjeuner et du dîner de la veille.

Estrada lança à Perelló un regard inquiet, qui glissa sur la face d'inexpugnable Bouddha de l'adjudant sans produire le moindre effet. Entre-temps, la voix de la juge se brisait dans la violence de la décharge. Le capitaine était jaune, et les raisons ne lui manquaient pas. Devant l'effet combiné de l'arôme de la morte et de la fragrance que commençait peu à peu à répandre la bouillie grumeleuse que la vivante continuait d'expulser, seul un estomac comme celui de l'adjudant pouvait demeurer impassible.

Quand elle n'eut plus rien à rejeter, la juge s'essuya la bouche et s'approcha chancelante du capitaine. Elle évitait prudemment le spectacle du cadavre.

— Capitaine, dit-elle avec difficulté et non sans un certain trouble, que personne n'entre avant l'arrivée du greffier et du médecin légiste. Sitôt qu'ils auront terminé, vous l'enlevez de là, vous la décrochez et vous l'emmenez.

— Comme vous l'entendrez, *Senõría.*

— Cette fois, je vais aller prendre l'air.

— Je vous accompagne ?

— Je préférerais rester seule un moment, si cela ne vous dérange pas.

— Naturellement, s'abstint Estrada.

La juge sortit, laissant le capitaine à demi incliné et Perelló en position de repos, les dernières phalanges des doigts de sa main droite retenues par sa main gauche. Le capitaine eut tôt fait de se ressaisir.

— Vous avez entendu, adjudant.

— Quoi donc, mon capitaine ? s'enquit Perelló en dénouant ses mains.

— Que personne n'entre.

— Bien sûr. Je vais rejoindre Satrústegui dehors, avec votre permission.

Estrada ne répondit pas. Il ne savait pas quoi faire. Il ne pouvait guère aller sur les pas de la juge et il n'avait aucune envie de rester là, à se débattre avec ses nausées. Perelló, à qui personne n'avait interdit de changer d'atmosphère, insista :

— Mon capitaine.

— Allez-y.

Estrada demeura seul avec la morte durant un quart d'heure, le temps que mirent à arriver, dans le même véhicule, le médecin légiste et le greffier. Ils vivaient tous deux dans la même localité, avaient le même âge, une petite cinquantaine, et s'appelaient Coll. Ils étaient cousins germains.

— Le sang s'est partiellement accumulé dans la région dorsale. De toute évidence, la victime n'est pas morte par pendaison, hasarda le légiste au bout d'une minute d'observation.

Près de lui se tenaient Estrada et le greffier. Un peu en retrait, assistant à la scène avec abnégation, la juge. Et, plus loin, Perelló qui, à cet instant même, se disait qu'il n'était pas nécessaire d'avoir fait un si long voyage pour écarter la possibilité qu'on ait tiré à la cible sur une femme suspendue à une corde. Mais, immédiatement après, le médecin légiste énonça une conclusion importante :

— Il y a plus : la victime était morte depuis au moins deux heures au moment où elle a été suspendue à la poutre. Veuillez procéder aux prises de vue, s'il vous plaît.

L'ordre était destiné à Perelló à qui le capitaine Estrada avait demandé d'aller chercher l'appareil du véhicule de patrouille. Ils avaient alerté les gens de Palma, mais il leur fallait encore une demi-heure avant d'être sur place et le capitaine s'efforçait de faire dégager le corps au plus vite, conformément aux désirata de la juge. L'adjudant assuma de mauvaise grâce cette tâche dont il avait prévu qu'elle incomberait à un membre de la police scientifique. Bien sûr, il avait déjà photographié des cadavres, mais depuis dix ans il ne photographiait plus que ceux que laissaient les accidents de la route. Malgré tout, il fit du mieux qu'il put. Il utilisa une pellicule entière et photographia non seulement le corps mais aussi les points d'attache de la corde.

La séance de prise de vue achevée, le légiste Coll s'attarda à faire quelques constatations sur les lésions des poignets et sur la position des bras et des jambes, ce qu'il traduisit par deux commentaires de routine pour remplir le procès-verbal. Après quoi, il haussa les épaules et dit :

— Sans bistouri et sans me tacher, c'est tout pour le moment.

Les yeux rivés non sur la juge mais sur le point le plus inconvenant de ce corps inanimé, et avec la subordination flegmatique et méprisante qu'il avait perfectionnée au long de trente longues années de service, le greffier Coll demanda :

— Souhaitez-vous que nous notions autre chose, *Señoría* ? Je veux dire avez-vous l'intention de procéder à une inspection additionnelle sur l'assassinée ?

— Décrivez la situation du cadavre dans la pièce, inscrivez l'heure et recueillez les signatures, répondit la juge, avec la froideur que lui donnaient le fait d'avoir rejeté hors d'elle tout ce qu'elle avait à rejeter et l'aversion qu'elle éprouvait pour l'officier public. Elle observait toujours la morte, comme s'il s'agissait à présent du pendule d'un hypnotiseur.

Quand toutes les formalités furent achevées, la juge étendit la main et le greffier lui remit le procès-verbal et le dossier sur lequel il s'appuyait pour écrire. Elle dessina rapidement son nom d'une écriture plutôt ronde et le souligna d'un trait. Aussitôt après, elle posa une question :

— L'ambulance est-elle arrivée ?

Perelló alla aux nouvelles. Il revint pour annoncer que, en effet, l'ambulance attendait à la porte.

— Qu'on l'emmène, ordonna la juge avec une sombre colère que le capitaine ne comprit pas, que les cousins Coll esquivèrent et que l'adjudant attribua sans mûre réflexion à une sorte de dignité de sexe offensée. Une dignité qui avait été foulée au pied, probablement par un homme, dans la chair de cette femme infortunée, et qui était à présent humiliée par le regard irrévérencieux d'autres hommes, qui se permettaient de surcroît le luxe de la rabaisser, elle, la plus haute autorité de l'Administration judiciaire chargée de cette affaire.

Je dois préciser que ce dernier point m'a été rapporté par Perelló d'une manière un peu plus vague que ce qui précède, mais je ne pense pas avoir trahi le sens de ses paroles.

Pour l'adjudant, les choses s'arrêtèrent environ vingt minutes plus tard, quand arrivèrent, le commandant en tête, les gens de Palma. Alors son pronostic se vérifia, et il fut stratégiquement placé devant la clôture du jardin avec Satrústegui et quatre autres de ses sept subalternes : les deux qui patrouillaient près de la plage les avaient rejoints pendant qu'ils attendaient le médecin légiste, et les deux qui se trouvaient hors d'astreinte dans la caserne venaient d'arriver. Quant aux deux autres, ils étaient de piquet. Devant la villa, il devait y avoir une quarantaine ou une cinquantaine de personnes, pour la plupart des enfants. Un des nouveaux venus, un garde de vingt-trois ans, s'exclama :

— Une fille nue avec deux bastos ! Comme à Los Angeles. C'est géant pour ce trou mort !

— Ferme ton clapet une fois pour toutes, Barreiro, hurla Perelló, et attrape ce môme. Quand vas-tu t'enfoncer dans le crâne que cette chose verte qu'on t'a laissé te mettre sur le dos est un uniforme pour de vrai, couillon.

Et, à voix plus basse, il mâchonna pour lui-même et en partie pour Satrústegui :

— Si seulement il était devenu trafiquant de drogue, comme tous ses compatriotes. Au moins, j'aurais pu lui en coller une dans la peau.

Perelló était né dans un village de la région, berceau de sa famille depuis des temps immémoriaux, mais quand un de ses compatriotes l'exaspérait, ce qui à la vérité n'était pas une chose très fréquente, il n'hésitait pas à les mettre tous dans le même sac. Ils étaient, sans autre forme de procès, *des pedzouilles de merde.*

Le groupe venu de Palma passa près d'une heure à l'intérieur de la maison. Les spécialistes sortirent les premiers avec leur matériel, puis le médecin légiste et le greffier, et enfin le commandant, la juge et Estrada. Le capitaine semblait s'être tassé sur lui-même à côté de son supérieur et la juge avait une mine de papier mâché, comme si elle venait de passer douze heures la tête en bas dans les montagnes russes. Le commandant, un homme athlétique au teint hâlé, avait l'air de fort méchante humeur. Perelló avait beau le considérer d'une manière générale comme un fantoche, il lui reconnaissait néanmoins une maîtrise du métier largement supérieure à celle d'Estrada. Ce n'était pas la première fois qu'il lui voyait cette expression et il supposa que le capitaine avait dû faire ou dire quelque chose qui l'avait mis hors de lui. Il pressentait même de quoi il retournait. Ses doutes se confirmèrent lorsque le commandant, avant de remonter en voiture, lança à la juge :

— La prochaine fois ne soyez pas aussi pressée, si vous voulez que nous constations quelque chose. Et si vous avez la tripe sensible, avalez donc une camomille.

— Je ne tolère pas que vous me parliez comme ça, se défendit la juge, nerveuse.

Estrada avalait sa salive avec une telle célérité qu'il semblait sur le point de s'étrangler.

— Tolérez ce que vous voudrez. Je vous dis les choses comme elles sont. J'en ai jusque-là des apprentis. Nous en reparlerons, Estrada.

— Vous n'avez pas à en reparler. Le capitaine n'a fait qu'obéir à mes ordres.

— C'est bien là le problème, *Señorita...*

— *Señoría*, pour vous servir.

— A vos ordres, *Señoría.* J'espère que le bruit ne va pas courir qu'ici les empreintes s'effacent vite fait. Tout le monde va vouloir débarquer dans cette station balnéaire pour trucider quelqu'un.

— Je me plaindrai auprès de vos supérieurs, commandant.

— Faites donc, je vous en prie. Et voyons voir s'ils m'envoient en Bosnie une bonne fois pour toutes.

Perelló se prenait souvent à penser que le commandant s'était laissé éblouir par une idée trop romantique de la Guardia Civil. Pour lui, les choses étaient simples. Son père, et auparavant le père de son père, avait promené une panse comme la sienne à travers cette même contrée, en quête de contrebandiers et de coupeurs de bourse. Il ne s'était jamais cru à Hollywood. L'adjudant avait peine à s'imaginer Errol Flynn avec un tricorne. Mais peut-être pas Victor Mature.

2.

La petite amie, dans un accès de fureur

Ce maudit mois d'août, j'expiais l'initiative d'avoir pris mes congés la première quinzaine, légèreté que mon ancienneté me permettait pour la première fois et que mon commandant ne s'était pas donné la peine de me signifier qu'elle l'incommodait. S'il l'avait fait, je me serais plié comme toujours à ses volontés, ce qui aurait épargné à mon supérieur l'effort d'ourdir des représailles et à moi le désagrément de les subir.

Les représailles en question consistaient à tenter d'élucider des homicides assez sordides, qu'il n'y avait plus aucun espoir de résoudre et dont il n'importait à personne (si ce n'est à une association de second ordre, c'est-à-dire ayant difficilement accès à la presse) qu'ils soient résolus ou à jamais impunis. Plus d'une année s'était écoulée depuis que deux vagabonds, de passage dans une région dotée d'une certaine richesse agricole, avaient été envoyés ad patres dans un intervalle de quinze jours par le même procédé : écrasés par un véhicule. Nous avions identifié les pneus, naturellement : un modèle utilisé par au moins huit marques d'automobiles. Nous avions passé en revue toutes les réparations dans les garages de la région : des égratignures ou des collisions au-dessus de tout soupçon. Nous avions recensé toutes les personnes qui avaient des réticences à l'égard des vagabonds : elles se comptaient par centaines ou par milliers. Pour le reste, il n'y avait pas de témoins oculaires, puisque les deux meurtres étaient survenus de nuit et sur des routes peu fréquentées. Découvrir un mobile était un pur exercice d'imagination. Reconstruire les liens existant entre les deux sujets exigeait de remonter vingt ans en arrière, soit le temps que le plus jeune avait passé en marge de la société. Malheureusement, nous ne disposons que d'un nombre limité d'archéologues compétents, mais je ne pense pas qu'ils auraient pu nous être d'un grand secours. Mon hypothèse personnelle était que les deux hommes avaient été victimes d'un cinglé en villégiature dans la région, ou de quelqu'un qui supportait mal de voir de la racaille dans une contrée où le revenu par tête d'habitant est élevé, et qui n'était pas étouffé par ces scrupules qui nous empêchent de satisfaire toutes nos lubies. Quand un crime est aussi simple, aussi spontané et aussi logiquement inutile, toutes les techniques de déduction tournent dans le vide. Il faudrait faire appel à un flic doué d'un flair surnaturel, mais ceux-là sont tous très occupés à tourner des téléfilms à New York.

L'idée du commandant était que je me déguise en vagabond et que je me promène profusément dans la région, de préférence la nuit, pour essayer de vérifier si l'assassin se trouvait encore dans les parages et s'il avait toujours envie de modeler le frontal de sa voiture à coups d'os de chrétien. Un travail indécent de quelque côté qu'on l'envisage. Au bout d'une semaine bien tassée, je n'avais strictement rien constaté et personne n'avait essayé de m'écraser, mais mes collègues m'avaient arrêté trois fois, à la demande du voisinage incommodé par ma présence, et à quatre reprises je m'étais fait agresser par des petits jeunes pris de boisson. Un soir, les petits jeunes s'étaient un peu emballés, à dire vrai. Courant le risque qu'ils découvrent mon arme et qu'ils essaient de me la prendre, j'avais dû l'appliquer sur la tempe d'un des adolescents et lui faire voir que, le jour où sa mère éplorée serait en train de crier dans la salle d'audience que son fils était un bon garçon et moi un assassin, il serait déjà mangé aux vers depuis une poignée de mois et ne pourrait pas l'entendre. Une fraction majoritaire de la jeunesse est étourdie par les divers stimuli qui configurent son énergique culture, depuis la techno jusqu'à l'alcool bon marché, et il faut parfois se montrer brutal pour se faire comprendre. En résumé, si on ajoute à tout cela les conséquences d'un manque d'hygiène prolongé pour raisons de service, cette mission était à proprement parler une merde intégrale.

Ce furent Gómez et Hermida, le caporal et le garde qui m'arrêtaient d'ordinaire dès que les voisins se plaignaient, qui vinrent m'en dégager un soir. Bien sûr, Gómez commençait déjà à me tancer vertement, parce qu'il avait reconnu les gens avec lesquels il jouait aux dominos et que tous me regardaient avec un petit sourire narquois. Je n'étais pas étonné que ce crétin ait trouvé une façon tout à fait inconvenante de faire de l'épate devant ses camarades de jeu.

— Debout, barbe à poux ! me cracha-t-il au visage.

— Qu'est-ce que tu te crois, poulaga ?

— Qu'est-ce que tu as dit ?

— Si tu m'insultes, moi aussi je t'insulte. Je suis dans mon droit et je n'embête personne. Tu comprends ?

— Très bien. Tes papiers.

Gómez se mordit la langue. Quelques minutes plus tard, dans la voiture, la conversation changeait de ton.

— Que se passe-t-il cette fois ? demandai-je. Encore une vieille au doigt leste, je suppose.

— Non, sergent, répondit Gómez. C'est le commandant Pereira. Vous devez vous présenter à Madrid sans délai.

— Et pourquoi ?

— Je n'en sais pas plus, sergent.

— Pourriez-vous me rendre un immense service, caporal.

— Bien volontiers.

— Conduisez-moi dans un lieu équipé d'une douche et prêtez-moi un gros baril de nettoyant. Du gel de bain, de la lessive, du liquide vaisselle. N'importe quoi.

Trois heures plus tard, je me trouvais, propre comme un sou neuf et en tenue, dans le bureau du commandant, à Madrid.

— Vous permettez, mon commandant ?

— Entre, Vila, et ne me prends pas le chou, me salua Pereira, tendu mais sans hausser le ton — il ne le haussait que très rarement. Toute ma famille m'attend depuis deux heures au bord de la piscine.

— A vos ordres.

Vila est une abréviation de mon patronyme à l'usage de mes supérieurs, de mes collègues et même de mes subalternes. La version intégrale, Bevilacqua, comme j'ai pu le vérifier statistiquement, n'est pas à la portée des performances linguistiques moyennes de mes compatriotes. On n'y peut rien. Personne ne choisit de naître d'un Uruguayen, lui-même d'ascendance italienne. Je ne ferai pas ici un rapport exhaustif sur mes origines, parce que cela impliquerait d'élucider ce que ma mère faisait à Montevideo en 1962 et, comme on me le répète avec fréquence et indignation depuis 1969, année où elle est rentrée au bercail en me tenant par la main, c'est une chose que personne dans la famille n'est encore parvenu à comprendre.

— Du nouveau dans l'affaire des vagabonds ? demanda Pereira sans me regarder.

— Oui. Personne ne m'approche plus depuis deux jours. Je crains fort d'avoir perdu mon incognito, l'autre soir, quand j'ai eu à me défendre pour ne pas me faire lyncher.

— Bravo, Vila. La prochaine fois que tu te déguiseras en mendiant, laisse tomber ton automatique.

— Je ne pense pas que ce soit très raisonnable, mon commandant. Si je ne l'avais pas eu sur moi, l'orange mécanique m'aurait réduit en bouillie.

— La quoi ?

— L'orange mécanique. Vous n'avez pas vu le film ?

— Quel film ?

Il me revint à l'esprit que Pereira avait reçu une éducation religieuse assez solide et que le film que j'essayais de lui remettre en mémoire avait été interdit et continuait d'être fortement déconseillé par l'Église depuis sa sortie. Si le contact avec le monde des dévoyés avait enrichi le vocabulaire du commandant et entamé dans une certaine mesure ses convictions, il lui restait toutefois quelques lacunes irrémédiables.

— Rien, cela n'a pas d'importance, mon commandant.

— Si tu veux bien t'asseoir et m'accorder une minute, je vais te raconter une petite chose qui, elle, en a, de l'importance. Laissons pour l'instant de côté les vagabonds. Tu pars pour Majorque.

— Avec tout le respect que je vous dois, mon commandant, je ne comprends pas pourquoi vous vous acharnez sur moi de cette façon. Si j'avais su que vous ne vouliez pas que je pose mes congés la première quinzaine d'août, je ne l'aurais jamais fait, je vous jure.

— Arrête tes bêtises. L'affaire va t'amuser, et ce n'est pas ce que tu crains. Tu n'auras pas à faire le garçon de café au Club nautique, si c'est ce que tu flairais. Ce n'est même pas à Palma. Je t'envoie dans une petite crique, dans l'est de l'île.

— Qui a-t-on descendu ?

Pereira prit tout son temps. Il était plus de vingt heures et il devait en avoir plein les bottes après une longue journée de travail, mais à présent se profilait le moment où il allait se donner du bon temps. Il était de ces gens qui s'ennuient à mourir jusqu'à ce que se présente à eux une affaire trouble et qu'ils se voient en situation de la livrer au compte-gouttes à quelqu'un qu'ils savent avide d'en connaître les détails. Je dois avouer que moi aussi les affaires troubles m'attirent, et après dix jours d'ennui quasi permanent je réprimais difficilement ma curiosité.

— La victime est une Autrichienne, une touriste, je crois, mais peu importe. Vingt-cinq ans et foutrement bien faite, comme tu pourras en juger.

Pereira me lança une enveloppe qui contenait des photos. La défunte y apparaissait suspendue et sur la table d'autopsie. Le commentaire de Pereira, quoique irrespectueux, était pertinent. De tous les clichés de cadavres qu'il m'avait été donné de voir, aucun ne m'avait jamais offert une sensation comparable. La beauté de la fille l'emportait sur l'horreur de la mort. Les deux trous laissés par les balles étaient si petits qu'en fermant à demi les yeux on avait l'impression de se trouver devant la photographie d'une sculpture un peu macabre, certes, mais aussi suggestive, au-delà de tout préjugé. La peau de la victime était d'une blancheur inouïe. Comme j'eus par la suite l'occasion de le confirmer grâce à divers témoignages, cela n'était pas dû au manque d'irrigation sanguine, c'était un trait qui la distinguait déjà de son vivant. Autre chose singulière, pour une Autrichienne : ses cheveux étaient noirs comme l'aile du corbeau, tirant sur le bleu.

— Quand donc ? demandai-je.

— Il y a trois jours. Elle s'appelait Eva Heydrich. Elle était venue, il y a de cela deux semaines, dans un yacht, depuis l'Italie. Le bateau a regagné son port la semaine dernière et elle est restée dans la maison où nous l'avons trouvée en train de faire le pendule. Elle a été suspendue au plafond avec une corde ordinaire, rien à voir avec de l'attirail nautique. La villa a été louée par une Suissesse de cinquante-huit ans, une dénommée Regina Bolzano, qui est entrée dans l'île par un avion en provenance de Milan et qui, à notre connaissance, n'en est pas encore ressortie. Elle a disparu sans laisser d'adresse le jour même du crime.

— Dispose-t-on de renseignements sur ces deux femmes ?

— Pas grand-chose, mais du juteux. Trois heures après, avant même qu'on les contacte, les gens du consulat autrichien nous appelaient. A la demande du père. Il se livre à un genre de commerce international depuis Vienne et il est plus ou moins millionnaire. La police autrichienne n'a rien relevé contre lui.

— Vous n'allez pas me dire que les gens du consulat savaient déjà qu'elle était morte.

— Non. Le père était inquiet parce que la petite n'était pas rentrée avec le yacht et qu'elle n'avait pas téléphoné.

— Et qu'ont dit au père les gens du yacht ?

— Rien de très extravagant. Que la fille appréciait l'île et qu'elle s'y était fait des amis.

Comme en d'autres occasions, je me rendis compte que Pereira m'examinait. J'étais disposé à dévider tout le peloton, bien sûr, puisqu'il allait m'envoyer dans un guêpier, mais en réalité il s'amusait à vérifier si j'étais capable de lui soutirer les informations qu'il devait me transmettre. Je travaillais sous ses ordres depuis trois ans et il ne pouvait pas se plaindre. Il me devait une décoration et un bon paquet des commentaires élogieux qui commençaient à surcharger ses états de service et qui devaient le propulser au grade tant convoité de général. Mais dès qu'il le pouvait il se complaisait à me faire sentir qu'il n'avait pas confiance en moi.

— Et la Suissesse ?

— Elle fait de longs séjours à Majorque. Elle descend toujours dans cette crique et les gens du cru la connaissent. Elle n'a jamais créé de problèmes, même si elle ne semble inspirer de sympathie à personne. On a eu l'obligeance, depuis la Suisse, de nous communiquer qu'elle est ou qu'elle était gynécologue et que son casier est vierge. Elle n'a pas de famille. C'est tout, et merci.

— Personne n'a fourni de renseignements sur sa vie dans la crique ? Sur ses activités ou sur ses centres d'intérêt ?

Pereira m'observa avec un mélange d'approbation et de condescendance. Cet air de condescendance ne m'affectait pas trop parce que c'était celui qu'il adoptait avec tout le monde. Sur la photographie où le Directeur général lui remet la Croix il a ce même regard.

— Nous ne savons rien de ses activités, mis à part qu'elle se promenait ou qu'elle allait à la plage, et encore avec modération. Quand elle sortait la nuit, elle ne restait pas dans le secteur. Les courses, ce sont les petites jeunes avec lesquelles elle vivait qui les faisaient la plupart du temps. Voilà ce qui paraît avoir été son principal centre d'intérêt et la plantureuse Eva semble bien avoir été la dernière. Une aventure on ne peut plus fugace, mais aux conséquences ineffaçables.

— L'arme est de petit calibre, un 22 ou pas loin, estimai-je à partir des clichés. Elle a été retrouvée et elle appartient à la Suissesse, n'est-ce pas ?

— J'ignore à qui appartient l'arme, parce qu'elle ne portait pas de nom. Mais, en effet, elle était criblée de ses empreintes. Elle est apparue dans la boîte à ordures, le barillet vide. Pas très professionnel, hein ?

— Je n'aurai plus qu'une question, mon commandant.

— Je vous écoute.

— Pourquoi m'envoyez-vous là-bas ? Pour mettre la touche finale ?

— C'est à peu près cela. Le commandant Zaplana nous a demandé de l'aide. C'est une affaire inconvenante et qui tombe bien mal. L'île est truffée de Teutons tout rôtis. L'affaire a fait beaucoup de bruit dans les journaux, dans ceux des Teutons, je veux dire. Ce n'est tout de même pas une bombe, mais il s'agit d'un de leurs ressortissants, ou presque. Nous devons clore le dossier au plus vite, en laissant clairement entendre que le méchant est un de leurs compatriotes qui a perdu la tête. Qu'ils sachent que le problème vient de chez eux. Il n'est pas question qu'ils l'expatrient et qu'ils doutent un seul instant que la justice ne fonctionne pas dans cette guinguette géante qui les aime tant et qui a tant besoin d'eux.

— Bon, si c'est aussi simple que vous le dites, deux agents auxiliaires suffiront amplement.

— Ne joue pas les vedettes, Vila. Zaplana coince sur quelque chose. Une aide spécialisée ferait son affaire pour ficeler le tout, dit-il. J'ai dans l'idée que ce n'est pas le genre de besogne que ses hommes maîtrisent. Le fait est que les chefs veulent un travail impeccable et rapide. Rassembler des monceaux de preuves, cueillir la fille et donner le tout bien emballé au juge et à la presse. La patrie t'en saura gré.

— Je vois. Puis-je au moins espérer une liberté de manœuvre ?

— Très restreinte. Zaplana a un plan et nous l'avons accepté. Bien sûr, je te recommande d'être prudent avec lui. Il est loin d'être sot, mais il a un petit côté légionnaire qui a tendance à dérouter. On lui a refusé par trois fois de faire partie des contingents de Casques bleus dans les pires endroits.

Je me demandais ce qui avait pu conduire Pereira à penser un seul instant que cette affaire pouvait m'amuser. L'espace d'un éclair, je regrettai l'incurie et les volées de coups des adolescents éméchés. Au moins je serais sur la plage, me dis-je en guise de consolation. Je m'efforçai de paraître résigné.

— Je brûle d'envie de connaître ce plan, dis-je.

— Nous t'avons loué une villa. Ta mission consiste à débusquer des témoins et à fureter dans les lieux que la suspecte et la victime ont pu fréquenter. Mais je ne te donne pas plus de dix jours. C'est le délai que Zaplana s'est engagé à tenir pour pincer la vieille. Toi, il te revient l'autre part du gâteau : les preuves. Pour compléter ton camouflage, tu partiras avec un agent féminin. Vous feindrez d'être un couple de touristes assoiffés d'émotions et vous vous introduirez là où Zaplana subodore que les deux femmes évoluaient. Il paraîtrait qu'elles affectionnaient la nuit et certains cercles de personnes ambiguës.

— Vous savez que je préfère opérer seul.

— Et toi tu sais qu'ici tu es chez les troufions, Vila. Tu pars avec Chamorro.

Je n'en croyais pas mes oreilles. Chamorro était une gamine de vingt-quatre ans qui avait essayé d'intégrer toutes les écoles militaires par fidélité à la tradition familiale, et qui, après avoir échoué dans ces entreprises, s'était contentée à contrecœur de s'engager dans la Guardia Civil. Grande, les cheveux tirant sur le blond, elle n'était pas vilaine du tout, mais l'âpreté de ses manières lui avait valu pour surnom un réaménagement des lettres de son patronyme [1], lequel, pour dire les choses comme elles sont, se justifiait plus par la facilité du procédé que par une orientation sexuelle ostensible. Plus que masculine, disons que Chamorro était un peu sèche et plutôt timide. Son bon classement lui avait permis de choisir cette affectation et son dossier regorgeait de louanges, mais elle n'avait pas encore un an d'expérience.

— J'aurais préféré Salgado, s'il m'est permis de donner mon avis.

— Vous préférez tous Salgado. Fasse le ciel qu'elle se marie une fois pour toutes et que vous arrêtiez de me gonfler les baloches.

— Ne vous méprenez pas, mon commandant. Salgado n'est pas seulement une fille intelligente et beaucoup plus aguerrie que Chamorro, elle est aussi autrement plus délurée et aguichante. S'il faut s'introduire dans des milieux louches, il n'y a pas de comparaison possible.

— S'il faut s'introduire dans des milieux de gouines, Chamorro est ta partenaire, se moqua le commandant avec grossièreté.

— Les lesbiennes, à supposer qu'il faille en toréer une, aiment les femmes autant que vous, mon commandant. Demandez-vous laquelle des deux vous attirerait le plus. Eh bien pour elles, c'est pareil.

Pereira fronça le sourcil. J'eus peur d'avoir passé les bornes.

— Si elle vous paraît peu aguichante, alors dites-lui comment elle doit se maquiller, choisissez ses

1. *Machorro* : virago, femme hommasse. (*N.d.T.*)

tenues ou confiez-la à une esthéticienne. Mais je ne suis pas disposé à ce qu'un élément prometteur reste en carafe parce que cette Barbie habillée de vert fait entrer tous mes hommes en rut. Et puis c'est une bonne occasion pour roder Chamorro. Une affaire abordable.

Pereira avait parlé avec une extrême douceur et il m'avait vouvoyé. Dans sa psychologie particulière, cela signifiait que la conversation était terminée et que si j'avais un tant soit peu d'estime pour ma solde et pour mes galons, bien modestes soit dit en passant mais indispensables à ma survie, il était dans mon intérêt d'obéir et de me taire.

— A vos ordres, mon commandant, hurlai-je.

Dans la vie civile, on ignore souvent les grands avantages que procure la stricte hiérarchisation des rapports. Au fur et à mesure que la confusion sociale et morale gagne tous les secteurs, c'est une chose qui tombe de plus en plus dans l'oubli. Mais la distance que suppose la relation hiérarchique, surtout quand elle est soumise à quelque chose de plus qu'une dépendance chef-subordonné (comme c'est toujours le cas dans l'armée), offre une protection adéquate et un degré important de liberté. Qu'un individu doive se plier aux lubies d'un chef, dans le cadre d'un ordre, est un axiome qui vaut pour toute activité rémunérée et pour bon nombre d'activités non rémunérées. Mais, au-delà de ce constat, la préservation de sa propre intimité et de sa conscience individuelle que permet un système comme le système militaire n'a pas son équivalent dans la vie civile. Quand quelqu'un hurle à son supérieur qu'il est à ses ordres, il le projette à une distance de trois mètres et, fort de cette sécurité, il peut en même temps s'appliquer de toute son âme à salir la mémoire de la mère qui l'a enfanté. Pereira n'était pas un mauvais bougre, et je n'en arrivai pas à cette extrémité, mais si j'avais été un peu moins compréhensif j'aurais très bien pu le faire tandis que je me tenais au garde-à-vous devant lui.

— Zaplana te fournira tous les autres détails, conclut Pereira qui renouait avec sa suave antipathie habituelle. Présente-toi devant lui demain à la première heure. Tu pars en charter à trois heures et demie du matin. S'il y a du grabuge dans l'aéroport ne t'affole pas, ce seront les deux à qui nous avons pris les places sur le vol.

— A vos ordres, répétai-je.

— Je te donne un bon filon, Rubén. C'est la petite amie qui a fait le coup, dans un accès de fureur, et tu n'as rien d'autre à faire que te fabriquer une histoire consistante. Si tu es rapide, cela se remarquera et tu en retireras quelque chose. Nous avons fait ensemble des choses plus difficiles, cela va sans dire. Mais l'important au bout du compte, c'est ce qui permet de contenter ceux d'en haut. Tu as bien travaillé ces dernières années. Il y a un bout de temps que j'attendais une affaire de ce type pour te la confier. Ne manque pas le coche, parce que je ne sais pas quand tu auras une aussi belle occasion de te distinguer.

Je sortis du bureau de Pereira en agitant la tête. C'était la première fois en trois ans que cet homme avait un geste envers moi. Et, surtout, la première fois qu'il m'appelait par mon prénom.

3.

Une victime volage

Je retrouvai Chamorro à l'aéroport. Je m'avançai vers elle et la saluai d'un baiser familier qu'elle encaissa plus ou moins comme si Nosferatu en personne lui avait suçé la face de sa langue ruisselante de sang.

— Un peu plus de décontraction, Chamorro. N'oublie pas que nous sommes un couple.

— Je suis désolée, sergent.

— Si on nous écoute, j'espère que tu penseras à m'appeler Luis.

— Soyez sans crainte.

— Tu as mémorisé tous les renseignements nous concernant ?

— Qu'entendez-vous par « tous » ?

— Ceux dont les gens normaux se souviennent d'ordinaire. Il est absolument inutile que tu apprennes un numéro de Sécurité sociale, par exemple. Ça, personne ne le retient, pas même le sien. Si tu oublies mon numéro de carte d'identité, ce n'est pas très grave non plus. Mais mon patronyme supposé, l'endroit où je travaille, tout ça tu dois le savoir.

— Cela va sans dire.

— Bien. Allons enregistrer les bagages.

Chamorro portait une robe assez sobre, mais pas totalement incongrue. Elle portait aussi des bas. Avant d'arriver aux comptoirs, je lui ordonnai :

— Dès que nous aurons laissé les valises, tu iras aux toilettes, tu enlèveras tes bas et tu les jetteras dans les cabinets.

— Pardon ?

— Dans le trou des cabinets. Les bas. Tu as déjà vu une femme partir en vacances d'été avec des bas ? Si tu ne fais pas un peu attention, la partie va être difficile, Chamorro.

— Je suis désolée.

Chamorro était une professionnelle pointilleuse et la moindre observation était pour elle une blessure. Elle était aussi une personne pudique et elle ne devait guère apprécier qu'un homme lui fasse des remarques sur la nudité de ses jambes. Mais quand elle se rendrait compte qu'elle n'était pas tombée dans un monde de gentlemen — ce qui se serait produit si elle avait intégré l'Ecole navale —, elle risquerait moins de faire avorter ce que nous allions entreprendre.

L'avion décolla avec ponctualité. L'avantage avec les vols matinaux, c'est qu'à cette heure le trafic aérien n'est pas engorgé. La rangée où on nous avait placés ne comportait que deux sièges et autour de nous tout le monde dormait. Tandis que nous nous élevions vers le firmament étoilé, je m'adressai à Chamorro :

— Tu es au courant des faits, je présume ?

— J'ai étudié le dossier qui est arrivé de Palma ce matin.

Que Chamorro fût une fille studieuse, je n'en doutais pas un instant. Mais ce n'était pas ce qui m'intéressait. Avec une brutalité délibérée, je déclarai :

— Tout porte à croire que la vieille s'envoyait la

morte ou la morte la vieille, l'ordre ne change rien à la chose. Ce sont des relations problématiques, surtout quand il y a une différence d'âge. D'autre part, l'arme du crime porte les empreintes de la vieille. Si bien que nous partons avec une hypothèse en poche. Tu sais ce que cela veut dire, Chamorro ?

— Je pense que oui, hésita-t-elle, rougissante.

— Cela veut dire que le plus probable c'est que les choses se soient passées de la manière dont il semble qu'elles se soient passées, mais non qu'elles n'aient pas pu se passer d'une autre manière. Ni plus ni moins. Autrement dit, à moins que nous ne tombions sur un truc louche, la vieille est la meurtrière et nous, nous la traînerons devant les tribunaux. Mais si nous tombons sur un truc louche, il nous faudra bien nous garder de continuer à croire que c'est la vieille qu'il faut incriminer, parce que nous serons en train de commettre une belle gourance.

— Vous pensez que ce n'est pas elle ?

— Pour l'heure, Chamorro, je n'ai aucun élément qui me permette de penser que c'est quelqu'un d'autre. Je parie même à 99 contre 1 que c'est la vieille et que dans une semaine nous serons de retour. En fait, pour le moment, je ne dispose d'aucune impression que je me serais faite par moi-même. Nous sommes des militaires et la discipline est pour nous une vertu, mais cela ne signifie pas qu'il faille flairer avec le nez des autres. Il faut affûter son nez, et la seule façon de le faire c'est de se méfier des évidences.

— Mais le commandant...

— C'est justement ce que je voulais savoir, jusqu'à quel point tu étais contaminée par le discours du commandant. Je me permets de te donner un conseil, ma jolie, non parce que j'ai une ficelle à l'épaule que tu n'as pas, mais parce que je suis plus vieux que toi. Tâche de bien savoir ce que veulent tes supérieurs et échine-toi pour l'obtenir, mais obtiens-le comme toi tu l'entends, et non comme eux l'entendent. Le commandant veut l'assassin et nous le lui apporterons sur un plateau. Le procédé nous regarde, dans les limites qui nous seront imposées.

J'eus le sentiment que Chamorro était déroutée.

— Ne va pas t'imaginer de drôles de choses. Il s'agit simplement de ne pas se relâcher et de ne pas croire que c'est du tout cuit. C'est de l'hygiène mentale. Les deux ou trois fois où j'ai mis à côté de la plaque, c'est parce que j'y étais allé les yeux fermés.

— D'accord, sergent.

— Bien. A part ça, il y a un point important.

— Lequel ?

— Aimes-tu les femmes, Chamorro ?

Ma subordonnée rougit plus qu'elle n'avait rougi depuis le début de la conversation. Elle ouvrit la bouche et n'émit aucun son.

— Je me fiche pas mal que les femmes te plaisent ou non, précisai-je. Je n'ai pas l'intention de te censurer. Je ne te demande même pas de me répondre tout de suite. Ce que je te demande, si jamais on te pose cette question, c'est d'y faire face et de raconter ce que bon te semblera, vrai ou faux, mais sans piquer un fard. Pique un fard seulement quand tu le jugeras opportun. Nous devons essayer de nous introduire dans le milieu où évoluait la victime et là tu auras peut-être à passer pour une lesbienne. Si le cas se présente, à toi de jouer, parce que moi je ne serai pas bien convaincant. Ne crains rien, tu n'as aucune raison de coucher avec qui que ce soit, à moins que tu n'en éprouves l'envie et que l'enquête n'en pâtisse pas.

Chamorro ravalait sa salive.

— Dis quelque chose, ne le ravale pas.

— Que j'aie envie de coucher ou non, c'est mon affaire, sergent.

— Voilà qui est un début. Mais souris, ne prends pas cet air outragé. Tu es une fliquesse, pas une dame catéchiste.

J'avoue que la virulence de ce commentaire était calculée. On m'avait dit, j'ignore si c'est exact, qu'avant de succomber à sa vocation militaire Chamorro avait joué de la guitare et assumé d'autres occupations indéfinies dans sa paroisse. Vu la tête qu'elle fit, j'ai tendance à croire que je tenais ces renseignements de bonne source.

A sept heures et demie du matin, conformément aux instructions, nous étions dans le bureau de Zaplana. Le commandant s'était lavé la figure et humecté les cheveux avant de se coiffer, mais il n'était pas parvenu à effacer les traces de ce qui n'avait pas dû être une bonne nuit. Sa mauvaise humeur était plus que visible.

— Vous passez pour être un spécialiste, sergent. Je n'aurais donc pas besoin de vous dire ce que vous avez à faire. Je vous communiquerai les constatations que nous avons faites jusqu'ici. Le cas est assez clair, mais il nous reste à finir d'assembler toutes les pièces. C'est là que vous entrez en scène. Ce n'est qu'en circulant incognito là où circulaient les protagonistes que nous parviendrons à délier certaines langues.

— Avez-vous réussi à établir les fréquentations de la suspecte ou de la victime ?

— Nous savons où elles allaient, quand elles sortaient. Pour ce qui est de la victime, c'était une accroc de la plage. Au début elle allait sur la plage familiale, mais à la suite de quelques incidents dus à son allergie au bikini, elle a décidé de changer de crémerie.

— Cela veut dire ce que je pense ?

— Cela veut dire que la fille se foutait à poil au milieu de l'étalage de viande rôtie et qu'entre les types qui n'arrêtaient pas de la mater et les femmes qui rouspétaient elle a préféré aller sur une plage de nudistes.

— Bien.

— Sa vie nocturne était agitée. Dans la station où elle résidait, il y a deux troquets et elle était connue dans les deux, à la différence de la vieille. Celle-là fréquentait uniquement un club qui dépend d'un autre complexe touristique de l'est de l'île, à une vingtaine de kilomètres. Le nom est évocateur : Abracadabra. Dans ce club, la tête de la défunte n'était pas inconnue non plus, mais le personnel ne s'est pas montré très loquace avec mes hommes. On a toujours su qu'ils distribuaient de la schnouff et qu'ils vendaient du tabac de contrebande, pas grand-chose. On a essayé de leur montrer qu'on s'en tamponnait le coquillard, passez-moi l'expression, s'excusa-t-il auprès de Chamorro, mais pour eux ça doit être important.

— Quel type de schnouff ?

— Des tranquillisants, des drogues de synthèse et peut-être deux fois l'an de la cocaïne. Si on fermait tous les endroits de ce genre, il n'y aurait plus où aller prendre un verre. On n'est pas cons à ce point, mais allez leur expliquer.

— Vous pourriez les contraindre, leur faire voir ce que vous savez et leur suggérer qu'en échange de leur collaboration vous ne leur créerez pas de problèmes. Ça ne mange pas de pain.

— J'aime mieux faire l'innocent d'entrée de jeu, sergent. Je ne suis pas sûr de pêcher quoi que ce soit et, par les temps qui courent, la dernière chose qui me viendrait à l'esprit c'est de conclure des marchés avec de la drogue en travers, même s'il ne s'agit que d'un quart de gramme.

— La suspecte ne fréquentait donc que l'Abracadabra, dis-je pour reprendre le fil. Avez-vous interrogé des témoins sur la victime dans d'autres lieux de ce complexe ?

Zaplana acquiesça.

— Oui. D'après ce que nous avons vérifié, c'est là que le yacht était amarré, et elle a pas mal bougé avec les occupants du bateau, deux couples d'Italiens. Ensuite, elle est sortie seule quelques soirs.

J'eus le sentiment que rien de ce qui s'écartait de la ligne de son hypothèse n'intéressait Zaplana, mais je me vis obligé de faire une observation :

— Il conviendrait de savoir où se trouvaient les gens du yacht la nuit du crime, pour déblayer le terrain.

— Le retour du yacht dans son port en Italie a été enregistré le matin de ce même jour.

— Je parle des occupants du bateau, pas du bateau.

— Nous pouvons le vérifier, accepta-t-il de mauvaise grâce.

— Autre chose, mon commandant.

— Je vous écoute.

— Que vous a-t-on raconté à propos de la victime dans les autres endroits où elle se rendait ?

Zaplana soupira.

— Eva n'était pas une fille sérieuse, sergent. Apparemment elle fricotait avec tout ce qu'il lui tombait sous la main, elle n'avait que faire de ce que la personne avait entre les jambes. Je ne dis pas qu'elle était désespérée. Elle avait beaucoup de succès. Elle avait l'embarras du choix. Et ses goûts variaient d'un soir à l'autre. Cela étant, elle continuait à vivre avec la vieille. M'est avis que celle-là a dû apprendre quelque chose qu'elle n'a pas été capable d'assumer.

Je réfléchis à ce que j'allais dire.

— De toute façon, mon commandant, ce type de relations peut aussi entraîner des inconvénients.

— Je ne vous suis pas, répliqua Zaplana, visiblement contrarié.

— Nous avons un revolver avec des empreintes, ce qui montre du doigt une seule personne et nous facilite les choses. Mais, d'un autre côté, nous avons une victime volage, ce qui ne fait pas vraiment notre affaire, parce que cela montre du doigt un certain nombre de personnes à qui elle a pu inspirer de mauvaises pensées.

— Elle ne vivait pas avec les autres. Elle vivait avec la vieille.

— Ce n'est pas là une preuve décisive.

Zaplana était à présent franchement irrité. Je compris que ce n'était pas contre moi, mais plutôt contre la vie en général et contre sa tâche en particulier. Ce fut un geste de noblesse de sa part que d'essayer de se contenir et de ne pas me faire payer l'amende, ce qu'il aurait très bien pu faire sans que cela tire à conséquence.

— D'accord, sergent, dit-il avec lassitude. Vous avez raison. Ce n'est pas à moi de vous dire ce qu'il faut faire et je ne peux pas vous obliger à écarter des pistes si vous estimez qu'elles ne méritent pas d'être exclues. Je vous dis simplement ceci : nous tenons une bonne explication et je vous avoue que, si vous pouviez en donner confirmation, je vous en serais bien plus reconnaissant que si vous me gonflez à jouer les détectives. Comprenez-moi bien. Je ne suis pas en train de vous menacer. Si vous vous éloignez du chemin qui vous est tracé, je vous demande seulement d'essayer d'être tout à fait assuré que cette démarche repose sur des fondements solides.

— Je pense avoir capté le message, mon commandant.

— Tant mieux. A présent parlons intendance.

Il sortit deux trousseaux de clés qu'il posa sur la table.

— Voici les clés de la voiture et celles de la villa. La voiture vous attend en bas et la villa est localisée sur un plan que vous trouverez dans la boîte à gants. D'ici, il faut compter environ une heure de route. Dans la villa, vous trouverez des aliments, le strict nécessaire. Si ça ne vous convient pas ou ne vous suffit pas, achetez ce qui vous fera envie. Avant de vous y rendre, faites un détour par le poste de gendarmerie, dans le village. Le commandant de brigade est l'adjudant Perelló. C'est un excellent professionnel et il connaît bien la région. Il est d'ici. Il ne perd jamais ses moyens, vous pouvez compter sur lui et lui demander toute l'aide dont vous aurez besoin. Les hommes qu'il a sous ses ordres sont jeunes et pas tous compétents, mais on peut les diriger.

— Nous essaierons de ne pas passer trop souvent par le poste.

— Ne vous en faites pas. Le village est situé dans les terres et ses habitants ne fréquentent pas beaucoup les plages. Si vous allez au poste, il y a peu de chances que des gens vous repèrent et que l'enquête en pâtisse.

Alors qu'il nous raccompagnait à la porte, le commandant, après quelques minutes d'hésitation, me prit à part et me fit une confidence :

— Il y a deux personnes dont nous devons nous méfier. L'une est la juge. Une petite bourgeoise de merde qui a passé deux ans à ingurgiter des livres et qui se croit quelque chose. Aucune idée de rien. Même si officiellement nous sommes sous ses ordres, je déciderai au fur et à mesure de ce dont nous l'informerons. Pour vous donner un aperçu, elle a fait procéder au dégagement du corps avant notre arrivée sur les lieux. Il paraîtrait que le spectacle lui aurait soulevé le cœur.

— Il y a pourtant les clichés. Et le rapport dit que le légiste a examiné la victime.

— Les photos sont insuffisantes. Elles ont été

prises par Perelló qui n'a aucune expérience en la matière. Et ce que le légiste a vu, ma grand-mère aurait pu le voir. L'autre individu dont vous devez vous méfier, et qui pour le coup est un danger public, c'est le capitaine Estrada. Ne vous mettez jamais en contact avec lui, traitez avec Perelló. Estrada est une vraie calamité, un imbécile que j'ai dû me farcir parce que dans le Corps il ne devait y avoir personne d'autre à faire chier. S'il vous fait des ennuis, prévenez-moi immédiatement. Il n'a aucune autorité dans cette affaire, et je me suis chargé de le lui faire savoir haut et clair, mais je ne serais pas étonné qu'il n'ait pas tout à fait compris.

— A vos ordres, mon commandant.

Zaplana me regardait fixement. Je m'efforçais de deviner ce qui lui trottait dans la tête. En vain.

— Dites-moi, Bevilacqua, lâcha-t-il enfin, comment diable peut-on porter un nom pareil ? Si ce n'est pas indiscret.

Il m'est rarement arrivé de rencontrer quelqu'un qui soit capable de prononcer mon nom patronymique deux fois de suite dans un intervalle de deux secondes et avec une relative aisance. Mais je servis au commandant le même plat qu'aux autres, une histoire courte et pas tout à fait exacte, dont la principale vertu est de décourager les curieux de poser d'autres questions.

— Mon père était uruguayen. Il nous a abandonnés quand j'avais un an et demi.

Zaplana arqua les sourcils.

— Ah. Je suis désolé.

— Ne vous tracassez pas.

— Bon, une dernière chose — il changea de ton, avec un certain embarras. La petite, elle est bien au moins ?

— Chamorro ? Deuxième de sa promotion. Son père est colonel dans l'infanterie de marine, ajoutai-je, persuadé que cela ne le laisserait pas indifférent. Vous pouvez lui faire confiance. Elle sera à la hauteur.

— Elle m'avait l'air un peu jeune. Entre nous, cette idée de faire porter l'uniforme aux femmes me laisse perplexe. Il y en une ici, dont la petite culotte se dessine sous le pantalon. Elle me met toute la troupe sens dessus dessous et je suis prêt à parier que ça lui plaît. Bien sûr, il ne faut pas avoir de préjugés. Si vous dites que celle-là est capable, c'est qu'elle doit l'être. Et je veux bien croire que ce sont les meilleures qu'on envoie à Madrid. Bonne chance, sergent.

— Merci, mon commandant.

Je rejoignis Chamorro. Pendant que nous descendions vers l'emplacement de la voiture, j'essayai de l'aider à se détendre.

— La prochaine fois, ne tiens pas autant ta langue. Ce n'est qu'un commandant, ce n'est pas un ogre. Tu n'avais pas de question à poser ?

— Je n'ai pas jugé bon de prendre la parole, sergent.

— Que dis-tu de tout ça ? Maintenant que tu peux parler librement.

Ma subordonnée me regarda, rougit et osa malgré tout révéler le fond de sa pensée :

— Je pense que ce n'est pas la suspecte.

— Allons donc ! Voilà qui est surprenant. Et qu'est-ce qui te fait dire ça ?

— La victime mesurait un mètre quatre-vingt-cinq et pesait pas loin de soixante-dix kilos. La suspecte, d'après sa description, ne mesure pas plus d'un mètre soixante-cinq, et elle a presque soixante ans. La victime a été traînée et suspendue alors qu'elle était déjà morte. Dans les pièces où on a découvert des traces de sang, elle a été traînée sur une distance d'au moins vingt mètres. Voilà à quoi je pensais pendant que vous parliez avec le commandant. A la lecture du dossier, je n'ai pas douté de la culpabilité de la suspecte et cela ne m'a pas frappée. Mais maintenant qu'il semble y avoir une alternative, il m'est difficile de croire que cette femme ait pu faire une chose pareille.

— Nous ne connaissons ni sa force ni son état de santé. Tu serais sidérée par les prouesses physiques que les gens peuvent réaliser dans une situation extrême.

— Quand même, sergent.

— D'accord. Supposons que ce ne soit pas Regina. C'est donc une autre personne, à qui en principe il doit convenir que nous pensions que c'est Regina. Un : pourquoi a-t-elle suspendu le cadavre, ce qui, comme tu viens de l'exposer, peut nous amener à douter que notre suspecte soit l'auteur du crime. Deux : pourquoi Regina s'est-elle volatilisée ?

Chamorro s'absorba intensément dans ses réflexions. Je constatai bientôt que c'était sa manière habituelle de réfléchir.

— Si cette autre personne a agi de mèche avec Regina, elle lui a peut-être demandé de faire quelque chose qui exclurait sa culpabilité.

— Bien sûr, comme de tuer la fille avec un revolver truffé de ses empreintes digitales.

Chamorro chercha une porte de sortie :

— Il ne faut pas perdre de vue que la suspecte n'est pas réapparue. Ce n'est peut-être pas de son plein gré.

— Tu insinues qu'elle est peut-être morte ou qu'elle a été séquestrée. Ces deux choses me paraissent improbables. Si elle était morte, on l'aurait retrouvée suspendue avec Eva. Et les gens qui séquestrent ne tuent pas d'une manière aussi expéditive.

Elle capitula :

— Je suppose qu'il est trop tôt pour vouloir aller si loin.

— Non, Chamorro. C'est bien d'essayer de toucher au but à chaque instant, et la tentative est louable. Moi non plus je ne me fais pas à l'idée que Regina ait pu suspendre notre longue et pâle Eva. En réalité, c'est la seule chose qui ne colle pas pour moi, et je ne trouve, pour la résoudre, que des moyens plus ou moins tirés par les cheveux. Mais s'il y en a d'autres qui ne collent pas, il va sans doute m'en coûter davantage de leur apporter une solution. Dans ce cas, nous devrons contrarier nos deux commandants. Pour l'instant, nous allons tenir compte du conseil de Zaplana. Fais des prières pour que nous puissions faire porter le chapeau rapidement et sans grand effort à Regina Bolzano.

— Vous avez changé d'avis, sergent ?

— Je te demande de prier pour ça. Le sixième sens avec lequel je flaire toujours le malheur me dit que nous pouvons déjà retrousser nos manches. J'ai bien peur qu'Eva Heydrich n'ait été de ces personnes qui ont l'heureux don de tout faire couler autour d'elles.

4.

Tuée par le premier chien coiffé

Perelló était un homme sanguin, au cheveu rare et peigné en arrière, dont les gestes avaient cette gravité qui distingue les hommes faits tout d'une pièce. A l'époque actuelle on ne trouve presque plus d'hommes faits tout d'une pièce et il se peut que dans un proche avenir on ait même perdu le souvenir de leurs manières graves. C'est cette façon qu'ils ont de lever la main pour mettre leur chapeau, pour boire un verre de vin ou encore pour envoyer un adieu à leurs petits-enfants en réprimant une larme. Si le monde était aux mains d'hommes comme Perelló, il serait peu probable que des enfants meurent de faim et que les fils de chiennes promènent leur teint hâlé en toute impunité.

— A vos ordres, mon adjudant. Le sergent Bevilacqua et l'agent Chamorro sont là.

— Le sergent comment ?

— Bevilacqua. Il est italien. Mais tout le monde l'appelle Vila, pour ne pas s'embrouiller.

— Tu es italien ?

— Pas moi. Un de mes bisaïeuls, je crois.

Perelló était sorti de sa cellulle de commandant de brigade pour nous recevoir. Dans l'entrée, le garde Barreiro nous avait identifiés. Il avait fait ses classes avec Chamorro. Satrústegui se tenait là aussi, plus taciturne. D'un signe presque imperceptible, Perelló me suggéra un entretien en tête à tête. En temps normal, j'aurais préféré que mon adjointe ne rate aucune des informations qui me seraient transmises, mais en de telles circonstances et avec une telle adjointe, la suggestion de Perelló me parut opportune et je m'y conformai sans protester. Elle resta à bavarder avec Barreiro et je suivis Perelló jusque dans sa tanière. Une photographie décolorée du roi trônait dans la pièce. Il n'y avait aucun objet personnel.

— Assieds-toi, s'il te plaît. Si tu n'y vois pas d'inconvénient, sergent, je préfère te tutoyer. Et si tu en as envie, fais-en autant. On est tous les deux sous-officiers, autrement dit la colonne vertébrale de l'armée. Tu ne t'es jamais demandé où finissait la colonne vertébrale ?

— Si, mon adjudant.

— Eh bien voilà. C'est à nous qu'il incombe de remuer la merde, alors on ne va pas finasser. Comment se fait-il que cette fille connaisse Barreiro ?

— Il se trouve qu'ils sont de la même promotion. Ils doivent être en train de se raconter des hauts faits.

— Attention à Barreiro. C'est une triple buse. Tu peux compter sur ton adjointe ?

— Pour te parler franc et net, mon adjudant, elle a très peu d'expérience. Elle est loin d'être sotte et elle ne manque pas de volonté. Mais c'est un choix que j'ai subi à mon corps défendant.

— Nous voilà bien !

— Je ferai mon possible pour la former rapidement.

Perelló haussa les épaules.

— Depuis que cette sarabande a commencé je ne reçois que des pressions. Zaplana, quelqu'un l'a rendu hystérique. Quant à Estrada, mon capitaine et hiérarchique direct, il serre les fesses.

— Zaplana m'a dit qu'il était tenu à l'écart de cette affaire.

— Ah, il t'a dit ça. Ce n'est pas bien commode pour moi, mais au moins je n'ai pas à te cacher ce secret. Quel effet t'a fait Zaplana ?

Quand on a un problème à résoudre, il arrive un moment où il faut choisir à qui se fier. Après avoir bravé l'espace de deux secondes ses yeux brumeux, j'avoue que je n'eus pas trop de mal à choisir Perelló. Sans détour, je donnai mon opinion :

— Un instable. Mauvais directeur pour ce cirque.

— Nous voilà deux. Au début, il a cru qu'en envoyant un essaim d'uniformes verts flairer dans le secteur il allait résoudre l'affaire en deux coups de cuillère à pot. Mais mes hommes manquent d'expérience, et ceux de Palma, qui affirment ne pas en manquer, sont arrivés trop vite et ils ont manqué, pour le coup, de chance. L'idée qui continue d'avoir cours, c'est que nous avons affaire aux débordements d'un étranger ou d'une étrangère dément, mais le tableau est un peu plus embrouillé qu'il ne conviendrait. Zaplana a fait appel à vous en avalant des couleuvres. Je crois qu'il aurait préféré ne pas avoir à le faire. Le cas nous dépasse. Cette fille a très bien pu se taper la moitié de la colonie de touristes en moins de quinze jours. Sans les empreintes sur le revolver et si la femme âgée n'avait pas pris la poudre d'escampette, moi je dirais que n'importe qui a pu faire le coup.

— Ce n'est pas le message que Zaplana nous a fait passer, à mes chefs et à moi. Il veut que nous incriminions la Bolzano.

— Par chance ou par malheur, la Bolzano ne va

pas tarder à se manifester. J'en joue mes médailles : dès que nous l'aurons interrogée, Zaplana sera scié à la base.

— As-tu un avis personnel sur la question, mon adjudant ?

Perelló se concentra sur le plafond. Une tendance répandue et souvent erronée nous pousse à ne pas trop attendre des raisonnements des gens qui pensent et qui s'expriment avec lenteur. Les temps sont aux hommes éclairs, même si derrière l'éclat vif et passager, comme il arrive souvent, il est difficile de trouver quelque chose qui ne nous glisse pas entre les doigts.

— D'après moi, dit-il, fonder un avis sur du vent revient à jouer à la loterie. J'ai vu la fille, Vila, et jusqu'à l'heure de ma mort je ne suis pas près de l'oublier.

Perelló me fit alors le récit détaillé de la découverte et du dégagement du cadavre. Quand il eut fini, il ajouta :

— Je ne suis pas un expert, mais je vais te dire deux choses. Un : la balle qu'elle a reçue dans le cou aurait pu être tirée par un aveugle, mais celle de la tempe était trop bien logée. Le légiste a certifié, je crois, qu'on avait tiré sur la défunte à une distance de sept ou huit mètres. Il n'y avait qu'à voir les trous. Et il y a plus : pas un seul point d'impact relevé sur le mur ; un tir plus réussi que l'autre, certes, mais deux bons cartons. Rien n'empêche de penser qu'une femme de soixante ans se soit procuré une arme parce qu'elle avait peur de vivre seule, par exemple, et qu'elle ait le talent de John Wayne, mais permets-moi de m'étonner. Deux : la fille était pendue et bien pendue. Les nœuds étaient bigrement serrés, et je suis bien placé pour le savoir puisque c'est moi qui ai eu à les défaire. Si c'est la suspecte qui a fait le coup, ou une autre femme, alors il faut avoir l'œil, parce que du plat de la main elle est capable de nous flanquer tous les deux par terre.

La lecture des rapports de routine que les prétendus spécialistes avaient rédigés ne m'avait pas fourni des informations aussi précises. J'estimai que je devais reconnaître à Perelló sa finesse d'esprit.

— Je ne me réjouis pas d'avoir à jouer plus serré que ne le souhaite mon commandant, mais au moins il est consolant de voir qu'il y a des gens qui n'ont pas perdu l'habitude de penser.

— Ne leur en tiens pas rigueur. Moi j'ai du temps. Je suis un brigadier de village, et par ici on ne tue une fille qu'une fois tous les trente ans.

— Toujours est-il qu'il y a un détail intéressant concernant la Bolzano, fis-je remarquer.

— Lequel ?

— Si l'arme lui appartenait, elle la détenait illégalement. De deux choses l'une : soit elle l'a achetée ici, auquel cas elle n'avait pas le permis espagnol de port d'armes, soit elle l'a achetée à l'étranger et elle l'a passée en contrebande.

— Et qu'en déduis-tu ?

— Qu'il ne s'agit pas d'une boulette.

— Bon, peut-être pas. Elle a très bien pu se procurer l'arme ailleurs et la passer en bateau, rien n'est plus facile. Je n'y attacherai pas plus d'importance que ça. Tu es déjà allé aux Canaries, sergent ?

— Oui.

— Et tu as acheté quelque chose sur place ?

— Du matériel hi-fi.

— C'est plus volumineux qu'un revolver, et je suis sûr que tu n'as pas payé la douane.

— Ce n'est pas la même chose.

— Non. Introduire un revolver de calibre 22 à Majorque comporte beaucoup moins de risque. Je ne suis pas en train de te dire que le fait que cette femme ait été en possession d'une arme, si tant est qu'elle était à elle, ne veuille rien dire. Mais moi, je ne m'en relèverai pas la nuit. Va-t-en savoir qui a fait entrer le revolver. Pourquoi pas la victime ?

— Il ne manquerait plus que ça !

Perelló laissa échapper un grognement.

— La fille était un sacré numéro, collègue. Les touristes qui viennent ici ne cassent pas des briques. L'endroit n'en impose pas par sa réputation. La plupart des vacanciers sont des Espagnols et surtout des habitants de l'île. Des gens pas très modernes, comme moi. Dès que tu en auras le loisir, rends-toi sur la plage, tu en feras l'expérience par toi-même. Eh bien la fille, pas complexée pour un sou, se défaisait de tout ce qu'elle avait sur elle et trottinait jusqu'à l'eau les fesses à l'air. Elle s'est rendue célèbre en deux jours. Je regrette que personne ne l'ait dénoncée, parce que telle que je l'ai vue morte j'aurais eu grand plaisir à l'arrêter vivante.

— Se baigner nu est un délit discutable, mon adjudant.

— Le juge l'aurait acquittée. Le problème c'est que là où elle se découvrait véritablement c'est dans la station. Une nuit, elle a emballé en moins d'une demi-heure deux gouapes dans un pub. Quand l'un a cru que l'affaire était dans le sac, elle est partie avec l'autre, et au moment où ils allaient se battre à coups de bouteille ils l'ont vue en train de peloter une gamine de dix-sept ans. Ils l'ont chassée à coups de pied et elle se tenait les côtes de rire. Nous avons d'autres témoignages de ce genre, sans même sortir de la station où elle résidait. Je te le répète, Vila : le premier chien coiffé l'a tuée. Une nuit, elle s'est trompée de partenaire, et terminé ! Maintenant c'est à toi de badigeonner tout ça de vert. Mais ce n'est pas en te plaignant que je vais t'aider. Tu peux me demander ce que tu veux et à l'heure que tu veux. Si tu as besoin de nous, n'hésite pas.

— Merci, mon adjudant. Comme tu sais, je dois faire preuve d'autosuffisance. N'importe comment, je retiens la proposition.

Nous regagnâmes le vestibule. Barreiro parlait de quelque chose qui l'amusait beaucoup et qui relevait à peine les commissures des lèvres de ma subalterne.

— Comment vous traite le Corps, Chamorro ? J'espère qu'il vous traite un peu mieux qu'il ne traite le Galicien, plaisanta Perelló. Ne me regardez pas comme ça. Vous savez de quel Corps je veux parler, non ?

— Oui. Je ne me plains pas, mon adjudant.

— Le sergent m'a dit que vous étiez un cerveau. Si le Galicien pouvait en prendre de la graine. Mais pas trop, il ne faudrait pas qu'il perde de son charme.

Barreiro ne riait plus. Les yeux fichés en terre, il triturait le cran de sûreté de son fusil, exactement comme la page un du manuel de maniement d'armes recommande de ne jamais procéder.

Avant de nous donner congé, Perelló réitéra sa proposition de nous seconder, si besoin était, et s'adressa en particulier à Chamorro.

— Si vous êtes en difficulté, appelez-moi. Vous me dites qui vous êtes et je lâche Quintero. Vous ne le connaissez pas, il est actuellement de patrouille, c'est un rustre mal dégrossi de Cordoue. Nous avons déjà reçu cinq plaintes pour mauvais traitements grâce à lui. Il regarde beaucoup la télévision et il ne fait plus la différence.

Au volant de la voiture, j'échangeai quelques impressions avec Chamorro.

— Que t'a raconté ton camarade ?

Elle soupira.

— Barreiro ? Rien de nouveau. L'adjudant a été

un peu dur avec lui, mais il a l'habitude. A l'école, il en a vu de toutes les couleurs. Il a été reçu quatre centième, ou plus. Enfin, bon dernier. Au bout de deux jours, tout le monde le connaissait.

— Ah bon ?

— Il a essayé de se faufiler dans une compagnie de filles. Le lieutenant-colonel l'a sorti de la formation devant tout le monde et il nous a dit que, s'il y a en avait un autre qui s'imaginait que c'était la bonne ambiance de l'université, qu'il en tire un exemple. Barreiro en a pris pour huit ou neuf cents pompes, cent tours de parc et un avertissement. A la fin du cursus, il a demandé le Nord, pour faire du zèle, ou pour l'argent, mais on lui a refusé.

— Et que t'a-t-il dit sur notre affaire ?

— Que la fille était superbe et que ça devait être la femme âgée parce que c'est lui qui a trouvé le revolver avec ses empreintes.

— Éclatant. Rien d'autre ?

— Il m'a raconté avec amusement les scandales qu'elle provoquait sur la plage. Il buvait du petit-lait, et je suppose qu'il aurait donné la prunelle de ses yeux pour assister au spectacle. Rien que le commandant ne nous ait déjà communiqué.

— Et Satrústegui ?

— Il n'a pas dit grand-chose. Il écoutait d'un air soupçonneux. Comme s'il se méfiait de Barreiro et de moi.

— Ne te laisse pas atteindre par ça. Le jour où nous aurons fait, toi et moi, ce qu'ils n'ont pas pu faire, ils te respecteront.

Chamorro prit un air pensif

— Il y a un an que j'essaie de me faire respecter, dit-elle enfin, chagrinée, et pour le moment ça n'a pas trop bien marché.

Voilà que j'étais censé lui insuffler du courage. Je

ne suis ni un homme sans cœur, ni un machiste endurci, et peu m'importe que les gens se montrent faibles devant moi, du moment que cela ne devient pas une habitude. Mais j'ai toujours agi seul, avant de devenir militaire et policier, comme après, pendant mes heures de travail et en dehors. Je ne pense pas qu'on puisse être assisté dans les choses essentielles et cela m'ennuie qu'on me mette en situation de soutenir ou d'affronter un courant collectif. Soulager Chamorro des difficultés liées à son sexe, c'était dans une large mesure m'impliquer dans une bataille déplaisante, stupide et inutile, et à propos de quelque chose qui me motivait bien peu. Beaucoup de mes collègues s'opposent au recrutement de femmes dans le Corps. D'autres apprécient que leur partenaire de patrouille se prénomme Mónica et embaume une autre variété d'eau de Cologne. Moi je n'ai jamais cherché de femmes dans la marmite dont je tire ma subsistance, et je n'évalue pas en plus ou en moins un ami ou un ennemi suivant la position dans laquelle il urine. En pareille circonstance, cela ne me rendait partisan de personne ni bénéficiaire de rien. Nonobstant, je dis à Chamorro :

— Tu es intelligente et tu te sers depuis le début de ta tête. Zaplana, au bout de onze mois, savait uniquement défiler et donner des coups de talon. S'il est devenu commandant, tu peux briguer le grade de général d'armée. Seulement, tu ne dois pas t'apitoyer sur ton sort avant l'heure.

— Je peux vous poser une question, sergent ?

— Et même plusieurs, si tu le souhaites.

Elle pesa longuement ses mots :

— Avez-vous sollicité vous-même, je veux dire avez-vous eu une part d'initiative dans le choix de votre acolyte ?

— Non, répondis-je aussi sec.

— Je vois.

— Non, tu ne vois pas du tout, la repris-je. Primo : je n'aime pas avoir d'acolyte. Une manie, ou appelle-le comme tu voudras. Deuxio : maintenant que je commence à y voir plus clair et indépendamment de tout choix personnel, je pense que ce n'est pas une mauvaise chose qu'il y ait une fille dans l'équipe de recherches. Tertio : au départ, je préférais Salgado, parce qu'au premier abord elle est plus sexy et qu'elle a plus de métier que toi. Quarto et ultimo : Pereira voulait te donner une chance, et si j'avais eu sur mon uniforme le même nombre de barrettes j'aurais agi exactement comme lui, parce qu'il n'y a aucune raison que tu t'en sortes moins bien que ta collègue et parce que si on ne t'en donne jamais l'occasion tu ne peux pas le prouver. Voilà tout sur la question. Tu pourras m'accuser de tout ce que tu voudras, mais certainement pas d'avoir manqué de franchise.

— Cela va sans dire.

— Il faut aussi que tu saches que, tant que tu seras avec moi, quiconque se mêlera de ce que tu fais ou de la façon dont tu le fais sera en train de me cracher à la figure. Et je peux t'assurer que, quand on me crache à la figure, je suis sans pitié, dans les limites permises. Voilà, en résumé, ta situation vis-à-vis de moi et vis-à-vis des autres.

— Compris, sergent ! Je ne reviendrai plus sur le sujet.

Il y eut un bref moment de silence. J'en inférai que Chamorro avait trouvé l'appui dont elle avait besoin et que je m'étais débrouillé une fois de plus pour m'acquitter de mon devoir sans trop avoir à mentir. Quand un homme doit abuser du mensonge pour s'acquitter de son devoir, il peut être sûr qu'il est en train de se tromper, de vérité ou de devoir.

Nous avions déjà atteint les premières habitations

de la station balnéaire. Le relief se composait d'une série de collines assez peu prononcées qui ondulaient jusqu'à la mer et qui étaient parsemées, avec une densité variable, de villas blanches et de maisons couleur sable, aux fenêtres invariablement vertes. Les rues étaient plutôt en mauvais état et, à quelques exceptions près, les constructions ne respiraient pas non plus la pleine prospérité. Tout semblait avoir été bâti trente ans plus tôt. Au fond, les collines allaient expirer sur les falaises qui surplombaient la mer. Entre ces falaises s'ouvrait une dépression au bout de laquelle se laissait deviner une crique, c'est-à-dire la plage. Interrompant mon examen, Chamorro renoua la conversation :

— Et que vous a dit l'adjudant ? Si ce n'est pas indiscret.

— Évidemment que ce n'est pas indiscret. Et il est même bon que tu en sois informée. Perelló est un type astucieux, et il a des idées.

— Quel genre d'idées ?

— Il pense que ce n'est pas Regina.

— Pourquoi ?

Je lui en résumai les raisons.

— Et qu'allons-nous faire ? demanda-t-elle.

— Notre travail. Nous allons commencer comme si de rien n'était, et nous verrons bien où nos pas nous conduisent. La villa qu'on nous a louée se trouve dans la même rue que la maison du crime. Je suis convenu avec Perelló d'aller la visiter demain matin à la première heure, à l'abri des regards. Aujourd'hui, nous avons toute la journée devant nous. Nous irons à la plage, nous déjeunerons au restaurant et nous ferons la sieste. Ce soir, nous irons faire un tour dans le pub du coin et nous pousserons jusqu'à l'Abracadabra. Je ne peux pas t'en dire plus pour le moment. Ensuite, c'est à la grâce de Dieu, et si d'aventure tu t'étais imaginé que je suis comme Pereira, sache que les suggestions des membres non gradés du Corps sont les bienvenues. Mais pour commencer, cesse donc de me vouvoyer. Si on ne s'y colle pas tout de suite, tu vas me dire « sergent » en me demandant de te passer la crème à bronzer.

— Comme tu voudras.

Chamorro avait dénoué ses cheveux. Elle avait ouvert la fenêtre et sa chevelure ondoyait au vent. Je n'irai pas jusqu'à dire qu'elle ressemblait à une star du pop, mais au moins elle n'avait plus l'air d'une institutrice. Certains de ses gestes étaient même empreints d'une sensualité évocatrice et surprenante. Par exemple, elle se mordillait le petit doigt de la main droite et, ce faisant, par inadvertance, pensai-je, elle laissait pointer le bout de sa langue entre ses dents. L'été produit une étrange alchimie sur les gens. Comme si en démantelant le paquet de vêtements derrière lequel ils se barricadent durant l'hiver, il démantelait un peu de leur coquille morale. Sous cette coquille, Chamorro, malgré ses rougissements ou sa réserve — et en dépit de la panoplie de conventions qui l'avait revêtue d'un uniforme de servante de l'ordre et qui montrait du doigt les mœurs de la victime —, était plus semblable qu'opposée à Eva Heydrich, infortunée séductrice de gynécologues d'âge mûr, de baigneurs, de loubards et de jeunes filles pubères déroutées.

C'est alors que j'eus l'intuition que mon aide n'allait pas être incapable de comprendre la victime et l'assassin, et dès cet instant j'admis qu'il était possible qu'elle puisse effectivement m'aider à résoudre cet embrouillamini dont on m'avait confié la charge à mon corps défendant.

5.

Trop de froideur

Dès que nous eûmes pris possession de la villa, Chamorro de la chambre nuptiale et moi d'une chambre plus petite pourvue d'une espèce de grabat, pour qu'on n'aille pas dire que je tirais avantage de mes galons, nous nous disposâmes à nous rendre à la plage. La terrasse offrait une belle vue sur la crique, si belle que je me demandai comment Zaplana s'était arrangé pour débusquer une location pareille en plein mois d'août. Comme ce n'était pas le genre de choses qui devait me préoccuper, j'assumai mon étonnement et changeai de passe-temps.

En attendant que Chamorro soit à pied d'œuvre, je jetai un coup d'œil sur la disposition des maisons dans la rue. Elles étaient suffisamment espacées pour que les riverains ne s'entendent pas ronfler, mais peut-être pas assez pour qu'ils ne perçoivent pas un coup de feu au milieu de la nuit. Et, en tout cas, certainement pas assez pour qu'ils n'en perçoivent pas deux. D'après l'enquête de gendarmerie, personne n'avait rien entendu. La nuit des faits, il y avait eu des réjouissances dans le complexe urbain (c'est-à-dire qu'il y avait eu des fêtes dans la station durant tout le mois d'août, dans l'un ou l'autre des divers groupes d'habitations qui la composaient) et au programme figuraient un spectacle de feu d'artifice et un concert de pots-pourris, diffusé par des haut-parleurs tonitruants. Néanmoins, la rue était relativement éloignée de la zone où se déroulaient les festivités. Un revolver de calibre 22 ne fait pas autant de bruit qu'un obus, certes ; mais, à moins d'un dispositif destiné à l'amortir, la détonation frappe tout de même l'oreille.

Le lendemain nous pourrions inspecter la maison. J'étais curieux de connaître la disposition des différentes pièces, depuis celle qui avait vraisemblablement été le théâtre des coups de feu jusqu'à la salle de séjour où Eva avait été découverte suspendue. Il venait de me passer par la tête qu'il n'était pas contre-indiqué d'essayer de vérifier s'il était possible de penser que le crime n'avait pas été commis là où nous le pensions tous, c'est-à-dire si le voyage de la morte n'avait pas été un peu plus long.

J'en étais là de mes réflexions quand Chamorro réapparut en tenue de plage et me remplit d'étonnement. Dans des moments d'oisiveté ou de frivolité, je l'avais imaginée dans un maillot bleu marine au décolleté carré, ou pour mieux dire sans décolleté, comme ces costumes de bain que portent les femmes sur les gravures des années trente, exception faite peut-être du haut de la cuisse, qui s'est converti en un détail à la mode et qui dénote par conséquent de la présomption. Mais voilà qu'à présent je l'avais devant moi dans un haut de bikini exigu aux bretelles presque invisibles et un jean coupé à hauteur du pli de l'aine.

— Je suis prête, dit-elle comme si de rien n'était.

Elle était un peu blanche, mais elle était divinement faite et de toute évidence elle ne manquait pas d'exercice. L'ostentation par les femmes de formes musculaires suaves est assurément une corruption regrettable des canons de beauté classiques, mais on est tellement habitué à se faire bombarder de cet idéal par les affiches publicitaires pour le yaourt et autres substances salutaires qu'il est difficile de réprimer un mouvement d'admiration quand on se retrouve devant une réalisation aussi exemplaire que celle que représentait l'agent auxiliaire Chamorro. Je la côtoyais pourtant depuis de longs mois, mais pas un instant je n'aurais pu soupçonner que sous son uniforme ou ses habits civils se cachait une esquisse presque achevée de top model, autrement dit un archange de la modernité.

— Quelque chose ne va pas ?

Je m'aperçus alors que je la fixais depuis dix ou quinze secondes sans prononcer une parole. Non que ce soit indigne, il est tout aussi anormal d'apprécier une subalterne à la fermeté de ses fesses que de s'obliger à ignorer le fait que certaines paires de fesses sont plus belles que d'autres. Toujours est-il que Chamorro aurait pu se sentir mal à l'aise et que je n'étais pas venu là pour déroger à ma règle numéro un et rêver aux plaisirs que ma subordonnée était susceptible de susciter.

— Non, rien. J'étais distrait.

— Ma tenue ne te convient pas ? J'ai dû faire ma valise très vite. J'ai pris ce qui me tombait sous la main.

— Ta tenue est convenable, Chamorro. Comment dirais-je, audacieuse.

Elle baissa la tête.

— Sérieusement, insistai-je. Et excuse-moi.

— De quoi ?

— De ma distraction. Tu penses que j'ai l'air d'un touriste ?

Mon adjointe ne hâta pas son jugement.

— C'est le style de maillot qu'on portait il y a cinq ou six ans, finit-elle par avouer.

— Tant que ça ? m'étonnai-je.

— Oui, au moins. La couleur n'est pas mal. Un peu vive.

Un qualificatif bien miséricordieux pour ce maillot fuchsia, en tissu imprimé. Il m'arrivait aux genoux et sa longue, ou excessive, utilisation était en étroite relation avec le fait qu'aucun autre maillot ne cédait autant que lui face à la lente, quoique modérée, mais déjà inexorable expansion de mon abdomen. Le genre de misères qu'on ne prévoit pas d'une manière adéquate quand on a vingt ans et qu'on s'imagine qu'on restera toujours impuni.

La plage offrait suffisamment d'espace pour que viennent s'y prélasser cent cinquante à deux cents personnes. Si on tient compte du fait que l'exploitant de la buvette, qui, comme nous l'apprîmes bientôt, était aussi celui des transats et des pédalos, occupait avec ses trois industries les trois quarts du terrain disponible, et si on considère en outre qu'il n'y avait pas moins de trois cents personnes sur la plage, on se fera une idée approximative du degré d'entassement des baigneurs, surtout de ceux qui avaient renoncé ou s'étaient refusés à acquitter le prix de location astronomique d'un transat. Il nous serait loisible un autre jour de soustraire des fonds qui nous étaient alloués la somme correspondante pour prendre le pouls de cette ambiance de privilégiés, pour la plupart des vacanciers étrangers. Mais, en ce premier matin, nous nous mêlâmes à ceux qui étaient étendus sur le sable sans autre médiation qu'une natte, qui s'emboîtait à grand-peine dans le puzzle de nattes qu'était devenue la frange de plage résiduelle.

Conformément à mes instructions, Chamorro alla se baigner sans tarder. Au moment où elle se défit de son petit short, je m'astreignis à une rigoureuse discipline cérébrale pour demeurer indifférent, et j'y parvins, non sans avoir capté quelque faille dans mon impassibilité quand je la vis se diriger vers l'eau, contrainte d'onduler des hanches par la nécessité, celle du sable qui s'enfonçait sous ses pas. J'allais bien finir par l'assumer, même si c'était l'été et que mon côté animal fût moins contrôlé que d'ordinaire. J'ai toujours pensé qu'un policier peut et dans une certaine mesure doit se sentir séduit par une criminelle, s'il se débrouille au dernier moment pour l'insulter comme le fait Sam Spade avec Brigid O'Shaughnessy à la fin du *Faucon maltais*, et si possible avec la même tête que Humphrey Bogart. Mais se sentir séduit par une camarade de travail, abstraction faite d'autres infractions, représente une dispersion mentale incalculablement pernicieuse. Le torero ne doit penser qu'au taureau et ne pas cesser de le faire un seul dixième de seconde, parce que durant cet infime laps de temps le guette, tapie, l'erreur, c'est-à-dire la corne.

Cinq minutes plus tard, Chamorro tenait déjà conversation dans l'eau avec une jeune femme de son âge, et je me rappelai soudain qu'on ne me payait pas seulement pour me rôtir le cuir.

Je commençais à peine à explorer des solutions plus laborieuses quand la chance, ou mon indolence, voulut que parviennent plus ou moins bien à mes oreilles, proférées par un groupe qui m'était contigu, les paroles suivantes :

— Je te dis que c'est elle. Il y avait la photo dans le journal et c'est son portrait tout craché. Et la description qu'ils donnent de la dame âgée, pareil.

C'était une voix féminine. Je tournai la tête et découvris deux garçons et deux filles d'une bonne vingtaine d'années. Celle qui parlait et qui, ce faisant, agitait nerveusement les mains, était une maigrichonne aux yeux verts. L'un des garçons, qui portait une répugnante barbe de relâchement estival, acquiesçait, tandis que l'autre se montrait sceptique. La seconde fille, une brune taciturne, ne prenait pas position.

— On ne les a pas bien vues, elles étaient loin, objecta le sceptique.

— On n'est pas tous bigleux, précisa le barbu.

— O.K., ça va, t'as marqué un point.

Celui qui refusait d'admettre la coïncidence avec la photographie du quotidien semblait, en effet, atteint de myopie. C'était d'autant plus visible sur la plage, où il ne portait pas de lunettes et où il ne pouvait pas dissimuler sa vue courte derrière des lentilles.

— Vous ne seriez pas en train de parler de la fille qu'on a tuée il y a deux jours ? m'immisçai-je.

Ils se turent tous les quatre.

— Je ne suis là que depuis deux jours et je n'entends parler que de ça. Vous la connaissiez ?

— Paula s'imagine que oui, répondit distraitement le sceptique.

— Et moi aussi, intervint le garçon à la barbe. Elles venaient sur cette plage. La fille et l'autre, celle dont on dit qu'elle l'aurait tuée.

— La femme avec qui elle vivait, annota en marge la fille aux yeux verts, Paula.

Je savais déjà qui allait me donner l'information, du moins je me le figurais, si bien que je feignis d'ignorer la brune et le myope. Et, m'adressant aux deux autres, je partis à la pêche avec la curiosité la plus mesquine qu'il me fut possible de simuler :

— Dites donc, c'est vrai qu'elles étaient... ?

— Ah ! pour ça, oui ! affirma le barbu. On était justement en train de dire qu'on avait assisté, là, sous nos yeux, à une dispute d'amoureuses.

— Ah oui ?

— C'était manifeste, opina Paula.

— Vous êtes en train de battre votre petite mayonnaise, s'interposa le sceptique, d'une voix égale. Ç'aurait pu être à propos d'autre chose.

— Qu'est-ce que tu en dis, toi ? me proposa le barbu. Pendant une heure, elles sont restées à parler dans leur chaise longue, sous le parasol. Pour être plus exact, c'est la vieille qui parlait. L'autre feuilletait une revue et faisait une tête de six pieds de long. On aurait dit une de ces Françaises de la Côte d'Azur, avec les cheveux relevés sur la tête et d'énormes lunettes de soleil. Elle était comme une princesse, elle ne regardait personne.

— Pas comme toi, qui regardais ce qui ne te regardait pas.

C'était la première fois que la brune ouvrait la bouche.

— Moi autant que toute la plage, reconnut le barbu. C'était une fille comme on en voit dans les films, avec une paire de...

— Monsieur n'a pas besoin de dessin, l'interrompit de nouveau la brune.

— Je n'en suis pas si sûr. Trop beaux pour être montrés. Et puis blanche comme un pied de lavabo. On aurait dit un fantôme, elle faisait presque peur. A côté, l'autre était une vraie loque, les cheveux en bataille et avec une espèce de peignoir tout délavé.

Il ne fallait pas trop provoquer le barbu. Il était en train de raconter l'événement de l'été, ou peut-être de tous les étés qu'il lui avait été donné de vivre. Si la brune était sa fiancée, ou que sais-je, je me mettais à sa place. Sa future présence auprès de lui n'allait être qu'une ombre pâle à côté du puissant souvenir de la malheureuse Heydrich. Je le laissai poursuivre :

— Bon, eh bien au bout d'un moment, et quand la vieille devient franchement pénible, faisant comme si elle allait lui arracher sa revue et lui demandant de la regarder, la fille se met à la regarder. A en tomber sur le cul. La vieille en reste littéralement comme deux ronds de flan, la bouche ouverte. Alors, sans lui adresser la parole, la princesse se lève, pose ses lunettes, jette la revue et se dirige vers la mer. S'il y avait eu de la musique pendant qu'elle marchait, ça aurait fait un vidéo-clip.

— Apportez un seau pour les filets de bave, demanda la brune.

— Arrête ! Tout le monde la mangeait des yeux, il n'y avait pas que lui, l'excusa Paula. Et les femmes, non plus, ne la lâchaient pas du regard. Il faut dire qu'elle attirait vraiment l'attention.

— Sitôt arrivée au bord de l'eau, reprit le barbu, elle s'est baissée et elle s'est mise à nager. Elle nageait comme une déesse, ses longs bras étaient comme des serpents, si tant est qu'il existe des serpents blancs. En deux minutes, elle avait atteint cette grotte qu'on voit là-bas un peu avant la sortie de la crique. Là, elle s'est renversée sur le dos pour prendre un bain de soleil.

— Tout de suite après, le relaya Paula, la femme âgée s'est approchée du bord et a commencé à l'appeler. Dès que l'autre a vu qu'elle lui faisait des signes, elle s'est étendue, la tête vers le large. La femme âgée faisait peine à voir. Elle est restée au moins une demi-heure les pieds dans l'eau, à attendre que la jeune regarde dans sa direction. Chaque fois que l'autre tournait un peu la tête pour voir si elle était toujours là, et ce n'était pas facile parce qu'elle se trouvait assez loin, elle recommençait à l'appeler. Elle n'arrêtait pas de regarder sa montre, elle avait l'air désespérée. Elle se mettait même sur la pointe des pieds, une main au-dessus du front, comme si ça l'aidait à voir mieux et plus loin. Mais la jeune restait impassible. La femme âgée a fini par capituler et par retourner vers son transat. Là, elle est restée un bon moment, le regard toujours tourné vers la mer et à l'affût du moindre mouvement de l'autre. Sa peau était tellement blanche qu'elle ressortait sur la roche de la grotte.

— A la fin, revint à la charge le barbu, la vieille a pris ses cliques et ses claques, très en pétard, laissant la princesse étendue sur ses rochers et la mer entre elles. M'est avis qu'elle ne savait pas nager et que l'autre est allée s'installer là-bas pour la faire enrager et ne plus être à sa portée.

— La vieille n'était pas en pétard, elle était triste, c'est très différent, rectifia Paula, minutieuse.

— Pourquoi triste et pas en pétard ? demandai-je, parce que cette nuance me semblait présenter de l'importance.

— Elle n'a pas ramassé ses affaires rageusement, elle n'a pas eu de mauvais geste. Elle a fait les choses lentement et avant de s'en aller, alors qu'elle était déjà debout, elle est restée encore un moment à regarder dans la direction de la jeune. Ensuite elle est partie, la tête baissée. Quelqu'un qui est en pétard ne marche pas la tête baissée.

— Moi je te dis qu'elle était en pétard, s'entêtait le barbu.

— Et pourquoi ? — je lui donnai sa chance.

— L'autre lui avait joué un mauvais tour, elle l'avait regardée du haut de sa grandeur, elle s'était payé sa tête sèchement.

— Et alors ?

— Eh bien, comme je vous dis. Il y a de quoi être en pétard.

— Ah.

— La jeune, celle qu'on a tuée, n'est revenue de la grotte qu'un bon bout de temps après, quand elle était bien sûre que l'autre était partie, ajouta Paula.

— Et alors tu ne devineras pas ce qui s'est passé,

se dégourdit le sceptique, avec un éclat soudain dans ses yeux de myope.

— Eh bien non.

— Quand elle est sortie de l'eau, la fille avait le bas de son bikini dans la main. Un scandale de tous les diables.

— Allez, encore des filets de bave, mâchonna la brune. Tu n'en avais jamais vu un ?

— Un comme celui-là, non.

— Il faut vraiment être gland.

— Il y a une grosse qui l'a traitée de putain, haut et clair, déclara le barbu. Mais elle a fait comme si de rien n'était. Et ce n'est pas parce qu'elle ne comprenait pas la langue, il n'y avait pas besoin de la comprendre. Elle a traversé toute la plage jusqu'à son transat et elle s'est séchée sans se presser. Ensuite elle a mis ses lunettes, elle a enfilé sa robe et bonjour chez vous. Tout semblait lui glisser dessus.

— Vous pensez que c'est la vieille qui l'a tuée ?

— Sûr et certain, avança le barbu.

— Moi, je n'en serais pas si sûre, hésita Paula.

— Si c'est bien de ces deux femmes dont il s'agit, moi ça ne m'étonnerait pas, s'adoucit le sceptique.

— Trop de froideur. C'est ça, murmura la brune, mystérieuse.

— Quoi ?

— Elle était tellement froide qu'elle avait déjà l'air morte, expliqua-t-elle. Qu'est-ce que ça peut faire qui lui a tiré dessus ? Elle a dû le chercher.

J'ai toujours accordé plus de crédit à l'intelligence féminine et les femmes taciturnes m'ont de tout temps attiré. Aux deux jeunes hommes, je devais l'histoire, guère plus. A Paula et à la brune, deux bouts plausibles de vérité, et peut-être même davantage. Je fis durer la conversation pour camoufler un tant soit peu mes véritables intentions, puis je pris congé d'eux et me rendis au bord de l'eau.

Chamorro, qui s'était aperçue que j'avais établi un contact apparemment fructueux, n'était pas retournée à l'endroit où nous avions disposé nos accessoires de plage. Entre deux baignades, elle se brunissait sur les rochers les plus proches, sondant d'éventuels témoins, qui invariablement étaient des jeunes femmes plus ou moins de son âge. C'était certes le choix le plus simple, mais c'était peut-être aussi le plus judicieux. Après ce que je venais d'entendre, il semblait évident qu'Eva laissait des traces plus prolixes et plus profondes sur les personnes de l'espèce femelle.

Dès que je fus dans l'eau, mon adjointe vint à ma rencontre.

— Tu es resté un bon bout de temps avec ces gens, dit-elle. Quelque chose qui vaille la peine ?

— Aucune peine. Comme le Tao. Qui ne cherche pas trouve, tu sais bien.

— Le Tao ?

— Laisse tomber, c'est sans importance. Je t'expliquerai plus tard. Mettons encore à profit l'heure qui nous reste avant le repas. Ensuite nous échangerons nos impressions.

Nous repartîmes chacun de notre côté. Après nous être rejoints, sur le chemin du retour, nous fîmes l'inventaire. Le butin le plus substantiel était, de loin, l'histoire qu'on m'avait racontée. Chamorro avait obtenu une attestation exhaustive de l'empreinte trouble et scandaleuse que le passage d'Eva avait laissée sur la colonie de vacanciers. Hormis Paula et ses amis, personne ne se la rappelait en compagnie de Regina. Nous pouvions en déduire que l'incident dont j'avais eu connaissance était relativement exceptionnel. Quant à la date de cet incident, les indications que j'avais pu récolter auprès des jeunes gens avant de les quitter ne le situaient pas plus tard que deux ou trois jours après l'arrivée d'Eva dans l'île, ce qui s'accordait avec le reste de nos renseignements. Les autres apparitions de la victime sur la plage, auxquelles mes confidents, partis en excursion à l'autre bout de l'île, n'avaient pas assisté, se concentraient sur les deux jours suivants. Après quoi, il y avait une relative unanimité entre les personnes qui se considéraient comme des assidus du lieu pour nier qu'Eva eût de nouveau promené ses charmes dénudés sur cette plage. Tout concordait avec les renseignements que nos collègues nous avaient transmis, mais la chronologie pouvait encore gagner en précision.

Mon aide avait recueilli des informations sur des détails concrets qui, s'ils n'étaient pas décisifs, jetaient néanmoins quelque lumière sur la personnalité de la défunte. Quelqu'un l'avait vue nager sur près d'un demi-kilomètre au large de la crique, un jour où la mer n'était pas totalement calme. Une autre personne lui rapporta comment elle avait volé au secours d'un enfant qui avait perdu sa bouée. Le père était aussitôt accouru et Eva était restée à l'observer d'une manière inhabituelle. C'est le seul rapprochement de la victime avec un être humain dont on nous fit part. Au comptoir de la buvette, la femme qui secondait le patron et qui avait une singulière connaissance de tout ce qui survenait sur la plage, en plus de confirmer à Chamorro des dates et autres indications, lui raconta que la défunte s'exprimait indifféremment en allemand et en italien et que, comme elle parlait un italien un peu curieux, elle, la femme de la buvette, habituée au contact avec des étrangers, préférait communiquer avec elle en allemand. Le premier jour, Eva avait commandé quelque chose qui, d'après ce que Chamorro me dit que la femme de la buvette lui avait raconté, devait être un gin-fizz. Quand elle eut compris qu'il ne s'agissait pas d'un éventaire des Caraïbes et que l'art du cocktail dépassait de beaucoup les compétences de l'établissement, elle commandait invariablement un gin sec avec beaucoup de glaçons. Elle n'avait jamais acheté à manger.

De mon côté, je gaspillai une bonne partie du reste de la matinée à me faire malmener dans une partie de volley-ball, au cours de laquelle je rencontrai quatre ou cinq types qui avaient vu Eva et qui me décrivirent avec ferveur certains aspects de son anatomie que le médecin légiste ne devait pas avoir retenus avec un tel luxe de détails. Aucun d'entre eux n'avait passé le stade de l'onanisme visuel, et il me fallut archiver leurs témoignages sans autre formalité.

Tandis que nous nous dirigions vers le restaurant, Chamorro me sonda :

— Tu crois qu'elle était irrésistible à ce point ?

— Je ne sais pas. Je l'ai seulement vue morte.

— Bon, et même comme ça ?

J'ignorais ce qu'elle poursuivait et j'aurais mieux fait de me taire, mais je ne le fis pas.

— Elle était belle, très belle, avouai-je. Mais elle avait quelque chose qui faisait dresser les cheveux sur la tête. Sur les clichés, j'ai pensé que c'était le fait qu'elle était morte, les deux balles ou le relâchement du corps. C'est peut-être tout autre chose.

6.

Inspirée par les étoiles

Le meilleur restaurant de la station balnéaire, qui se trouvait être aussi le seul, n'offrait pas une grande variété de plats sur sa carte graisseuse. Les prix s'agrippaient péniblement au sommet de petites montagnes de liquide correcteur qui témoignaient de la progression galopante de l'inflation, et sous les strates desquelles on devinait encore les vestiges de chiffres graduellement inférieurs et déjà allègrement oubliés par le propriétaire. Je commandai un gaspacho ainsi qu'un plat à base de poisson et Chamorro seulement un plat de résistance, des côtelettes d'agneau ou quelque autre friandise, car j'ai le souvenir que cela ne cadrait pas avec son ascétisme supposé.

Comme il nous fallut attendre quarante-cinq minutes avant que mon gaspacho, sans doute un distillat d'essences multiples, atterrisse sur la table, nous eûmes tout le temps de savourer l'apéritif. Dans notre voisinage immédiat, il n'y avait que des Anglais, et il est bien connu que les Anglais ont un cerveau et un appareil phonatoire atrophiés de telle manière qu'ils sont incapables de parler ou de comprendre un autre idiome que le leur. Nous devisâmes donc en toute liberté, ne prenant garde qu'aux apparitions sporadiques des serveurs.

— Je ne pense pas que cette plage puisse éclairer davantage notre lanterne, avançai-je.

— Si mes calculs sont bons, entre le jour où Eva s'est rendue sur cette plage pour la dernière fois et le jour de sa mort, il s'est exactement passé une semaine, précisa Chamorro. C'est beaucoup de temps pour une femme comme elle.

— Et entre sa dispute avec Regina et le prétendu crime passionnel, dix jours. C'est beaucoup de temps pour mûrir le projet. Parce que cette dispute nous a permis de découvrir que dix jours avant qu'Eva soit éliminée, et très peu de temps après son arrivée, les relations entre les deux femmes n'étaient pas un lit de roses. Un envoûtement bien court, non ? Si tant est qu'il y en ait jamais eu, du moins d'un côté. Et j'irai même plus loin.

— Jusqu'où ?

— Les problèmes dataient d'avant. D'avant l'arrivée d'Eva sur l'île. Elle n'a pas fait la conquête de Regina à l'Abracadabra : elle l'avait connue là-bas, en Italie, en Autriche ou en Suisse, et elle est venue la voir. Peut-être avec l'intention délibérée de l'humilier, ou tout simplement parce qu'elle s'ennuyait, si elle était vraiment comme on le dit. Et si Regina n'en était pas à sa première humiliation, ce que j'ai tendance à croire vu la façon dont elle avalait la pilule, qu'est-ce qui peut nous amener à penser qu'elle lui ait répondu cette fois-là par une réplique qui n'était pas sa réplique habituelle.

— Je ne sais pas. C'est peut-être la goutte d'eau qui a fait déborder le vase.

— Peut-être. Mais peut-être aussi, et c'est encore plus probable, que Regina avait un vase trop grand pour que la mesure soit comble. Elle l'avait dans la peau. Quand un jeune ou une jeune subjuguent un vieux ou une vieille, ils se rendent vite compte qu'ils peuvent les pressurer comme des citrons jusqu'à ce qu'ils en aient assez. Eux, ils ont du temps de reste pour aller replanter leur décor ailleurs. Le vieux ou la vieille, non.

— Si j'ai bien compris, nous voici revenus à la case départ, résuma Chamorro.

— Si au bout d'un certain nombre de jours nous sommes toujours à la case départ mais avec un nombre de plus en plus important de pièces sur la table, ce sera bon signe. Quand nous les emboîterons, nous courrons moins le risque de nous tromper.

— Nous n'avons pas beaucoup de temps.

— Nous en avons suffisamment. Et la journée est loin d'être terminée. J'ai dans l'idée que nous progresserons davantage ce soir.

— Et en attendant ?

— En attendant, nous allons déjeuner, vérifier ce que savent les serveurs et faire un petit somme. Ce soir nous devons à tout prix avoir l'esprit frais. Alors profites-en pour te détendre. On n'arrive pas plus tôt ni plus loin avec les dents serrées.

Chamorro acquiesça en silence. Quand elle recevait un ordre qui heurtait sa scrupuleuse vision des choses, elle le laissait trop paraître. En pareilles circonstances, elle assumait son devoir d'obéissance comme une pénitence que le Très-Haut lui imposait dans l'exercice de ses fameux desseins insondables.

— Voilà douze heures que nous sommes ensemble et nous n'avons fait que parler travail, dis-je pour tenter de l'amadouer. A ce rythme, nous serons bientôt bons pour l'asile. Il faut savoir s'accorder des soupapes de sûreté. Tu ne penses pas ?

Elle réfléchit avant de parler, parce que c'était là un terrain sur lequel la précaire assurance qu'elle s'était forgée pour se conduire sur des questions officielles pouvait défaillir.

— Chacun a sa façon de le faire, répondit-elle, énigmatique.

— Et quelle est la tienne, Chamorro ?

— J'étudie.

— Et peut-on savoir quoi ? demandai-je, considérant comme bien établi que ce serait à l'ordre du jour pour aspirer au grade de sergent, ou même pour entrer à l'école des officiers, si toutefois elle n'avait pas renoncé à son projet.

— Les mathématiques.

— Allons, bon. Tu aimes les chiffres ?

— J'aime les étoiles, révéla-t-elle, rougissante. Depuis que je suis toute petite. L'astronomie est une branche des mathématiques. Les gens ne le savent pas toujours.

— Vraiment ? Je ne pensais pas qu'il pouvait y avoir un rapport.

— Il y a beaucoup de rapport.

La jeune agent ne condescendit pas à m'expliquer en quoi consistait ce rapport, et cela m'aurait bien aidé, parce que j'étais abasourdi. Non à cause des inquiétudes qu'elle pouvait concevoir ou de son statut d'étudiante. Vingt ans plus tôt, cela aurait pu faire drôle qu'un garde ait un diplôme universitaire. Je suis moi aussi un produit de l'université, et comme moi des dizaines de milliers d'affamés sont mal placés pour dédaigner la solde modique mais décente que le Corps verse à ses membres résignés. Ce que j'avais de la peine à imaginer, en revanche, c'était Chamorro à la fenêtre de son appartement en train d'observer les constellations.

— Et que feras-tu quand tu auras fini tes études ?

— J'en ai encore pour un bon bout de temps. Je ne peux pas aller régulièrement aux cours.

— Tôt ou tard, tu les finiras bien.

— Il sera temps d'aviser. J'accrocherai mon diplôme au mur et, si je réussis à mettre de l'argent de côté, je m'offrirai un télescope digne de ce nom.

— C'est tout ?

— Je fais ça pour mon plaisir. C'est très difficile de devenir astronome.

Et, avec un léger je-ne-sais-quoi qui pouvait tenir du dépit, elle ajouta :

— En réalité, c'est difficile de gagner sa vie dans le domaine qui vous plaît.

— Le métier de gendarme ne te plaît pas ?

— Si je te répondais que c'est ce que j'ai toujours rêvé de faire, tu rigolerais.

— Je ne te demande pas si tu as toujours rêvé de faire ce métier, je te demande s'il te plaît.

— J'aime la vie militaire. Tu n'es pas sans le savoir, ou alors tu serais bien le premier dans l'unité à ignorer que je me suis fait recaler à l'examen d'entrée de l'école des officiers. Et des autres écoles, pour être plus exacte. Etre dans la Guardia Civil, c'est une façon d'être militaire. Et surtout de ne pas rester éplorée à la maison avec un sentiment d'échec.

— Tu peux encore faire carrière. Présente ta candidature à la formation de sous-officier. Ce sera du billard pour toi. Tu es dégourdie et disciplinée. Plus que je ne l'étais. Et ensuite tu passes officier. C'est une manière d'arriver où tu veux, même si c'est par le chemin des écoliers.

— J'y ai déjà pensé. Et je le ferai peut-être un jour. Mais maintenant que je gagne ma vie, je préfère penser à mon avenir. Et pour ça, je suis mieux inspirée par les étoiles. Et toi, ça te plaît d'être ce que tu es ?

Une telle réaction de la part de Chamorro, qui renfermait à la fois une liberté subite avec moi et une défense farouche face à mon interrogatoire indiscret, me prit au dépourvu. En vérité, je me trouvais devant une alternative embarrassante : si je voulais conserver mes distances, c'est-à-dire mon autorité, je devais m'efforcer d'élaborer ce maudit discours creux qui, à ce moment-là, comme à tout autre, était à mille lieues de mes désirs intimes. Si je m'ouvrais à elle, je pouvais battre en brèche l'image mythique du chef, dans la mesure où j'étais capable de l'incarner devant ma subordonnée. Décidant que la feinte est le recours des lâches et de ceux qui manquent de confiance en eux, j'optai en faveur de ce qui me semblait aussi plus agréable : lui parler avec sincérité.

— Davantage qu'avant, dis-je. Je suis allé à la faculté avant d'entrer à l'école. Au début, la Guardia Civil me faisait l'effet d'une mauvaise invention, d'un refuge pour débiles mentaux. J'ai assez mal supporté l'instruction et le fait de devoir sauter par-dessus une rangée de fusils, la baïonnette au canon. Entre nous, j'ai bien cru que j'allais passer le restant de ma vie au milieu de crétins. Le bon côté des choses, c'est que je mangeais et que j'allais continuer à manger. Durant mes deux années héroïques et triomphales de licencié en psychologie au chômage, il y a eu des soirs où j'ai eu du mal à joindre les deux bouts pour acheter de quoi dîner, et d'autres où je n'ai pas pu les joindre et où j'ai cédé à la honte de venir implorer des miettes à la table maternelle. Et j'ai toujours préféré pouvoir faire l'indépendant, comme tout le monde.

— Allons donc, tu n'es pas ici par vocation ?

— Je suis ici parce qu'un après-midi je me suis rendu compte que j'avais vingt-cinq ans et que, si je ne me remuais pas, j'allais moisir dans mon trou en mangeant page après page la *Psychopathologie de la vie quotidienne.* Je n'ai jamais pris part à des retraites spirituelles et je n'avais pas pire image de l'enfer, même si je veux bien admettre qu'il y en ait. Toujours est-il que j'ai acheté le programme des épreuves et que je me suis mis à courir tous les jours pour réaliser le temps requis aux cent mètres et au kilomètre, et les pompes et les sauts en hauteur et en longueur. Je me suis présenté à l'examen d'entrée et voilà.

— Et tu penses toujours la même chose ? Sur les débiles mentaux ?

— Bon, comme je te le disais, ça c'était au début. Pas satisfaisant pour un sou, même si un salaire viré sur un compte engourdit quelque peu le sens critique. Malgré tout, petit à petit, je me suis habitué. Et puis un jour je me suis rendu compte que j'avais résolu un problème qui se posait à un homme et que cet homme m'en remerciait avec un respect sincère. Alors j'ai repensé les choses et je me suis dit que les soixante-dix mille individus du Corps n'étaient peut-être pas tous de pauvres types comme il m'avait semblé, et que sous l'uniforme vert il y avait des possibilités. L'enthousiasme m'a gagné, c'est quelque chose qui te prend par surprise après des mois et des mois de désespoir, et avant de pouvoir réagir j'étais sergent. Ensuite j'ai commencé à élucider des meurtres. C'est là que j'ai compris que Jung était un amateur et que j'avais trouvé ma place dans le monde.

— Qui est Jung ?

— Aujourd'hui, plus personne. Avant il écrivait et enseignait la psychanalyse et autres approximations partiales sur la nature humaine. Ce qui donne véritablement la mesure d'une personne, parfois avec une simplicité effarante, c'est ce qui la conduit à enlever la vie à une autre personne. — Avant de poursuivre, je m'assurai que Chamorro ne me regardait pas comme si j'étais atteint d'aliénation mentale ; elle était un peu désarçonnée, sans plus. — C'est une science inépuisable, même si on a souvent le sentiment que les histoires se répètent. Pas une histoire ne ressemble à une autre.

J'ai épinglé des gens qui avaient tué pour de l'argent, par jalousie, par vengeance, et même pour une clôture litigieuse. Tous, sans exception, m'ont appris quelque chose. Chacun était un modèle différent d'orgueil.

— D'orgueil ?

— Bien sûr. Tous les assassins, sauf dans les cas d'homicides involontaires ou par imprudence, auxquels personnellement, comme le Code pénal, je ne porte qu'un intérêt modéré, sont fiers et agissent par orgueil. Le crime est un acte d'affirmation d'un sujet sur un autre sujet. Au point d'empêcher que l'autre puisse une nouvelle fois s'affirmer, non face à l'assassin, mais face à quoi que ce soit. Les cannibales mangeaient ou mangent leurs ennemis vaincus pour s'approprier leur âme. Le meurtrier s'approprie toutes les possibilités de vie de sa victime et en l'espace d'un éclair il leur donne la destination qui prouve pour toujours son pouvoir : leur destruction. Le plus incroyable, c'est qu'une telle démesure soit à la portée de n'importe qui. De l'idiot du village, du gars qui mendie au feu rouge, du pauvre diable à qui tu viens de chiper sa petite amie.

— Moi je crois que pour tuer quelqu'un il faut être fou, jugea Chamorro avec une horreur teintée de compassion.

— Ne t'avise pas de redire une chose pareille, et surtout pas à un juge ou à un assassin. Pour le juge, c'est une condamnation au chômage, puisqu'on pourrait se passer de lui au bénéfice du psychiatre. Et pour l'assassin, c'est tout simplement une insulte. Il n'est pas rare qu'un meurtrier prétende être fou, parce que la prison lui fait peur et aussi la société et ses tabous. Mais, dans son for intérieur, peut-être à fleur de conscience, il jouit de la suppression de sa victime, non comme d'un acte d'aliénation, mais comme d'un triomphe habile. Il y a des exceptions, bien sûr, mais pas autant qu'on le pense.

— Tu as une vision des choses terrifiante.

— C'est possible. Non. Je ne peux pas le croire !

— Quoi ?

— Le gaspacho.

Le serveur posa devant moi ce qui avait tout l'air d'être un bol de gaspacho ordinaire, en dépit de son interminable processus d'élaboration. En le goûtant, j'eus confirmation de mon impression visuelle et j'ajouterai qu'il était désagréablement surchargé d'oignon.

Tandis que j'attaquai avec résignation ma soupe froide, Chamorro formula une question épineuse, à laquelle notre conversation avait dû l'acculer :

— Pourquoi fais-tu ça ?

— Quoi ?

— Les épingler. Les assassins.

— Par orgueil. Pour m'imposer à eux, répondis-je en plaisantant — ou peut-être pas.

— Sérieusement.

— Je suis une pièce du jeu. Je boucle la boucle, je contribue à la gravité de la chose. S'il n'y avait personne pour faire ce que je fais, on tuerait rien que pour le plaisir. Et ça c'est une frivolité intolérable.

— Tu n'as jamais attrapé quelqu'un qui avait tué rien que pour le plaisir ?

— Si. Mais il n'y a pas de mérite à prendre ces gens-là, parce que, pour le coup, il faut être vraiment fou, et qu'il n'y a rien de plus facile et de plus décourageant que de prendre un fou. Je ne dis pas qu'il n'y en ait pas. Personnellement, je ne suis jamais tombé sur un psychopathe astucieux, comme dans les films, mais plutôt sur deux pauvres cinglés qui, un jour, par malheur, ont pris leur fusil. A mon avis, aucune intelligence criminelle n'est supérieure à celle d'un homme normal et sensé qui s'attelle à la besogne.

Au dessert, nous eûmes l'occasion d'explorer ce que savaient les serveurs à propos d'Eva Heydrich et de Regina Bolzano. Nous n'en tirâmes rien qui mérite d'être consigné. Tous étaient au courant du crime, tous connaissaient de vue la victime et la suspecte, aucun d'entre eux n'avait parlé avec aucune d'entre elles. C'était assurément curieux : tout le monde présentait Regina Bolzano comme la suspecte, alors qu'il n'y avait aucune version officielle des faits et que les journaux, pourtant champions dans l'art d'interpréter hâtivement le moindre événement, n'avaient même pas envisagé cette hypothèse. Les habitants de la station, à l'instar de mes supérieurs, cédaient à l'impulsion irrépressible d'expliquer ce qui s'était passé à la lumière de ce qu'ils savaient, sans s'arrêter à se demander si ce qu'ils ignoraient ne pouvait pas leur donner des clés plus ajustées.

De toute évidence, pas plus Regina Bolzano qu'Eva Heydrich ne s'étaient abaissées à venir consommer le critiquable menu de ce restaurant pour touristes toquards. Je demandai l'addition. Une femme d'une extrême maigreur se présenta, de ces femmes qui ont peu de chair sur les os, les pommettes saillantes et les cheveux légèrement clairsemés. Je me suis toujours demandé pourquoi ces femmes-là n'ont pas une chevelure abondante et vigoureuse. Cela tient peut-être à une alimentation insuffisante, comme ces plantes qui manquent de terre dans leur pot. La femme qui nous apporta la note présentait un autre signe particulier : elle exhibait une poitrine extraordinairement opulente dont on était en peine de s'expliquer comment elle se fixait à sa frêle personne. Elle semblait avoir la trentaine passée.

— Votre addition, dit-elle d'une voix faible.

Je sortis mon portefeuille et posai l'argent sur le plateau, avec un bon pourboire. Quand elle vint le ramasser, la femme efflanquée murmura sans grande conviction :

— Merci beaucoup.

— On a plutôt intérêt à se montrer sympathique quand on est en vacances. Surtout par ici, affirmai-je.

La femme se retourna, de mauvaise grâce :

— Pardon ?

— Nous l'avons lu dans le journal. Les touristes antipathiques, on leur colle deux balles dans la peau et on les pend à un plafond.

— Vous voulez parler de cette fille ?

— Oui. Vous la connaissiez ?

— A peine. Mais ce n'est pas quelqu'un d'ici qui l'a tuée.

— C'était une plaisanterie.

— Ah. C'est que parfois les gens de l'extérieur débarquent et ils se trompent lourdement. Cette fille, par exemple, elle s'est trompée deux fois.

— Ah oui ?

— Un soir, elle est allée au pub pour se payer la tête des gars du coin. Et ils ont dû la flanquer dehors.

— Elle était si méchante que ça ?

La femme recula et posa fermement ses avant-bras sur ses hanches saillantes. La vue de son corps donnait le frisson.

— Méchante, je ne sais pas, déclara-t-elle. Elle savait qu'elle plaisait aux hommes. Toutes les femmes font les coquettes de temps à autre, mais elle, elle a vraiment forcé la note. Elle s'est imaginé qu'ici on s'amusait de toutes les plaisanteries des touristes. Mais il y a des plaisanteries qui ne sont pas très plaisantes. Je ne sais pas si je me fais comprendre.

— Et l'autre fois ?

— Quelle autre fois ?

— L'autre fois où elle s'est trompée.

La femme m'observa fixement.

— Et pourquoi je vous le raconterais ?

— Ah, pour rien — je haussai les épaules. Simple curiosité. Mais si c'est un secret, je vous prie de m'excuser. Il n'y a rien de plus inconvenant que de fourrer son nez dans les secrets des autres, vous n'êtes pas de cet avis ? — Je me mis à rire une nouvelle fois. On lève le camp, doucette ?

Chamorro prit son sac et fut debout en même temps que moi. Nous nous dirigeâmes sans hâte vers la sortie. La femme efflanquée nous emboîta le pas en douce et, à la hauteur d'un recoin peu fréquenté, elle me prit par le bras.

— Vous n'allez pas le croire, assura-t-elle avec une expression qui dénotait sa volonté de me laisser pantois, de me scandaliser ou que sais-je encore. Je suis tombée sur elle le soir où ils l'ont flanquée à la porte du pub. Mon mari travaille là-bas et j'allais le chercher. Cette petite garce m'a montré une liasse de billets et m'a proposé en italien quelque chose comme d'aller faire un tour avec elle, parce qu'elle était seule et qu'elle n'avait personne avec qui se distraire. Comme si j'étais une négresse du Tchad ou d'un pays de merde, prête à n'importe quoi pour une poignée de biffetons. Je lui ai répondu qu'elle pouvait se foutre son flouze au cul. En espagnol et en italien, au cas où.

La femme nous examina tour à tour, Chamorro et moi, pour mesurer l'effet que produisaient sur nous ses paroles. Ma compagne se montra à la hauteur. Elle se pinça le nez, rejeta ses cheveux en arrière et se détourna, comme si ces cochonneries s'accordaient mal avec elle et qu'il lui pèse que cette conversation traîne en longueur.

— Et que vous a-t-elle dit ? la sondai-je, feignant l'excitation.

— Vous comprenez l'allemand ? Parce qu'elle l'a dit en allemand.

— Un peu.

— Elle a dit : *Ja, heute möchte ich ein Chagatte*. Et elle a éclaté de rire. Ah ! la salope, qu'elle pourrisse en enfer.

7.

Elle nageait comme personne

Cet après-midi-là, nous fîmes une sieste de quatre ou cinq heures. Du moins je fis ce long somme, car quand je partis m'étendre, Chamorro prenait des notes dans le salon, et quand je me levai, la bouche pâteuse et d'une humeur de dogue, elle se trouvait encore là. La veille, entre une chose et l'autre, nous n'avions pas dormi et il était peu improbable que nous puissions récupérer cette nuit-là. Le lendemain matin à la première heure, nous avions rendez-vous avec Perelló pour voir la maison. Peut-être tenait-elle le coup parce qu'elle avait vingt-quatre ans et la conscience tranquille, mais moi, j'étais déjà trop vieux et trop arsouille pour ne pas ménager mes forces. Je n'avais pas besoin de beaucoup d'heures de sommeil, je ne pouvais pas dormir plus de quatre ou cinq heures consécutives, mais il me fallait régulièrement couper le courant. Autrement, mon cerveau s'engourdissait d'une manière alarmante.

J'étais sur mes gardes ce soir-là et l'aspect de Chamorro pomponnée ne me prit pas au dépourvu, même si je fus tenté de prendre quelques photos pour les faire circuler à mon retour dans l'unité. Il y avait quelque chose que probablement seuls ceux qui la voyaient toujours en uniforme pouvaient percevoir : c'était la fascination malsaine de constater à quel point elle avait réussi à trahir sa continence habituelle, une stimulation qui, un peu plus dégradée, équivaut à celle qui incite à la réalisation fréquente de films pornographiques à l'intérieur des couvents. Mais, en marge de cet intérêt déviant, il était indéniable, en toute objectivité, que Chamorro possédait les atouts suffisants pour impressionner qui elle voulait si l'envie l'en prenait. Elle ne s'était pas seulement engainée dans cette robe noire exigüe et maquillée sans mesquinerie, elle avait aussi compté jusqu'à dix ou vingt avant de sortir de sa chambre, et toute réticence à se promener sans soutien-gorge et les jambes à l'air avait été scrupuleusement enterrée sous un masque ébouriffant de *femme fatale*. J'avais toujours admis que l'abnégation pouvait faire tomber toutes les barrières, mais je n'aurais jamais imaginé qu'elle pouvait métamorphoser l'austère agent Chamorro en une panthère provocante. Le règne de Salgado au sein de l'unité touchait désormais à sa fin, pourvu que je me montre un tantinet explicite quand on me presserait de questions.

Je saluai son apparition :

— Bravo, Chamorro ! Tu es en train de mériter ta place. J'espère seulement que je ne vais pas me faire casser la figure du seul fait que je suis avec toi. Il y a des gens qui soulagent leur jalousie de cette façon.

Mi-flattée, mi-offensée, Chamorro ne desserra pas les dents. J'avais simplement fait ce commentaire pour la féliciter, mais je pensai qu'il me faudrait peut-être me modérer à l'avenir, pour qu'elle n'aille pas se méprendre sur le sens de mes paroles.

Notre premier objectif, ce soir-là, était le pub de

la station, qui s'appelait comme des milliers d'antres similaires : Factory. Une atmosphère lugubre et rance régnait à l'intérieur. Le mobilier avait dix ans d'âge et les murs, tapissés de bric et de broc, étaient couverts de taches de gras et de brûlures de cigarette. L'humidité était pénétrante et la musique épouvantable. Les airs de l'été, des rythmes synthétiques et des rengaines aussi insipides que prétendument accrocheuses, alternaient avec des fossiles extraits de compilations d'étés précédents, des morceaux qui s'étaient gravés dans la mémoire du disc-jockey, parce que sous leurs accords une Allemande avait succombé à ses charmes ou qu'il avait connu sa première grande cuite. La manière dont, dès notre arrivée, tous les regards convergèrent vers Chamorro, me préoccupa quelque peu. Cependant, personne dans ce lieu n'avait l'air dangereux. On essaierait tout au plus de danser avec elle et je n'allais pas en prendre ombrage. Le fait est que nous n'eûmes pas à faire le moindre effort pour mener à bien nos recherches. Nous prîmes place au bar et tous commencèrent à approcher. Pendant que les uns discutaient avec mon adjointe, les autres se chargeaient de me tirer à l'écart, mais ni avec les uns ni avec les autres nous n'eûmes à employer des ruses de Sioux. C'est l'avantage qu'il y a à traiter avec quelqu'un qui pense à autre chose.

Parmi ces nouveaux amis prévenants se trouvait l'un des deux garçons qui avaient flirté avec Eva Heydrich la nuit où elle s'était fait expulser du local. Il ne me fut pas difficile d'amener la conversation sur ce sujet, et encore moins de lui assouplir la langue. Tandis que Chamorro résistait aux invitations sans décourager réellement personne, ce qui ne faisait qu'attiser l'intérêt de ceux qui la courtisaient et étouffer la réserve que les inquisitions de ma subalterne pouvaient susciter, je fus pour ma part servi par un récit plus ou moins détaillé — même s'il manquait d'enchaînement — de cette fameuse nuit déjà inscrite dans l'histoire de l'établissement.

Xesc, mon confident improvisé et déjà éméché (il était à peine vingt-deux heures), avait été le premier à remarquer la présence de la Heydrich cette nuit-là. Il l'avait vue le matin sur la plage et l'avait aussitôt reconnue. Elle portait une blouse qui laissait absolument tout transparaître et une jupe dont la fente latérale s'ouvrait jusqu'à des hauteurs vertigineuses. Ce qui avait d'abord frappé Xesc, c'est qu'elle était entrée avec des lunettes de soleil, et ensuite, tout le reste. Elle s'était assise au bar et elle avait simplement commandé un gin en espagnol, *ginebra*, avec un accent épouvantable. Xesc, un type énergique, au fusil de chasse entaillé d'encoches conquises dans des bras nordiques, à en croire son témoignage, n'avait pas hésité à relever le défi. Il s'était adressé à elle en anglais et Eva ne lui avait pas prêté la moindre attention. Mais après avoir délesté son verre de gin de deux gorgées, elle s'était tournée vers lui pour lui dire en italien qu'elle détestait l'anglais autant que ceux qui le parlaient. Xesc n'allait pas reculer pour si peu. Il avait aussi sur la conscience un bon nombre d'Italiennes. Alors, changeant aussitôt d'idiome, il lui avait demandé si elle était de Rome ou de Milan. Eva lui avait susurré qu'elle était de *Vienna* et demandé sur le même ton ce qu'il attendait pour l'inviter à danser. C'est précisément en dansant que Xesc avait commencé à concevoir des soupçons. Il avait de l'expérience avec les étrangères et, si ce n'était pas la première fois que quelqu'un se collait à lui de cette façon, c'était bien la première fois que celle qui le faisait était une fille d'une beauté renversante et qui ne semblait absolument pas sous l'emprise de la boisson. De l'autre côté des carreaux noirs, chaque fois que les lumières giratoires de la petite piste de danse passaient à travers les verres, les yeux d'Eva étaient parfaitement ouverts, comme s'ils étaient en train de le disséquer. Après avoir dansé jusqu'à complet épuisement, elle l'avait entraîné dans un coin où elle s'était mise à le couvrir de baisers et à l'engloutir avec une désinvolture qui avait même incommodé Xesc, gigolo de plage pourtant rompu au combat. Le pub tout entier était à présent tenu en haleine par cette inconnue blanche comme le lait et plus dévergondée qu'une chatte en chaleur. Vu la rapidité avec laquelle la chose évoluait, Xesc avait manœuvré pour la tirer hors de là et reprendre la mêlée dans un endroit moins fréquenté. Eva n'avait opposé aucune résistance. Elle avait réglé sa consommation et elle l'avait pris par le bras, autant que faire se pouvait pour une femme qui, en gros, d'après mes calculs, le dépassait d'une demi-tête. Xesc avait pensé l'emmener en voiture dans un lieu retiré, et même dans sa propre maison, si la Heydrich se laissait faire. Mais Eva ne s'était pas même laissé conduire jusqu'à la voiture. Elle l'avait entraîné derrière le bâtiment et là elle avait commencé à lui déboutonner son pantalon. Xesc avait déjà vécu un épisode de passion urgente sur le pavé, mais quelque chose le décontenançait une fois de plus. Peut-être le fait que la femme ait toujours ses lunettes sur le nez. Pendant qu'il contenait à grand-peine les mains d'Eva sur son corps, qui essayaient de le déshabiller, il lui avait demandé d'enlever ses lunettes. Cette demande avait au moins eu l'effet d'interrompre un moment la femme au milieu de son action. Elle s'était écartée et elle avait murmuré quelque chose à propos du désir de Xesc de voir ses yeux. Sans tout à fait comprendre, il avait dit oui. Alors la femme avait enlevé ses lunettes, elle avait approché son visage du sien et elle lui avait demandé s'ils lui plaisaient. D'après la description de Xesc, Eva Heydrich avait des yeux clairs, d'une espèce de marron jaune, qui même dans la pénombre formaient un contraste terrifiant avec ses cheveux noirs. Xesc n'avait pas répondu, il avait simplement jeté ses mains sur ses seins durs comme des pierres, et il les avait laissées là. Eva n'avait pas bronché, observant ces mains comme une bestiole qui lui serait tombée dessus. Ensuite, elle s'était dégagée, prétextant qu'elle devait aller un moment aux toilettes. Xesc avait attendu près d'un quart d'heure derrière le pub, avant de se convaincre que cette espèce de traînée l'avait planté là. Quand il était retourné dans le local, il avait eu du mal à en croire ses yeux. Eva, ses lunettes de nouveau sur le nez, dansait avec Quim, l'un des types de la station qu'il ne pouvait pas souffrir. Ce qui l'avait le plus débecté, ce n'était pas tant que la fille se frotte contre ce gland avec autant d'acharnement qu'elle en avait mis à se frotter contre lui, mais plutôt que ce fils de chienne se soit mis à rire au moment où il était entré et où il les avait découverts ensemble. Voilà comment la bagarre avait éclaté, en partie parce que Quim et lui ne pouvaient pas se voir en peinture et aussi parce qu'ils étaient tous les deux déjà bien imbibés de boisson, ce qui échauffe toujours les esprits. Le fait est qu'ils bataillaient verbalement depuis un moment et qu'ils s'apprêtaient à se colleter, au milieu du tumulte de ceux qui s'efforçaient de les séparer, quand quelqu'un avait appelé Quim. L'étrangère se trouvait avec sa sœur. Tous s'étaient retournés pour découvrir la sœur de Quim, complètement affolée, que la Heydrich prenait par la taille et pressait contre elle, essayant de lui faire danser un rythme brésilien. L'image était choquante parce qu'Eva avait trente centimètres de plus que la sœur de Quim, et aussi parce que la sœur de Quim était encore une enfant et Eva une belle salope, de l'avis de Xesc. Et puis il y avait autre chose : pendant qu'elle dansait avec la sœur de Quim, les lunettes de soleil accrochées à la commissure des lèvres, Eva souriait. Ni à lui ni à Quim, elle n'avait montré qu'elle était capable de sourire. C'est Quim en personne qui était allé trouver l'étrangère et qui l'avait forcée à lâcher sa sœur. Ensuite, il l'avait jetée dehors en l'accablant d'injures. Eva n'avait plus remis les pieds dans le local. Xesc l'avait aperçue le lendemain sur la plage, où elle l'avait considéré d'un air olympien. Si elle se laissait approcher durant la nuit, aucune des rares personnes qui avaient essayé de le faire durant le jour n'avait obtenu de réponse. Quand quelqu'un l'importunait avec trop d'insistance, elle se levait, se mettait à l'eau et faisait deux cents mètres. Xesc pensait qu'il était impossible de soutenir son rythme. Elle nageait comme personne.

En plus d'être loquace, ce garçon me fit l'effet d'être un bon connaisseur de l'ambiance locale. Je remarquai que Chamorro commençait à se sentir un peu harcelée, surtout par un individu teint en blond, qui devait être particulièrement insistant et qui n'avait sans doute pas grand-chose à raconter, à en juger par l'ennui qu'elle avait grand-peine à dissimuler. L'homme décoloré arborait en prime une canine en or saisissante. Décidé à abréger pour me porter au secours de mon adjointe, mais me refusant à ne pas profiter de l'état d'amollissement dans lequel se trouvait Xesc, je lui glissai un commentaire malveillant :

— Elle commence à me courir, la brunette ! Personne n'a d'autre sujet de conversation dans les parages. Remarque bien que, avec tout ce bla-bla, m'est avis que nul par ici n'a effeuillé la marguerite avec elle.

Xesc prit un air sérieux.

— Ne va pas croire.

— Vraiment ? Un esbroufeur, alors.

— D'autres font de l'esbroufe. Mais pas Lucas.

— Et qui est Lucas ? Un champion de natation ?

— Lucas est le disc-jockey de la discothèque. Ne rigole pas. C'est un type dangereux. On dit qu'il a été légionnaire, pas dans la Légion d'ici, dans la Légion étrangère française, et qu'il a passé plusieurs années en Afrique, à casser du nègre. Ça, il n'en parle jamais. Je le connais un tout petit peu. Un soir qu'on discutait, l'étrangère a débarqué et il m'a dit qu'il se l'était tapée, et pas une fois, mais deux. J'ai fait celui qui n'en croyait rien, encore que de Lucas je peux admettre qu'il se soit payé cette garce et même une tripotée de garces de la même farine. Alors il m'a fait comprendre qu'il n'avait pas été le seul. Et quand je lui ai demandé qui était l'autre tigre, il s'est mis à rire. Et, l'air de ne pas y toucher, il m'a dit qu'il s'agissait plutôt d'une « tigresse ».

— Ah oui ?

— Lucas n'a pas voulu me dire qui c'était. Je te jure que je donnerais tout l'or du monde pour le savoir. Mais quand Lucas a décidé de ne rien dire, il ne dit rien. Ce type est une plaie ! Tu ne sais jamais ce qu'il pense.

Il était onze heures et demie et Chamorro commençait à donner des signes de fatigue. Je pris cordialement congé de Xesc et je volai au secours de mon adjointe.

— Bonsoir, l'ami, dis-je en guise de salut à l'individu décoloré. Écoute, ta dent me fascine. Si ça ne te fait rien, je récupère ma fiancée. Je te la laisserai un petit moment un autre jour. Enchanté d'avoir fait ta connaissance.

L'homme hésita un instant, mais il n'eut pas le temps de s'apercevoir que je l'avais insulté et de toute manière je ne pense pas qu'il aurait réagi autrement. Une fois dehors, je révélai à Chamorro :

— J'ai quelque chose. Et toi ?

— La tête comme un tambour. Ils gardent tous

un souvenir impérissable d'Eva Heydrich et je sais exactement comment et pourquoi elle s'est fait jeter dehors ce soir-là. La scène a dû être palpitante. Mais aucun de mes interlocuteurs ne l'a approchée à moins de quatre mètres. Ils ont désigné un certain Ches, si je prononce bien, celui qui épuisait avec toi les réserves d'alcool. Alors, je suis tout ouïe.

— Nous sommes sur une piste. Nous l'appellerons la piste locale. Jusqu'à présent, personne ne s'est imaginé que le malheur d'Eva pouvait être l'œuvre d'indigènes. Il y a un drôle de type dans la discothèque, c'est le disc-jockey. Il s'appelle Lucas et il sait quelque chose. Mais nous allons y aller doucement.

Je donnai à Chamorro les renseignements que j'avais obtenus.

— Je ne pense pas pouvoir trop l'approcher. A partir de maintenant, c'est à toi d'aller à la pêche. Nous entrerons et nous nous séparerons presque aussitôt : toi, tu iras danser, et moi non ; ou l'inverse. Nous ferons comme s'il y avait de l'eau dans le gaz. Tu entres en contact avec lui et tu ne mentionnes absolument pas Eva Heydrich, ni Regina Bolzano, ni aucune morte. A lui de mettre un sujet sur le tapis. Et tu lui emboîtes le pas, en toute sérénité. Je te laisserai peu de temps. Ensuite je viendrai te chercher et tu feras mine de me suivre pour ne pas faire d'histoires, mais tu laisses le type sur sa faim. Et pour ce soir, ce sera tout. Nous filons et nous donnons du temps au temps. D'après ce qu'on dit de lui, il est loin d'être sot et il sait se taire. S'il nous paraît d'un abord moins rebutant que prévu, nous aviserons. Pour le moment, pianissimo et à lui d'attaquer. Sois prudente, Chamorro, cette fois ce n'est pas sans risque. Je resterai à l'affût, mais tu dois tâcher de te dépatouiller toute seule.

Je regardai ma montre.

— Quoi qu'il arrive, je nous donne une heure,

grand maximum. A minuit et demi, je veux être en route pour l'Abracadabra. Fatiguée ?

— Non.

— Tant mieux, parce que cette nuit nous avons du pain sur la planche.

La discothèque se trouvait à une dizaine de minutes de marche du pub, une et demie en voiture. Un néon bleu proclamait son nom sur la porte : Ardent. L'intérieur était à peine plus potable que celui de Factory. Et la musique, un peu plus trépidante, si faire se pouvait. Au reste, Lucas ne se forçait pas pour paraître original : il enfilait les uns après les autres les inexorables succès de l'été, célébrés par l'assistance dès les premières notes ou les premiers coups de batterie électronique. Il y avait un peu plus d'ambiance que dans le pub. Et, entre autres choses, plus d'éléments de l'espèce féminine. La présence de Chamorro n'y était pas aussi anormale, même si parmi les filles qui dansaient il ne s'en trouvait pas une qui puisse lui faire de l'ombre. Nous prîmes place près du bar et nous ne tardâmes pas à repérer la cabine du disc-jockey. Lucas était un individu d'environ trente-cinq ans, un âge trop avancé selon mon goût et selon l'idée que je me faisais de ce que Chamorro pouvait affronter avec une marge de sécurité raisonnable. Il mesurait près d'un mètre quatre-vingt-dix (ce qui passait aussi la mesure comparé à mon petit mètre soixante-quinze), ses cheveux bien lissés étaient noués derrière la tête et il portait un anneau de pirate à l'oreille gauche. J'eus une courte hésitation et je faillis emmener Chamorro hors de là pour repenser les choses un peu plus calmement. Mais, juste à ce moment, mon adjointe me prit par le bras et me murmura à l'oreille :

— Ne bouge pas. Je vais danser.

Chose étonnante. Elle n'avait pas l'air intimidé. Je l'étais, moi, intimidé, sans aller plus loin. Avant même que je puisse désapprouver son initiative, elle s'était infiltrée sur la piste. Elle ne s'était pas plus tôt fait une place à proximité de la cabine du disc-jockey qu'elle dansait hardiment. Je n'affirmerai pas que Chamorro était une danseuse prodigieuse. Du haut de mon ignorance relative, ses mouvements me semblaient un peu répétitifs et contraints. Mais elle parvenait à secouer sa rigidité, lançait ses bras en l'air et sa tête en arrière. Et, malgré tout, son corps faisait le reste. Je m'aperçus rapidement que Lucas l'épiait.

J'étais inquiet. Pour tenter d'atténuer cet état, j'essayai de converser avec la fille du bar. Elle avait les lèvres peintes en noir et un haut-le-cœur incrusté de manière chronique sur sa face. Ce n'était pas très encourageant, mais c'était tout ce qu'il y avait. A mes travaux d'approche classiques, elle répondit par des monosyllabes. Quand finalement je lui lançai une question impertinente, elle daigna soumettre à examen avec une vague douceur le point de savoir en quoi la réponse me regardait. De là, je passai à une allusion très indirecte sur le fait que j'avais entendu dire qu'il s'était récemment produit quelque chose dans la station qui avait eu à voir avec la police. La référence fut aussi floue que cela, pas question de mort, de femme jeune, ni d'aucune autre donnée particulière. Mais ce fut suffisant pour que la fille aux lèvres noires affirme ne pas savoir de quoi je parlais et file à l'autre bout du comptoir. J'en pris note.

Ma voisine qui avait assisté à mon lamentable flirt avec la barmaid décida alors de m'adresser la parole :

— Il y a quatre jours une étrangère a été tuée. Là-haut, du côté du mirador.

Je simulai la stupeur, l'effroi, etc. Mon interlocutrice me rapporta aussitôt une histoire qui différait fort peu de toutes celles que j'avais entendues durant ce long jour. Par prudence, je ne lui posai aucune question, me contentant de ce qu'elle me confiait spontanément. Je tâchai même de changer de sujet. En vérité, j'étais plus attentif aux évolutions de Chamorro qui, après quinze ou vingt minutes d'exhibition sur la piste, ne tarda pas à être l'objet des prévenances de Lucas. Mais la femme, une agréable brune aux cheveux courts d'une trentaine d'années, tenait à me fourguer son récit jusqu'à la fin. Et la fin, c'était les deux ou trois soirs où elle avait rencontré Eva, dans cette même discothèque. Elle n'avait pas parlé avec elle, mais elle était en mesure d'affirmer qu'elle était italienne et qu'elle prenait des drogues dures. Le moment est peut-être venu de préciser que l'autopsie avait révélé des traces d'un penchant pour l'alcool peu modéré chez la victime, mais pas le moindre indice d'une quelconque consommation de drogue. J'eus droit à l'énumération des aventures d'Eva dans la discothèque, lesquelles, en résumé, avaient consisté à se frotter contre un grand nombre d'hommes et à ne rien tenter auprès d'aucune femme, parce que dans le cas contraire mon informatrice, à n'en pas douter, l'aurait remarqué. Je fis mine d'être distrait. Chamorro était accoudée près de la table du disc-jockey et Lucas lui montrait le disque suivant, sollicitant son approbation. Elle hocha gracieusement la tête en signe de dénégation.

— C'est ta femme ? s'enquit alors mon interlocutrice.

— Ma petite amie.

— Qu'elle se méfie de ce type.

— De qui ?

— Du disc-jockey. La fille qu'on a tuée l'aidait aussi à choisir les chansons. Je ne sais pas si je me fais comprendre.

Chamorro avait disposé d'un temps suffisant et l'occasion était idéale pour déclencher sans problèmes le tilt dans la tête de cette femme indiscrète. Je pris congé d'elle et, traversant la piste, je m'avançai jusqu'à l'emplacement de Lucas. Je saisis mon adjointe par la taille.

— On s'en va, lui intimai-je d'un air peu amical.

Lucas ne broncha pas. Chamorro nous regarda tour à tour, simula la contrariété et s'excusa auprès de lui.

— Excuse-moi, je dois partir.

— Tout va bien ? s'enquit Lucas d'une voix grave et pleine d'assurance.

— Oui.

— A une prochaine fois, alors.

Lucas lui adressa un regard affectueux. Chamorro le lui rendit avant de s'abandonner à ma conduite en durcissant ses traits. Je fis l'économie de la phrase que j'avais préparée, jugeant plus opportun de ne pas desserrer les dents. Je me contentai de l'observer, pendant qu'il me mesurait du regard avec défi ou avec pitié. C'était un homme qui ne devait connaître ni la hâte ni la peur.

8.

Ouvert jusqu'à l'aube

Dans la voiture, Chamorro me raconta par le menu sa rencontre avec Lucas. Ce qu'ils s'étaient dit, en réalité, n'était pas important. Se conformant à mes instructions, Chamorro l'avait à peine questionné et Lucas ne s'était pas étendu au-delà de son nom et du fait, que je retins, qu'il exerçait cette activité seulement l'été. Le reste de l'année, il vivait de choses et d'autres, selon ses propres termes. Mon adjointe était troublée, par les risques de l'aventure, ou par l'effet que le disc-jockey avait produit sur elle ?

— Il traîne un peu les *r*, estima-t-elle. Pas comme le ferait un Français, plutôt comme quelqu'un qui a été amené à parler le français pendant longtemps. C'est peut-être vrai cette histoire de Légion étrangère.

— Une allusion à ce sujet ? Un signe quelconque, des tatouages, des décorations ?

— Rien que j'ai pu remarquer par moi-même. Malgré sa dégaine, il se comporte comme un gentleman. Il s'exprime correctement. Pas comme un loubard.

— A-t-il tenté un rapprochement physique ? En dansant, ou sous un autre prétexte ?

— Absolument pas. Bon, il m'a juste enlevé un bout de fil qui traînait sur ma robe.

— Ce qui veut dire qu'il avait l'œil.

— Ah, autre chose. Il m'a récité un poème. Chamorro le dévoila avec coquetterie, comme si elle avait oublié qu'il s'agissait de la courtoisie d'un éventuel délinquant sur qui elle était chargée d'enquêter.

— Un poème ! Parce qu'en plus d'être bien élevé Lucas est vieux jeu. Tu te rappelles un vers ?

— C'est venu sur le tapis à propos de la fin de l'été. Je n'ai pas bien compris, avec le bruit. Ça parlait de l'automne, de violons qui blessent le cœur plein de langueur, ou quelque chose de ce style.

— La langueur est celle des violons, rectifiai-je. C'est de Verlaine, et en France tout le monde connaît ce poème, comme ici la *Chanson du pirate.*

— Quelle chanson ? Je ne la connais pas.

Je m'aperçus alors qu'elle était une victime du système éducatif moderne, ludique, audiovisuel, interactif et autres balivernes de ce genre. Or, même si elle n'avait pas eu un maître réactionnaire pour forger sa mémoire de l'utile et de l'inutile à coups de règle, il était impossible qu'elle ne connaisse pas cette figure de proue de la lyrique patriotique.

— Mais bien sûr que si, les sabords alignés et le vent en poupe, toutes voiles dehors.

— Ah ! celle-là. Le titre ne me disait rien.

— Si Lucas a vécu pendant un temps en France, il n'est pas surprenant qu'il connaisse ces vers. Mais ce n'est pas pour autant un homme de lettres. Il peut très bien ne pas avoir lu un seul livre de sa vie.

— Et c'est important ?

— Peut-être. Les gens qui lisent sont plus enclins au doute, plus faciles à cueillir.

— Je n'y avais jamais pensé.

— Un individu qui ne lit pas a souvent une idée claire de ce qu'il attend de la vie, et il tient la barre de main ferme. Il y a des gens qui lisent et qui expérimentent la même chose, mais à égalité d'aptitudes naturelles, plus on a de culture et moins on est tenace, plus on est dispersé, et même lâche. Shakespeare l'a déjà dit. Ça ou quelque chose dans ce goût-là. Ce Lucas m'inspire du respect. Tu vas devoir t'appliquer. Demain, j'aimerais que tu y retournes seule. Nous aurons eu une dispute, tu m'auras laissé à la maison et tu seras sortie prendre l'air. Ça, c'est la version officielle pour Lucas. Je serai à l'extérieur, mais je ne me montrerai pas à moins que les choses ne se corsent et qu'il ne faille faire capoter l'opération. Je veux que tu obtiennes un rendez-vous avec lui après son travail. La discothèque ferme à deux heures et demie. Il y aura bien encore un endroit où aller. Je vous suivrai.

Je constatai que la résolution de Chamorro s'étiolait. Elle était peut-être disposée à se livrer à des jeux inoffensifs mais elle n'avait pas envisagé la perspective de devoir aller plus loin, et non pas avec un être sans visage ou abstrait, mais précisément avec ce Lucas dont elle venait de faire la connaissance.

— Ce n'est pas aller un peu vite en besogne ? allégua-t-elle.

— Demain tu resserres simplement l'intimité de la relation. Pas question de le sonder.

Elle ravala sa salive.

— Et jusqu'où dois-je aller ? Je veux dire..., murmura-t-elle.

— Je vois à quoi tu fais allusion. Jusqu'où tu veux. Une jolie fille peut tenir un type en haleine plus d'une nuit sans l'autoriser à l'effleurer. Si tu t'aventures plus loin, tant mieux, admis-je sans sentiment. Mais ne passe pas les bornes. Si jamais il veut t'emmener dans un endroit solitaire, tu l'envoies promener. Et s'il tente de te forcer la main et que les choses prennent une tournure qui te déplaît, tu cries et nous l'arrêtons. Ce n'est pas le cas de figure que je préférerais, mais nous verrions bien comment l'exploiter. Compris ?

— Je crois que oui.

— Bien. Maintenant nous allons changer de décor.

Il était une heure moins une. L'étape suivante consistait à se rendre à l'Abracadabra pour en relever les heures d'ouverture. Si nous avions du temps, nous irions faire un tour dans les autres locaux des environs. Après avoir laissé Chamorro seule avec Lucas, ce qui m'avait demandé d'endurer de désagréables inquiétudes, je jugeai plus opportun, du moins à court terme, que notre incursion à l'Abracadabra et alentour se passe différemment.

— Là, nous irons ensemble, pour l'heure, l'informai-je. Si nous tombons sur quelqu'un qu'il est préférable d'attaquer à titre individuel, nous simulons une nouvelle brouille ou nous nous séparons, et que celui qui est en meilleure posture le reste. Mais je pense que ce soir il vaut mieux agir avec doigté.

Un petit écriteau annonçait que l'Abracadabra n'avait pas d'heure de fermeture fixe : « Ouvert jusqu'à l'aube. » Ce qui nous laissait le loisir de visiter au préalable les autres temples de la zone. C'était assurément un lieu de villégiature beaucoup plus élégant que la station. Les yachts se balançaient dans le port de plaisance, situé à cinquante mètres à peine de la promenade où se succédaient terrasses, discothèques et clubs. On voyait des voitures décapotables et des gens sophistiqués, dans l'acception usuelle du terme, qui fait toujours allusion au coût des bijoux, des vêtements et des fards. Parmi ceux qui déambulaient sur la promenade il y avait pléthore de blondes cyclopéennes pourvues de renforts siliconés tout ronds, d'hommes bronzés à la chevelure grisonnante et aux grosses montres submersibles, etc.

Dans un certain sens, nos efforts ne se virent pas autant récompensés que dans la station. Pendant les deux heures que nous employâmes à faire le tour de trois ou quatre établissements, aucun client ne fut trop disposé à bavarder avec des inconnus, à l'exception d'un alcoolique qui parvenait à grand-peine à articuler quatre mots cohérents à la suite. Toutefois, ceux qui servaient au bar se montrèrent bien plus aimables que le personnel de Factory ou d'Ardent. Ils étaient très jeunes pour la plupart, venus de la Péninsule pour la saison et effrontément mercenaires. Grâce à eux, et moyennant certaines petites exhibitions monétaires, accueillies avec pas mal de désinvolture et sans la moindre méfiance, nous reçûmes entière confirmation de la présence assidue d'Eva Heydrich dans cette ambiance. Ils savaient tous la nouvelle et ils avaient tous vu sa photographie dans le journal. Mais aucun ne nous fournit un seul élément que nous ne connaissions pas. Ils nous firent à peu près le récit qu'ils avaient fait aux policiers qui s'étaient présentés en cette qualité. Quant aux changements réguliers de partenaire de la défunte, ils suscitaient en ce lieu moins d'étonnement que dans la station. Ce qui avait davantage frappé les esprits, encore que personne n'y trouvât à redire, c'était qu'Eva se soit laissé voir indifféremment avec des hommes ou avec des femmes. En raison de ce phénomène, deux personnes insistèrent sur le fait que l'endroit où nous devions aller était incontestablement l'Abracadabra.

Quand nous franchîmes enfin le seuil du célèbre club, toisés de la tête aux pieds par un colosse au cou large qui, de toute évidence, ne se réserva aucun droit d'admission grâce à la formidable allure de Chamorro, il était trois heures et demie du matin. A l'intérieur de l'Abracadabra, cependant, la nuit commençait à peine. C'était un immense espace bleu, au plafond plutôt bas. Il comptait deux pistes de danse, trois bars et environ trente ou quarante tables. Il était bien plus vaste que ce que sa façade laissait supposer, et à cette heure il était raisonnablement rempli. Nous allâmes d'abord vers le bar. Après avoir commandé des boissons, j'employai quelques minutes à observer le personnel. Il y avait des gens de tout âge, de vingt à soixante ans. Rien dans l'aspect des hommes n'incitait à l'inquiétude. A quelques exceptions près, il s'agissait de gens plus ou moins raffinés et visiblement aisés. Pas l'ombre d'un culturiste couvert de cuir et de ferrures, bien sûr. Quant aux femmes, bon nombre d'entre elles auraient pu faire la couverture de magazines. A côté d'elles, Chamorro se révélait plutôt ordinaire. Il y avait des métisses, d'interminables Scandinaves, et même une Orientale aux jambes longues, dont la silhouette et les manières étaient féminines à souhait. Pas une virago sans fard vêtue de pantalons noirs. La seule chose singulière, c'était l'abondance de femmes décolorées en blond platine, aux cheveux coupés ras comme les conscrits. Les femmes d'âge plus mûr perdaient là de leur panache, même s'il n'en manquait pas pour afficher avec orgueil les bons offices de la chirurgie, de la gymnastique ou des cosmétiques.

Le bar de l'Abracadabra était également tenu par de jeunes saisonniers, implacablement sélectionnés en fonction de leur attrait physique. Chaque mois, ils devaient renouveler les décors, masculins et féminins. Parmi eux évoluaient certaines personnes d'âge plus mûr et au charme moindre, qui pouvaient être les patrons ou faire partie du personnel permanent. Me souvenant de ce que m'avait dit Zaplana à propos du trafic illicite qui s'opérait là et des réticences qu'avaient suscitées les vérifications de ses hommes en uniforme, j'attendis que les vétérans se soient éloignés avant d'aborder une jeune serveuse. Secondé par Chamorro, je lui expliquai que c'était notre premier jour dans l'île et je l'interrogeai sur les attractions qu'offrait la région. Sa première question était celle que j'attendais :

— Où êtes-vous logés ?

Je lui donnais le nom de la station puis j'ajoutai, détail d'humour noir :

— Là où cette fille a été retrouvée morte, il y a cinq jours. Pour être plus exact, dans la même rue. Il y a toujours une voiture de la Guardia Civil devant la porte. Quand on nous a expliqué pourquoi, on s'est dit qu'il valait mieux se programmer des excursions.

La fille était trop jeune pour ne pas essayer de nous impressionner :

— Elle venait ici tous les soirs.

— Qui ça ?

— Cette fille, celle qui s'est fait tuer.

— Non, ce n'est pas possible, déclarai-je, sans trop de conviction. Et pour quel motif l'a-t-on tuée ? Etait-elle impliquée dans une affaire ?

— Je ne sais pas. On dit que c'est une femme âgée qui venait assez souvent ici, mais moins que l'autre. Je ne l'ai vue que deux fois, mais je ne suis là que depuis trois semaines. La police la recherche, à ce qu'il paraît. La fille était un peu sèche, comme tous les Allemands, mais elle donnait de gros pourboires. Ce n'est pas habituel chez ces gens-là.

Nous gardâmes le silence, Chamorro et moi, sans émettre d'opinion, pour l'inviter à en lâcher un peu plus.

— C'est à ne pas y croire, s'affligea la serveuse. Elle dansait là, toutes les nuits. Ces gens là-bas, ces Italiens au fond, c'étaient ses amis. Et maintenant elle est morte. Tout est tellement absurde.

Nous feignîmes une certaine sollicitude pour consoler son affliction puis nous l'exhortâmes à nous donner, pour oublier tout cela, les conseils que nous lui avions demandés. Pendant qu'elle se procurait une serviette et dessinait à Chamorro une carte où elle pointait les grottes, les restaurants typiques et autres merveilles, je ne quittais pas des yeux le groupe d'Italiens : deux filles de l'âge de Chamorro et deux individus à peine plus âgés, plutôt robustes comme le laissaient voir leurs tricots sans col ni manche, mais pas très grands. Bien sûr ils étaient assis et mon estimation n'était pas très fiable, mais ils devaient mesurer quatre ou cinq centimètres de moins que moi. Cela m'enhardissait.

Je jauge toujours la stature des hommes à qui j'ai affaire, parce que je ne suis pas particulièrement costaud et que je n'ai pas d'autres connaissances des arts martiaux que celles qui m'ont été inculquées à l'Ecole. Avec un peu d'attention, cela permet de s'en sortir avec quelqu'un qui ne sait rien ; le problème c'est qu'on ne peut jamais être sûr de ne pas se trouver en face d'une ceinture bleue, ce qui représente déjà pour moi une distance insurmontable. Heureusement, je dispose d'un pistolet. Il y a des gens très maladroits avec les armes, mais les règles sont élémentaires. D'abord, ne pas dégainer si on peut l'éviter. Si on ne peut pas l'éviter, le premier coup de feu en l'air et le deuxième dans les pattes de l'individu qui s'amène. S'il est armé, tirer là où il sera empêché de rétorquer. Il convient de souhaiter que la situation ne se présente pas, mais si d'aventure elle se présente, rien de plus malheureux que de laisser transparaître des failles dans sa volonté. Jusqu'ici, aucun de ceux face à qui j'ai brandi mon arme n'a commis l'imprudence de douter de mon intention de m'en servir. Cela m'a permis de sauver ma peau ainsi que celle de quelques autres personnes.

Nous laissâmes la charmante serveuse qui, de manière si désintéressée, avait guidé nos pas dans le club pour aller prendre place près des Italiens, à une table qui n'était guère plus grande qu'un tabouret. Je m'emparai d'une chaise en chemin et Chamorro demanda aux Italiens le siège qui leur servait à stocker leurs affaires. Ils le dégagèrent et le lui donnèrent. La promiscuité était telle qu'il ne nous fut pas difficile d'échanger quelques mots avec eux. Très vite l'attraction que mon adjointe exerçait sur l'un des deux Italiens, celui qui déclara porter le nom d'Enzo, devint évidente. Il gesticulait, racontait des blagues et rapprochait peu à peu son siège de celui de ma compagne. Elle profita d'un instant pour solliciter mon approbation d'une mimique. L'Italien était sympathique ; comparé au ténébreux Lucas, et d'après ce que l'apparence des personnes révèle d'elles-mêmes, un chérubin inoffensif. De mon côté, j'avais lié conversation avec une créature dont le commerce réclamait toute ma concentration. Je fis part de mon assentiment à Chamorro, qui ne tarda pas à répondre à la tentative de rapprochement d'Enzo.

Il me faut à présent interrompre un instant le fil de mon récit pour décrire Andrea, et j'avoue que j'ai des doutes quant à ma capacité de rendre intelligible la fascination que cette femme exerça aussitôt sur moi. D'abord, elle n'était pas très grande, ce qui la plaçait dans une position nettement désavantageuse par rapport à l'immense majorité des femmes qui se trouvaient là. Ensuite, elle n'affichait pas la minceur athlétique qui par ces temps miséricordieux est considérée comme une condition indispensable pour qu'une femme ose se montrer en public sans offrir un spectacle abominable. Enfin, elle devait la blondeur de sa chevelure à la teinture, cela sautait aux yeux. Nonobstant, elle avait des yeux d'un gris presque argenté, sans le concours de lentilles colorées à cet effet. Et quand on s'avisait de les sonder, on tombait dans un puits sans fond. Elle n'arrêtait pas de sourire et de s'aider des mains pour parler. Elle avait des mains parfaites, quoique trop bronzées. Tout était très bronzé chez elle, et ce détail, qui ne m'a jamais beaucoup séduit, donnait à cette femme un attrait indéniable. Sa peau était douce et parfumée, ferme et brillante comme un bois précieux. Elle portait une robe flottante, surtout au niveau du décolleté, où dansaient sans pudeur deux seins bruns et ronds. Je serais un fieffé menteur si j'écrivais à présent que je ne les regardais pas.

Chacun de nous s'exprimait dans sa langue. Malgré la sonorité claire de mon patronyme, je ne sais guère dire beaucoup plus que *ciao* en italien. Chamorro usait du même procédé avec Enzo, ce qui nous permettait de nous comprendre. Parfois les acceptions étaient un peu imprécises mais cet état de choses, qui desservait sans nul doute nos recherches, favorisait, du moins pour ma part, la libertine magie de l'instant. Il était clair que je n'étais pas venu là pour chercher des magies ou des instants, mais j'avais déjà derrière moi une longue veille matinale, et des boissons successives que j'avais commandées il m'était resté une dose résiduelle entre les lèvres. Une dose qui avait irrémédiablement voyagé jusque dans mon estomac et qui avait peu à peu imprégné mon sang. Enfin, ma discipline n'était pas aussi rigoureuse qu'au moment où j'avais franchi le seuil du Factory, six ou sept heures plus tôt, et même si je n'avais pas perdu de vue mon objectif, je ne me refusai pas à prendre quelque licence dans sa poursuite.

Andrea vivait à Milan, comme presque tous les Italiens qui venaient là en villégiature. Quand je lui dis que nous étions, Chamorro et moi, géologues, conformément aux fausses identités derrière lesquelles nous nous abritions, elle ne comprit pas au début. A l'aide de signes et d'un certain nombre d'explications obliques, elle parut se faire une idée de notre profession. Nous avions choisi ce métier parce qu'il est suffisamment recherché pour que personne ne se révèle être un collègue avec qui deviser ou tenter de trouver des sujets communs, et aussi parce que personne ne sait exactement en quoi il consiste. Andrea, pour sa part, déclara travailler dans la mode. Ni mannequin, ni styliste, précisa-t-elle aussitôt. Elle assumait une sorte de fonction de coordination commerciale, je ne fus pas capable de déchiffrer parfaitement les mots qu'elle employa pour la décrire. Une fois les premières broussailles des présentations écartées, j'entrai dans le vif du sujet :

— Avant d'aller plus loin et de commettre une erreur, l'un de ces deux hommes est-il ton petit ami ?

Andrea se tourna. Enzo faisait une cour acharnée à Chamorro. L'autre homme, Fabio, buvait dans le même verre que Rosina, sa voisine. Ils étaient blottis l'un contre l'autre, à demi somnolents. Depuis que nous nous étions accointés avec Enzo et Andrea, ils s'étaient docilement repliés.

— Ce sont seulement des amis, de travail, répondit-elle.

— Vous êtes venus ensemble ?

— Bien sûr. Deux filles ne doivent pas voyager seules par ici.

Andrea désigna alors Chamorro.

— Et la grande, là ? C'est ta petite amie, ta sœur, ta femme ?

— Pas jusque-là. María — le faux nom de Chamorro — et moi, nous prospectons toujours ensemble. Parfois nous devons dormir dans le coin et il est plus économique de louer un logement. Si bien que nous nous sommes habitués l'un à l'autre et que nous partons en vacances ensemble. Mais elle n'est pas jalouse et moi non plus.

Andrea composa une expression friponne. Un peu plus bas, vers son décolleté, il y avait un indolent tumulte auquel il m'était de plus en plus difficile de rester insensible.

— Tu aimes l'été, Luigi ?

— Oui.

— Et qu'est-ce que tu aimes le plus ?

— La plage, les nuits de pleine lune, les filles aux yeux gris qui vous font oublier la lune, et les nuits, et la plage.

— C'est un compliment ?

— Quel âge as-tu ?

— Vingt-trois ans. Et toi ?

— Douze de plus. C'est peut-être un de mes derniers étés.

— Oh ! non !

— Je le sais, Andrea. C'est pour ça que je tiens à faire quelque chose que je puisse marquer d'un caillou blanc. Et j'ai besoin que quelqu'un m'y aide.

Andrea joua un moment à se faufiler.

— María ne t'aide pas ? Si María m'aidait, moi je le marquerais d'un caillou blanc, dit-elle en riant.

Mais l'Italienne avait les yeux brillants, elle passait ses doigts sur le dos de ma main et elle était aux trois quarts ivre, comme moi. Plus tard, quand je découvris comment elle était en réalité, il me fallut me forger une théorie différente pour justifier le fait qu'un quidam comme moi ait réussi à la séduire. Cette nuit-là, enflammé par l'alcool et par l'accumulation des événements, je m'obstinai à supposer que je l'avais rencontrée dans un moment où elle avait besoin d'être courtisée, et qu'avec mon improbable histoire j'avais placé sur son chemin un type insolite qui avait piqué sa curiosité. Ce n'était pas grand-chose, mais c'était suffisant.

— María, en réalité, ne s'intéresse pas aux hommes, dis-je très discrètement. Mais n'en dis rien à Enzo.

Andrea regarda Chamorro sans dissimulation. C'était la troisième ou la quatrième fois que mon adjointe repoussait aimablement un geste trop familier d'Enzo. Les yeux de l'Italienne brillèrent d'un éclat plus vif encore.

— Emmène-moi danser.

Je m'exécutai. Nous n'étions pas sur la piste depuis deux minutes qu'elle m'enlaça et inonda ma bouche d'un baiser violent, tout imprégné de gin. Du coin de l'œil, je pus capter la stupéfaction de Chamorro. Je n'eus pas d'autre ressource que de lui rendre la pareille. Il ne m'en coûta pas beaucoup. Je la payai de retour avec hardiesse et libéralité.

Je conserve du reste de cette soirée très peu de souvenirs, hormis celui de la texture lisse du corps d'Andrea qui s'agitait inlassablement entre mes mains. Je ne la questionnai pas, elle ne me questionna pas et je me soumis à l'infâme musique sans broncher. Il y eut néanmoins quelques pauses où par surprise Ella Fitzgerald ou Dinah Washington vinrent me réconforter, et tandis que Andrea me susurrait à l'oreille des mots inconnus, la nuit prenait la fragile consistance de la perfection.

9.

Comme ça, tout simplement

Vers cinq heures et demie du matin, Chamorro me fit un signe. Les deux autres s'étaient retirés et, face à la réserve de ma subordonnée, Enzo avait beaucoup perdu de son allant. La manière dont sa tête pendait était assez révélatrice. Avec douceur, j'écartai Andrea de moi.

— María m'appelle. Je dois y aller, dis-je avec fermeté.

— Où donc ?

— Nous avons des choses à faire, María et moi.

— Quelles choses ?

— Celles que nous avons l'habitude de faire ensemble.

— Emmène-moi.

— Je ne peux pas.

Andrea secoua la tête.

— Quelle déception, Luigi ! Alors, nous n'allons plus nous voir ?

— Mais si !

— Tu me le promets ?

— Je ne peux pas non plus.

Andrea se mit à m'examiner attentivement. Elle fouillait mon masque du regard avec une telle insistance que l'espace d'un instant je redoutai qu'elle ne perce la vérité. Et la vérité, en partie, c'était que ma volonté d'élucider la mort d'Eva Heydrich faiblissait devant la tentation de me perdre dans ces yeux gris.

— A quelle plage vas-tu ? demandai-je subitement.

— C'est variable.

Andrea m'indiqua alors le nom du camp de nudistes qu'Eva Heydrich avait fréquenté après avoir admis qu'elle ne pouvait pas déchaîner tous les jours du raffut dans la crique.

— J'y vais tous les après-midi, m'informa-t-elle. Tu peux amener María. Ou pour mieux dire : j'exige que tu l'amènes. *Addio.*

Elle m'embrassa de nouveau et s'en alla, traînant hors du club un Enzo à la démarche chancelante. L'expression de mon adjointe me remit en mémoire un terrible souvenir : le visage de la dernière personne dont j'avais eu à subir la tyrannie avant de tomber sous celle du commandant Pereira. Celui de la religieuse hommasse qui m'avait surveillé — je crois que c'est le terme — après mon opération de l'appendicite, quand j'avais quinze ans.

Chamorro patienta malgré tout dix minutes avant de me gourmander. Nous roulions déjà vers la villa.

— Je croyais que nous devions agir avec *doigté*, dit-elle d'un ton goguenard. Maintenant je sais ce que signifie le mot *doigté*.

— Je ne te savais pas capable d'une telle ironie, Chamorro, mais j'en suis fort aise, murmurai-je, à bout de forces.

— Une Italienne explosive, à ce que je vois.

— Je ne peux pas dire le contraire.

— Enzo, lui, n'était pas du genre explosif. Plutôt fantomatique. S'il était prévu au programme que je lui cède, tu aurais pu me prévenir.

— Ce n'était pas prévu au programme. Pour ce qui est d'Andrea, c'est arrivé fortuitement.

— Et tu as beaucoup progressé dans ton enquête ?

— Je me suis mis en bonne position pour progresser.

Je me rendis compte que Chamorro abandonnait à cet instant son attitude réprobatrice pour en adopter une autre, bien différente. J'étais agréablement surpris qu'elle dépasse ses inhibitions, mais je me demandai si elle n'était pas aussi en train de dépasser les bornes. Depuis le jour où j'ai pris du galon j'ai toujours été récalcitrant à m'en prévaloir, à moins d'y être indispensablement obligé. Si bien que je me contins.

— Pendant que tu prends ton temps — elle mit de nouveau à l'épreuve ma bienveillance — , je vais t'informer de l'avancée de mes recherches. Nos quatre amis ont fait la connaissance d'Eva Heydrich dans une discothèque du port de plaisance. Elle les a emmenés sur le yacht par lequel elle était venue avec d'autres Italiens, et ils se sont livrés à une sorte d'orgie, d'après que ce qu'Enzo m'a laissé entrevoir, peut-être pour me donner du cœur à l'ouvrage. Ensuite ils se sont revus sur la plage, trois ou quatre jours plus tard, et ils ont pris rendez-vous pour le soir. Eva les a amenés à l'Abracadabra. A partir de là, Enzo n'a plus eu la moindre envie de se perdre dans les détails. A la fin, seulement, quand il ne savait plus quoi dire, il m'a fait une révélation juteuse. Eva s'est entichée d'une personne du groupe. Un sentiment partagé. Tu n'as pas une petite idée sur l'identité de cette personne ?

— J'ai bien peur que si.

— Tout juste. Ta blonde explosive.

— Enzo t'a raconté tout ça spontanément ou tu lui as demandé quelque chose ?

— Je ne lui ai même pas demandé l'heure. Je le jure.

— Je te félicite, Chamorro. Et tu devrais me féliciter, toi aussi. Sans y être pour rien, nous avons fait la conquête d'un nouvel ex-partenaire d'Eva. Les choses avancent plus vite que nous ne pouvions l'espérer. Tu as remarqué : j'ai dit *nous avons.*

— Comment ?

Le moment était arrivé de déboulonner Chamorro, ou alors j'étais loin du compte. J'avais peine à croire qu'elle se soit libérée à ce point.

— Les pupilles d'Andrea se sont dilatées quand je lui ai avoué que tu n'aimais pas les hommes.

— Tu lui a dit ça ?

— Parfaitement. Si tu veux en savoir plus, elle envie tes jambes, et elle a insisté pour que tu viennes avec moi le jour où j'irai lui rendre visite sur la plage.

Elle avait perdu de sa morgue.

— Nous irons cet après-midi, ai-je conclu. Même si je préfère que la nuit nous nous occupions de Lucas, il ne faut pas pour autant laisser refroidir Andrea.

A sept heures quinze précises, tandis que nous cherchions à nous éclaircir les idées avec un café serré, on frappa à la porte de la cuisine. C'était Perelló. Il venait nu-tête, les cheveux mouillés, soigneusement tirés en arrière et plaqués sur le crâne. A sa suite apparut Satrústegui, son homme de confiance.

— Bonjour, mon adjudant. Voulez-vous du café ?

— J'en ai déjà pris, merci. Vous avez bien mauvaise mine. Surtout la petite. Avez-vous eu maille à partir avec quelqu'un ?

— Nous n'avons pas dormi.

Perelló dodelina de la tête.

— Il faut se reposer, sergent.

— Nous n'avons pas eu le choix. Eva Heydrich aimait la vie nocturne.

— C'est quelque chose que je ne peux pas comprendre. La nuit, il faut dormir. Veiller par plaisir, comme tout le monde le fait aujourd'hui, est une sottise. Vous verrez le jour où le sommeil vous échappera ; tôt ou tard c'est ce qui finit par arriver.

— Mais ça valait la peine.

— Dans ce cas... Bon, on va voir la maison ? On ne devrait pas en avoir pour longtemps.

Perelló m'étonnait. Tout autre que lui nous aurait immédiatement pressés de questions. Mais lui, il avait une tâche à remplir, un délai pour l'accomplir, et cela passait avant tout. Je crois que, de toutes les personnes avec qui j'eus à travailler durant ces jours, Perelló fut le seul à n'avoir pas ressenti cette démangeaison malsaine de connaître les circonstances exactes de la mort d'Eva Heydrich. Il faisait en sorte de les connaître parce qu'il n'avait pas le choix, parce que depuis trente ans il exécutait des ordres sans les discuter. Mais, en réalité, cela ne l'intéressait pas.

Il y avait chez lui un autre trait singulier. Je suppose que tous, moi y compris, à un moment donné, nous avons condamné moralement Eva ou les individus avec lesquels elle s'était compromise et qui avaient émergé au fil de l'enquête. Je n'ai jamais rien noté de semblable chez l'adjudant. Et pourtant je suis convaincu qu'en des temps différents, s'il avait fallu garrotter le coupable, lui seul aurait osé le faire. Il l'aurait supplicié rapidement, puis il se serait signé pour le repos de son âme.

Notre café avalé, nous nous faufilâmes discrètement dans la rue et pénétrâmes dans le jardin. Satrústegui retira soigneusement les scellés apposés sur la porte de la villa. C'était un homme méticuleux et taciturne. On comprenait aisément que Perelló l'ait mis à part des autres. Les jeunes gardes ayant de telles dispositions n'étaient pas légion.

La villa était beaucoup plus spacieuse que la nôtre. Elle se composait d'un immense séjour, d'une salle à manger, d'une vaste cuisine et de quatre chambres. Elle comprenait aussi un grand balcon qui donnait sur la mer et une terrasse également ouverte sur la Méditerranée. Cette première remarque s'imposait :

— Une chaumière un peu grande pour une seule personne. Vous ne croyez pas, mon adjudant ?

— Les étrangers sont capricieux. Si la femme a apprécié la vue, elle ne s'est pas souciée de compter le nombre de pièces.

— Combien peut coûter la location d'une maison pareille dans le secteur ? demanda Chamorro.

— C'est le coin le plus chic de la station. Cent cinquante ou deux cents hors saison. En pleine saison, tu multiplies par deux et tu es un peu en dessous. Il est clair que je ne pourrais pas vivre ici.

— Nous allons voir l'endroit où le corps a été découvert ? demandai-je.

Le marquage du corps d'Eva était particulier. Comme il est impossible de dessiner dans l'air, ils avaient tracé à la craie une sorte d'ellipse sur le sol et une autre plus petite sur la poutre du plafond. Les points les plus proches sur les plans solides entre lesquels la victime avait été suspendue.

Le plafond du séjour s'élevait en V jusqu'à une hauteur très supérieure à la normale. Eva Heydrich n'avait pas été accrochée au point le plus haut de la pièce et, malgré tout, en ajoutant à la brève longueur de la corde celle de ses bras et son mètre quatre-vingt-cinq, elle était encore à quarante centimètres du sol.

— A quelle hauteur dirais-tu que se trouve cette poutre, Chamorro ?

— Un peu plus de trois mètres.

— Autrement dit, celui qui a passé la corde par-dessus la poutre a dû la lancer ou alors monter sur quelque chose de très haut. Une manœuvre curieuse avec un macchabée encore chaud sur les bras. J'ai beau tourner et retourner la question, je ne m'explique pas ce raffinement. C'est une pure perte de temps, sauf si son auteur a pensé que nous ne découvririons pas qu'Eva était déjà morte au moment où elle a été suspendue.

— Et dans ce cas que se passerait-il ?

— Nous supposerions qu'il y a eu torture, une torture d'ordre psychique, en plus de la douleur aux poignets que peut provoquer la pendaison, parce qu'il n'y a pas d'autres blessures. Ce qui suggérerait l'idée d'un détraqué, ou d'un crime commis avec un mobile très précis. Savoir quelque chose, contraindre quelqu'un. Eva elle-même ou une autre personne.

— Par rapport à quoi ?

— Je n'en sais rien, Chamorro. Ce qui est plus ou moins évident, c'est que l'acte de pendaison correspond à une volonté de faire croire à quelque chose qui n'a pas eu lieu. Par exemple, la mort procède de quelque chose de tout à fait prosaïque, et en aucun cas de perversions comme celles qu'on veut nous montrer. Si tu te places dans l'autre hypothèse, il s'agit de dissimuler l'absence de mobile précis ayant justifié la mort. Si la police recherche un détraqué, ou des individus qui pouvaient avoir un mobile pour torturer et tuer, alors l'assassin, dans ces deux cas de figure, n'ayant pas le profil du suspect, se trouverait à l'abri.

— Je n'arrive pas à te suivre. Comment peux-tu parler d'absence de mobile ?

— La fille a été tuée par accident, ou par erreur. Ou comme ça, tout simplement, fit remarquer l'adjudant.

— Comme ça ?

— Sans préméditation. Parce que quelqu'un, à un moment donné, a éprouvé pour elle une dose de haine suffisante.

— Tout juste, confirmai-je. Cela n'a rien d'étrange. La plupart des homicides sont commis par des personnes qui ne savent pas qu'elles vont tuer jusqu'à l'instant précis où elles plantent le couteau ou pressent la détente. Très souvent, la mort est utile, pour voler, pour se défendre, pour se venger. Mais parfois elle n'est d'aucune utilité. C'est effectivement ce qu'on peut appeler « une mort comme ça ».

— Et que déduisez-vous de tout cela, sergent ?

Satrústegui avait pris la parole, inopinément. Contrairement à Perelló, son intérêt pour le crime était palpable et son cerveau avisé — comme l'est celui de tous les hommes qui parlent peu — était déjà parvenu à une conclusion qu'il voulait comparer avec ma réponse.

— J'en déduis que nous avons affaire à un esprit criminel très fruste, un amateur. Et ce n'est pas seulement la précipitation avec laquelle il a préparé sa farce qui me porte à le croire. A partir du moment où il la pendait, il aurait pu, par exemple, pour rendre crédible une éventuelle torture, la brûler avec une cigarette. Au bout du compte, on parvient à la vérité, non par des conjectures, mais par des pistes et par des faits. En dehors de rares exceptions, il est plus important de vérifier avec qui la victime est entrée en relation, quand et comment, que de se laisser guider a priori par le mobile du meurtre ou par les caractéristiques psychologiques supposées du scélérat qui l'a commis. Monter un tel décor ne vous dégage jamais des traces que vous avez pu laisser, cela crée seulement un petit imbroglio qu'un enquêteur sensé n'aura aucun mal à démêler dès qu'il aura en main les éléments *ad hoc*.

Un autre détail intéressant était la distance relative

qu'il y avait, en ligne droite sur le sol, entre la poutre qui avait servi à hisser Eva et la poignée de la porte à laquelle la corde avait été attachée. Presque six mètres.

— Et ça ? Personne n'a pensé à ça, mon adjudant ?

— A quoi ?

— La distance de l'aplomb de la poutre à la poignée. Je ne suis pas très versé en physique, mais c'est une question de bon sens. Si on soulève un corps lourd de la façon dont le cadavre a été soulevé, l'effort augmente d'autant qu'on exerce de plus loin cette force sur le point d'appui, c'est-à-dire la poutre. La solution la plus logique, c'est de se placer dessous pour s'aider de son propre poids, et non à six mètres. Supposons que, malgré tout, on fasse monter le corps de cette façon et que, une fois le corps hissé, on se dirige vers la porte. A mesure qu'on s'éloigne, il faut davantage de force pour maintenir le corps, parce qu'on compte de moins en moins sur l'aide de son propre poids. Et le temps d'attacher la corde à la poignée, il faut effectuer tout le travail d'une seule main.

— Je dois m'y entendre encore moins que toi en physique, sergent, mais ce que tu dis paraît logique. Je crois savoir où tu veux en venir.

— Si elle est l'auteur de ce tour de force, Regina Bolzano est la sexagénaire la plus forte de l'histoire et d'une partie de la mythologie.

— Autrement dit, ce n'est pas elle qui l'a tuée, s'empressa — pour une fois— de dire Satrústegui.

— Ce n'est pas elle qui l'a suspendue, ce qui est différent. Mais il est vrai que, si cela ne permet pas de réfuter la thèse qui la déclare criminelle, du moins cela l'ébranle.

Après quoi, nous suivîmes à la trace le sang qui maculait encore la maison. Les balles avaient été logées proprement et cela pouvait justifier que les vestiges soient peu abondants, mais, étrangement, les taches semblaient sans lien avec l'impact des projectiles. Elles se trouvaient dans le séjour, dans la salle à manger, dans le couloir et dans une chambre, celle où le crime avait eu lieu. Le lit était d'une propreté parfaite.

— Quelle est la première chose qui frappe l'attention dans cette pièce ? demandai-je à mon adjointe.

Chamorro regarda en haut puis en bas.

— Très peu de sang, répondit-elle.

— Ça, c'est une chose. L'autre, c'est que la fenêtre donne sur la maison d'à côté. L'endroit idéal pour que deux coups de feu tirés sans silencieux soient entendus par les voisins qui n'ont pourtant rien entendu.

— Vous savez que c'était un soir de fête, rappela Perelló sans grande conviction.

— Bien sûr. Un hasard favorable. Laissons de côté le fait que notre amateur a montré un tel amateurisme qu'il ne s'est pas préoccupé d'effacer les traces qui déboulonnent sa volonté de nous faire croire, pour le cas où le rapport du médecin légiste n'y suffirait pas, qu'Eva serait morte suspendue à cette corde. Ce qui signifie qu'il était nerveux et pressé. Il est peut-être entré dans la maison d'une manière peu orthodoxe.

— Que veux-tu dire ?

— Je veux dire que cette fenêtre est très basse et que, durant l'été, il n'est pas rare que ces gens, habitués à la sécurité de leur pays, ne prennent pas la précaution de fermer toutes les issues. Pour quelqu'un qui n'aurait pas la clé, cela peut être une façon d'entrer.

— Et alors ?

— Alors c'est une voix de plus contre la culpabilité de Regina Bolzano. Elle, elle avait la clé. Et cela signifie qu'Eva n'a pas été tuée ici. On l'a amenée ici. Peut-être pas dans l'intention délibérée de faire porter le chapeau à Regina, mais plutôt par prudence, pour dérouter l'affaire. Le numéro de la corde a été monté pour finir de ficeler le tout.

— Oui, tu marches très bien, jugea Perelló. Mais il manque quelque chose. Les empreintes sur le revolver. Si elle a été tuée ici, ça peut coller. Si elle a été tuée ailleurs, c'est une autre histoire. Comment le revolver a-t-il pu atterrir je ne sais où et revenir avec les empreintes ?

— Pour ce qui est d'ici, nous n'allons pas tout résoudre. Quant à ce qui s'est passé au-dehors, il faut le résoudre au-dehors. Malheureusement. Cette maison est en train de devenir très éloquente.

— Tout dépend pour qui. Je vais te dévoiler le fond de ma pensée, sergent. Dommage que tout ce que tu as découvert soit exactement ce que nous ne tenions pas à découvrir. Je te prédis un tête-à-tête désagréable avec Zaplana.

Chamorro et Satrústegui demeurèrent silencieux. Je remarquai qu'elle réprimait son admiration et que Satrústegui était impressionné. La réaction de Satrústegui me laissa plus froid, mais le fait que Chamorro m'admire me réconfortait, surtout après m'avoir cru, non sans raison, asservi aux appas dorés d'une Italienne sans pudeur. S'il convient d'être prudent en reconnaissant que d'autres reconnaissent votre mérite, il ne faut pas pour autant s'abandonner envers et contre tout à la modestie. Après une nuit de veille, que ma tête fonctionne encore était quelque chose qui me stupéfiait moi-même.

Nous étions en train de fourrager dans les tiroirs — je dois consigner ici que nous n'en sortîmes strictement rien —, quand la porte de la villa s'ouvrit. C'était Barreiro. Il était accompagné d'un capitaine, d'un sergent et d'un autre homme. Je crois bien que je n'avais pas vu autant d'uniformes réunis depuis le dernier défilé auquel j'avais dû assister.

— Bonjour, tonna le capitaine.

Perelló se mit au garde-à-vous et Satrústegui en fit autant. Chamorro, qui n'était pas en tenue mais en pantalon et en t-shirt, ne savait pas quoi faire, même si elle se raidit plus ou moins. Je me contentai de me redresser.

— A vos ordres, mon capitaine, dit Perelló. Voici le sergent Vila et l'agent Chamorro, de Madrid.

— A vos ordres, nous écriâmes-nous en chœur.

Estrada était de ces individus chez qui tout est carré et rectiligne, y compris les circonvolutions du cerveau. Son visage le clamait.

— Quoi de neuf par ici ? demanda-t-il.

Dès que Perelló lui eut expliqué quelques généralités, auxquelles je n'ajoutai rien, j'amorçai sans trop de déférence un mouvement de repli :

— Bien, je crois que nous nous sommes fait une idée. Mieux vaut nous retirer avant qu'il soit trop tard. A vos ordres, mon capitaine.

Estrada était irrité que je fasse si peu cas de son rang.

— Vous êtes pressé, sergent ?

La situation était délicate, je tombais de sommeil et, surtout, je ne tenais pas à ce que les voisins nous découvrent, Chamorro et moi, au milieu d'une troupe de gendarmes. Après un instant d'hésitation, je décidai de ne pas y aller par quatre chemins :

— J'ai un problème, mon capitaine. J'essaie de passer inaperçu et ce n'est pas la meilleure façon.

— Allons donc ! Vous allez peut-être me dicter ce que j'ai à faire ?

Les gardes, Chamorro en tête, retenaient leur souffle. Perelló levait imperceptiblement les yeux vers le haut plafond du salon.

— Certainement pas, mon capitaine. Je m'occupe seulement de ce que je dois faire.

— Je ne sais pas si vous savez compter les galons, Vila. On ne vous apprend peut-être pas ça à Madrid. Ceux que vous voyez là — il montra son épaule — signifient que vous ferez ce que je vous commanderai de faire.

— Désolé de vous contrarier. Mais, en dehors de la formule de salut, je ne suis pas à vos ordres. Au revoir, capitaine.

— Que dis-tu là, mon garçon ?

— Que je m'en vais et que mon adjointe vient avec moi. Et si cela ne vous plaît pas, vous n'avez qu'à m'arrêter. Le régiment, c'est aussi simple que ça. Alors il n'y a pas à discuter. Ensuite vous vous en expliquerez avec mon commandant. Moi, ça m'est bien égal. Je fais ce qu'il m'ordonne de faire. Allons-y, Chamorro.

Elle se glissa jusqu'à la porte sans faire de bruit et je lui emboîtai le pas. L'envie de me foudroyer démangeait Estrada comme jamais peut-être quelque chose l'avait démangé dans sa vie, mais il n'en eut pas le front. Perelló demeura impassible. Décidément, cet homme m'était de plus en plus sympathique.

10.

Elles sont faibles aussi

Quand nous fûmes de retour dans notre logement, Chamorro était encore en état de choc. Elle avait beau être la fille d'un colonel, avoir vu son père en pantoufles ou mal rasé, elle gardait encore en mémoire le temps de son apprentissage, où toute personne portant trois galons à l'épaule est un demi-dieu, alibi dont profitent tant de pauvres types pour imposer au monde leur présence avec une intensité excessive par rapport à celle que leur envergure justifie.

— Nous voilà dans de beaux draps, sergent !

— Tant que nous serons en mission, je suis Luis, ou Rubén dans l'intimité. J'avoue que la scène a été un peu rude, mais tu ne dois pas te laisser impressionner par les décibels, ma chère.

— Nous avons peut-être travaillé à notre perte. Il va faire un rapport.

— Je ne crois pas. Plutôt que de faire un rapport, il aurait pu nous emmener à la caserne. Il s'est couvert de ridicule, qui plus est devant ses hommes. Si bête qu'il soit, je ne pense pas qu'il veuille en rajouter par écrit.

Elle ne comprenait rien.

— Comment peux-tu être aussi sûr de ton fait ?

— Ne pose pas tant de questions et réfléchis. A la différence de ce soldat de plomb, toi tu es payée pour réfléchir. Tu penses que je suis fou ?

— Je ne sais plus, avec tout le respect que je te dois.

— Je t'assure que je ne suis pas fou, ou pas plus que toi. Si j'ai fait ce que je viens de faire, c'est parce que je sais peut-être quelque chose qui m'autorise à ne pas respecter ce capitaine.

— Et qu'est-ce que tu sais ?

— C'est accessoire. La morale, c'est qu'il ne faut pas défier quelqu'un avant d'avoir pris la mesure de ses forces. C'est l'erreur d'Estrada et c'est mon avantage. Je te garantis que, dans la mesure où je peux l'éviter, je ne fais jamais rien tant que je ne suis pas sûr que cela ne tire pas à conséquence. Écoute, Chamorro, l'esprit militaire vante certaines vertus qui sont des défauts pour un policier. Nous, à cause de notre double casquette, il nous faut trouver un équilibre. Et l'équilibre, dans ce cas, c'est de savoir que la bravoure est presque toujours superflue.

— Et tu n'aurais pas pu te tirer d'affaire autrement ?

— J'étais pressé, et ménager l'honneur d'Estrada était le cadet de mes soucis. Si, un jour, tu constates que je cause de l'embarras, je te prie de me le faire savoir très vite et, si tu n'en as pas le temps, tu n'as qu'à me mettre à l'écart sans autre forme de procès. C'est bien de respecter son supérieur, mais c'est encore mieux de remplir son devoir. N'applique pas ça avec tout le monde. Il y a des gens qui préfèrent recevoir une balle plutôt que de voir un subalterne les pousser pour l'éviter. Allez ! Il est grand temps d'aller piquer un roupillon. Je crois bien que ç'a été le jour le plus long de ma vie.

Nous dormîmes près de sept heures, ce qui, au vu du peu de sommeil que nous avions à nos compteurs, nous parut éléphantesque. Comme toutes les fois que je dors pendant le jour, je ne savais plus à mon réveil ni où j'étais, ni qui j'étais, ni ce qui s'était passé au cours de la dernière semaine. Je m'extirpai comme je pus de cet état angoissant, je me levai et je bus beaucoup d'eau et un coca-cola, breuvage qui décape aussi bien la rouille des métaux que la croûte d'un sommeil pesant. Après quoi, j'allai réveiller Chamorro. Je frappai deux petits coups, très doucement, sans obtenir de réponse. Je martelai la porte plus fort et, au bout de quelques secondes, je l'entendis crier :

— Quoi ? Qu'y a-t-il ?

— Il faut aller à la plage. Lève-toi.

Une demi-heure après, dans la voiture, elle se frottait encore les yeux, mais était suffisamment dégourdie pour remarquer que la route que j'avais prise ne conduisait pas à la crique.

— Où allons-nous ?

— Je te l'ai dit hier, ou ce matin, n'importe. Nous allons retrouver Andrea et ses amis. Eux ne vont pas se baigner dans la crique.

— Et où vont-ils ?

— Je croyais qu'Enzo te l'avait dit. Mais tu aurais pu deviner toute seule. Si ce n'est pas dans la crique et si Eva Heydrich fréquentait aussi cet endroit... Utilise l'information dont tu disposes.

Une fois de plus, Chamorro déchiffra quelque chose qu'elle n'était pas tout à fait préparée à déchiffrer. Mais elle prit soin de ne pas trop le faire sentir.

— Ah, se contenta-t-elle de dire.

La plage de nudistes se trouvait dans une crique un peu plus petite et d'accès difficile. Un nombre impressionnant de véhicules stationnaient sur l'esplanade où aboutissait la route et, en contrebas, un essaim de petits nains orangés déambulaient sur le sable. Nous nous engageâmes sur le sentier abrupt que remontaient, toutes pendeloques à l'air, deux énergiques vétérans, rôtis et arrogants. Nous leur cédâmes le passage, ce dont ils nous remercièrent dans une langue qui n'était ni de l'anglais ni de l'allemand mais qui s'apparentait à ces deux idiomes.

Une fois sur le sable, j'ordonnai à mon adjointe :

— Là, il y a une petite place. Allons-y et tâchons de ne pas attirer les regards.

Mon assistante était perplexe.

— Je t'en prie, Chamorro ! la sermonnai-je. Je n'ai pas pris l'appareil photo.

Mais le problème semblait ailleurs.

— Ecoute, dis-je pour essayer de lui rendre la pilule moins amère, moi aussi j'ai plus ou moins le même sentiment de gêne que toi. Je n'ai pas été élevé chez les curés, mais ma mère ne se promenait pas non plus à poil dans la maison. Faisons comme si de rien n'était et n'y pensons plus. Je ne suis pas un apollon. Quand j'enlèverai mon maillot, tu comprendras que j'ai encore plus de raisons que toi de tirer le rideau sur cet épisode.

Je me dirigeai vers l'endroit que je lui avais signalé. Je posai armes et bagages et me fondis rapidement dans la masse des vacanciers. Chamorro n'eut pas d'autre recours que de succomber. Etre la seule personne habillée aussi loin que portait la vue devait être plus embarrassant encore que tout ce qui lui passait par la tête.

Tandis qu'elle se défaisait de ses vêtements, je tâchai de regarder ailleurs, mais je ne pouvais pas non plus passer mon temps le cou tordu. Cela aurait manqué de vraisemblance. Je me tournai donc vers elle et je dus faire un effort surhumain pour rester impassible devant l'ondulation inouïe, et jusque-là secrète, de sa chaste poitrine. La situation était délicate : à présent que je la voyais intégralement, je devais reconnaître que Chamorro me plaisait autant qu'il n'aurait pas fallu qu'elle me plaise. Mais j'eus recours à ces formules creuses sur le devoir et les impératifs du service, et je parvins au moins à faire en sorte que ne se produise pas quelque chose qui, face à ma subordonnée, m'aurait infligé une honte éternelle.

— Comme si de rien n'était, murmurai-je. Allez, viens te baigner.

Elle se leva et me suivit, épiant du coin de l'œil tous les êtres environnants, lesquels, naturellement, ne faisaient pas cas d'elle, et encore moins de moi. Il y avait néanmoins une exception que je remarquai fortuitement, un petit quadragénaire bedonnant, portant une queue de cheval et des lunettes réfléchissantes ; il était seul et se pourléchait les babines sans la moindre retenue. Bien sûr, s'il s'était agi d'une armoire à glace de vingt-cinq ans, j'aurais cherché un moyen de ne pas y attacher tant d'importance. Mais là, c'était à ma portée. Je laissai Chamorro me dépasser, ce dont je profitai pour me soustraire à l'inquiétude de la savoir en arrière-garde, non que mon train de derrière soit particulièrement laid, mais c'est une région de mon corps que je n'ai jamais moi-même très bien vue. Je m'avançai vers l'homme aux lunettes miroitantes et me campai devant lui les poings sur les hanches. Elle hésita un instant, mais elle était si pressée de trouver un refuge dans l'eau qu'elle poursuivit sa marche sans moi. L'homme riait au début mais, au bout de trente secondes, me voyant toujours planté devant lui, il se vit dans l'obligation de dire quelque chose :

— Qu'est-ce qu'il y a ?

— Je me demandais si des verres en miroir

incrustés dans l'œil feraient plus de dégâts que des verres normaux ?

— Ne dis pas de bêtises. Tu te figures peut-être que tout le monde mate ta petite ?

— Je ne me figure rien du tout. Je pense à tes carreaux. Tu es myope ?

— Et ta sœur, elle bat le beurre ?

Je n'avais manqué de respect ni à cet homme ni à sa famille. Mais que lui se permette de le faire me mit en colère. Je m'approchai et j'esquissai de la main gauche un coup en direction de son entrecuisse, botte qu'il para inutilement en mobilisant comme un ressort ses deux bras, et de la main droite je lui enlevai ses lunettes. Je les cassai et les lançai par terre.

— Elles n'ont pas résisté à l'épreuve. Achètes-en d'autres.

Le type se leva.

— Non mais, dis donc, qu'est-ce que tu t'es imaginé ?

— Que je vais tourner les talons et que tu n'auras pas de couilles au cul pour réagir.

— Je te dénoncerai.

— Vas-y donc. Je m'appelle Bond. James Bond. Mon adresse, tout le monde la connaît, dis-je en m'éloignant.

Chamorro s'était avancée d'une quarantaine de mètres dans l'eau, avant d'atteindre une zone où elle n'avait plus pied et où elle pouvait feindre de nager, la brasse bien sûr, nage qui découvre le moins de parties du corps. Je décidai de crawler pour la rejoindre au plus vite. Puis je me mis à la brasse dans le même propos que ma subordonnée. La plupart des couples qui étaient dans l'eau folâtraient ou se faisaient des cajoleries, mais j'estimai qu'il n'était pas nécessaire, qu'il était même contre-indiqué de pousser jusque-là notre mise en scène. Chamorro regardait en direction de la rive et je supposai qu'elle était déjà au travail.

— Tu les as vus ?

— Pas encore, répondit-elle. Que faisais-tu avec ce type ?

— Je lui cassais ses lunettes. S'il veut mater, il n'a qu'à le faire à visage découvert. Plus sereine ?

— Ici, oui.

— Désolé de te tourmenter. Mais je crois que la seule façon de les rencontrer c'est de se promener sur la plage.

— Se promener ?

— Oui, comme ces gens.

Tout le long du rivage, des couples, des petits groupes, des personnes seules allaient et venaient, jouissant des bienfaits du sable sous leurs pieds ou tout simplement du paysage.

— Allons-y, lui intimai-je.

Chamorro nagea docilement derrière moi. Les cheveux mouillés, elle avait des airs de Veronika Lake. Je dois dire que Veronika Lake a toujours provoqué chez moi un trouble irrationnel, et je déplorai de m'en souvenir à cet instant précis.

Une fois au bord, nous nous mîmes en marche vers le nord-ouest, c'est-à-dire vers l'autre extrémité de la plage. Par voie de conséquence, nous avions le soleil plus ou moins en face et, à contre-jour, les baigneurs semblaient enduits d'un vernis caramel brun qui rendait notre teint pâle plutôt choquant. Que dire du contraste criant que Chamorro formait avec la couleur uniforme des autres femmes, en divers endroits qu'il n'était pas indiqué que je m'arrête ne fût-ce qu'à nommer. L'idée me vint en marchant que, sur un plan strictement utilitaire, il est indifférent que les personnes jeunes et bien faites portent ou non un maillot, alors que celles qui ne sont pas si jeunes et pas si bien faites devraient s'en passer en toutes circonstances. Le fait de voir tous ces abdomens proéminents et flasques pendre ou flotter librement procurait une grande sensation de paix, surtout si on se prenait à penser aux chairs tyrannisées par ces ceintures et ces tissus élastiques qu'on peut voir sur les plages où les gens sont en costume de bain.

Parvenus à l'extrémité de la plage, nous refîmes le trajet en sens inverse, sans trouver trace des Italiens. Il était près de cinq heures et je redoutai qu'ils n'aient décidé de se passer de baignade cet après-midi-là. Nous retournâmes à notre place et nous nous étendîmes au soleil. L'homme aux lunettes miroitantes, privé de son arme de défense, me toisa avec rancœur et je lui fis la figue. Il se leva précipitamment et s'en alla avec un sourire mystérieux. Pour ne plus avoir à parler de lui, je signalerai qu'au moment de partir, en fouillant dans notre sac de plage, je constatai que ma montre avait disparu. Je dénonçai le méfait à Perelló. Ses hommes mirent moins de douze heures à localiser l'individu et lui, à peine plus de douze minutes à avouer où il avait jeté ma montre. Il larmoya quelque chose à propos d'une paire de lunettes cassées, mais on lui conseilla, en l'absence de preuves, de s'économiser une dénonciation en justice et, la prochaine fois, de me faire à chaud une tête au carré. Qui sait ? Il aurait peut-être eu le dessus.

Nous étions allongés sur le ventre, Chamorro les jambes croisées, avec un manque de naturel avéré, pour se garantir des regards indiscrets. Au bout d'un certain temps passé en appui sur les avant-bras à épier ce qui passait sur la plage, je suggérai à Chamorro l'idée de prendre un peu de repos. Cette position avait endolori mes coudes et notre surveillance prolongée risquait d'incommoder nos voisins. Je laissai tomber ma tête sur la natte et fermai les yeux. Je détendis mes muscles, relâchai la tension de mon esprit et m'assoupis. Il faisait chaud et le soleil tapait dur, mais cet abandon sur la terre, dans le plus simple appareil, avait quelque chose de délicieux. Je perdis la notion du temps et je n'entendis plus que le bruit de ma respiration et, au fond, comme une rumeur lointaine, les voix des baigneurs et la pulsation des vagues.

Soudain, un flot d'eau glacé sur mon échine m'arracha à ma léthargie. Je fis un bond. Je m'apprêtai à rappeler vertement à Chamorro les mauvais côtés de l'armée en flétrissant la mémoire de tous ses morts lorsque, braquant les yeux, je reconnus Andrea, qui essorait sur moi sa chevelure mi-longue. A franchement parler, la première chose que je vis d'elle, et par ordre successif, ce furent les parties de son corps qui ne m'avaient pas encore été présentées. En tout cas, s'il m'était impossible de la reconnaître à cela, le fait qu'une telle vision s'offrît à mon regard, avec un tel degré d'imminence, m'amenait de lui-même à patienter avant de formuler une plainte.

— Quelle surprise de te trouver là ! se réjouit-elle d'un ton amusé.

— Tu en doutais ? Pas moi, me ressaisis-je sur-le-champ.

— Et tu as amené María. *Hola*, María.

Chamorro s'était dressée, supportant difficilement l'attention que Enzo, qui venait d'apparaître et qui la saluait de la main, consacra au passage à son séant. Il est vrai que ma subordonnée avait la fesse haute, assurément provocatrice, mais je doute fort qu'elle eût excusé pour autant l'intérêt que lui portait l'Italien.

— *Cómo estás*[1] ? se débrouilla-t-elle pour répondre à Andrea.

— Ça, je laisse aux autres le soin d'en décider,

1. « Comment vas-tu ? » Littéralement : « Comment es-tu ? » (*N.d.T.*)

répliqua Andrea. Dans mon travail, je suis entourée de filles d'une beauté éblouissante, comme toi. Alors j'ai décidé de ne pas me prendre la tête. As-tu un avis sur la question, Luigi ?

J'acceptai son jeu sur le sens des mots :

— Oui, je dirais très bien.

— Je t'avais dit, Enzo, que ce garçon m'avait beaucoup plu. Tu sais quoi, Luigi ? Enzo pensait que tu ne viendrais pas me voir. Je lui ai répondu que Luigi n'était pas du genre à s'arrêter à mi-chemin, ou alors je ne connaissais rien aux hommes. Je suis dans le vrai ou pas ?

Je dois avouer que, sans alcool, le type de jeu auquel m'invitait Andrea se révélait un peu plus laborieux et bien moins plaisant. Mais je ne pouvais pas lâcher pied.

— Qui donc pourrait te laisser à mi-chemin ?

— Tu entends, Enzo ? C'est un amour. Vous ne vous êtes pas encore baignés ?

— Si, s'empressa de l'informer Chamorro.

— Alors venez, retournons-y.

— Ça ne me tente pas pour l'instant, lui tint tête mon adjointe.

— Bon, je suis sûre que ce n'est pas le cas de Luigi. Allez, viens, et laissons Enzo et María vaquer à leurs affaires.

Je savais que j'étais en train de faire une crapulerie à Chamorro, mais service oblige. Je me levai et pris la main que me tendait Andrea.

— Tu es blanc comme un cachet d'aspirine, estima-t-elle en considérant mon humble et intégrale nudité.

— C'est mon premier jour de plage. Toi, je suis sûr que tu en as au moins dix à ton actif.

Andrea était intensément bronzée et elle exhibait son hâle avec orgueil. Contrairement à Chamorro et à moi, plus ou moins recroquevillés par manque d'habitude, elle marchait le buste redressé et les hanches souples et libres. Ce qui, par la même occasion, lui permettait de compenser sa stature relativement basse. Elle me tira par la main et m'obligea à une petite course jusqu'à la rive, action durant laquelle je me sentis aussi grotesque qu'il est possible de l'être pendant un intervalle de quinze secondes, celles qu'il nous fallut pour atteindre l'eau et son refuge.

Nous nageâmes vers le large. L'espace d'un éclair, je fus atterré par la perspective que sa virtuosité amphibienne fût aussi surhumaine que celle que tout le monde prêtait à Eva Heydrich. Heureusement, elle se contenta de parcourir quatre-vingts mètres et de revenir aussitôt là où nous avions pied.

— Tu sais ce qui me rend dingue avec la mer ? cria-t-elle tout en laissant l'eau lui lisser les cheveux.

— Non.

— C'est qu'on n'en a jamais fini avec elle.

— Ne va pas croire. La mer est ronde, comme le reste.

— Ne sois pas bête. Pour la voir ronde, il faut se servir d'une machine. Moi, j'ai horreur des choses pour lesquelles il faut une machine. Je veux dire, comme ça, tout nu et avec tes propres moyens.

— Comme ça, c'est sûr, on n'en a jamais fini.

Andrea fit une pause pour plonger sous l'eau et faire trois ou quatre culbutes. Son dynamisme m'accablait. Les gens dynamiques, par leur conduite, s'érigent en censeurs de ma passivité, or c'est précisément dans ma passivité que je pense avoir trouvé les rares choses qui font que je me respecte un tant soit peu.

— Luigi — elle changea de sujet sitôt sa dernière culbute exécutée. J'ai l'impression que María ne m'apprécie pas beaucoup.

— Ne va pas croire. Elle est un peu timide. Elle met du temps à se lier.

— Tu sais comment elle les aime ?

— Quoi donc ?

— Que veux-tu que ce soit ? Les femmes. Si elle n'aime pas les hommes, elle aime peut-être les femmes. Ou alors c'est une bonne sœur.

Andrea ne perdait pas de temps et j'en conclus que je devais l'intercepter sur son propre terrain et sans lui faire de concessions.

— Si tu veux, je m'en vais et je lui demande de venir s'expliquer.

Andrea fronça le sourcil.

— Oh, ne te fâche pas, bêta. C'était par simple curiosité. Tu es jaloux ?

— De María ? Jamais de la vie. C'est mon amie et toi, tu ne l'es pas encore.

— Tu es fâché, insista-t-elle.

Alors, sans proférer un mot de plus, elle vint vers moi et glissa ses jambes autour de mes hanches. Puis elle me prit par le cou et planta dans mes yeux son regard argenté. Sous ses cils humides, c'était la chose la plus belle et la plus terrible qu'il m'avait été donné de voir, depuis la tempête qui faisait rage sur l'Atlantique le jour où je survolai l'océan dans l'avion qui me ramenait avec ma mère de Montevideo à Madrid.

— Si tu veux que je te jure que je t'aime d'un amour éternel, je te le jure, offrit-elle en se retenant de rire.

— Combien de fois as-tu juré une chose pareille ?

— Quatre, et c'était toujours la pure vérité — et elle leva la main, pour cautionner son affirmation. Je n'ai jamais laissé tomber personne. On me laisse toujours tomber. Toi aussi, tu me laisseras tomber, un jour.

Andrea parlait au hasard et pourtant, vu d'ici et

dans un certain sens, peut-être involontaire, son pronostic à mon sujet s'est avéré avec une étrange et scrupuleuse exactitude.

— Et María ?

Andrea secoua la tête de droite à gauche.

— María, je crois que je ne pourrais pas l'aimer comme je t'aime. Je n'ai pas pour habitude d'aimer les gens qui ne m'aiment pas. Mais elle est trop belle pour que j'en sois sûre et certaine. Ne crains rien. Je suis capable d'aimer plus de deux personnes à la fois.

— Ne t'attends pas à ce que María s'en accommode.

— C'est toi qui ne t'en accommodes pas.

Cette situation était à ce point absurde (ou, subsidiairement, inédite dans mon expérience) que je n'avais aucune idée de la manière dont je devais réagir. Cependant, j'eus l'intuition qu'il était contre-indiqué qu'Andrea s'imagine que je rivalisais avec María pour emporter ses faveurs. Cela allait peut-être la décevoir. De sorte que je repoussai son insinuation :

— Ne va pas croire. J'ai seulement un doute qui me contrarie légèrement.

— Lequel ?

— Si j'avais été seul hier soir, ou si j'étais venu sans elle aujourd'hui, te serais-tu intéressée à moi ?

— Bien sûr. Mais pas de la même façon.

— Je peux te poser une question d'ordre intime ?

— Elles le sont toutes. Je te rappelle que nous sommes tout nus dans l'eau.

— María a-t-elle quelque chose que les autres n'ont pas ?

Andrea réfléchit un moment.

— Elle est grande, et pas seulement ça : elle est grande et robuste, dit-elle — mot pour mot. Elle me rappelle quelqu'un. Une personne qui était grande et robuste aussi. Les hommes grands et robustes ne sont que des crétins. Les femmes grandes et robustes sont dures, elles t'obligent à les désirer. Mais elles sont faibles aussi, elles ont peur que tu les désires trop.

Au même moment, je remarquai que Chamorro, dans un acte d'héroïsme, ou saturée de la compagnie d'Enzo, ou consumée par le soleil, avait rassemblé les forces suffisantes pour se lever et atteindre l'eau. Elle nageait dans notre direction, poursuivie par la brasse méthodique de l'Italien. Je crois que la basse température de l'eau l'empêchait de rougir devant le spectacle qu'offrait à sa vue son sergent avec une Milanaise folâtre pendue à son cou. Mais elle ne tarda pas à être débordée par ses propres problèmes. Dès qu'elle la vit venir vers nous, Andrea me lâcha et s'avança vers elle avec des intentions retorses.

Elle l'aborda par-derrière, se jucha sur ses épaules et feignit de tenter de la noyer, ce à quoi Chamorro réagit avec à peu près la même raideur qu'un pur-sang à l'encolure duquel se serait agrippé un singe espiègle. En les voyant côte à côte, Andrea, au teint si brun, et ma subordonnée, si blanche de peau, tellement différentes physiquement, je pensai à Eva Heydrich. Sous l'influence de cette étrange image, mon cerveau se mit à concevoir quelque chose que je mis un certain temps à pouvoir traduire en mots. Quelque chose qui avait à voir, pour la première fois, avec les raisons profondes ayant pu relier Eva à la vie et aussi à la mort.

11.

La piste tchadienne

Le barbotage se prolongea pendant un temps qui parut une éternité à Chamorro et que j'eus moi aussi bien du mal à supporter, voyant le calvaire que la pauvre jeune femme endurait. Quand nous sortîmes de l'eau, Andrea lui proposa de jouer au jokari. Mon adjointe lui opposa un refus. L'idée de s'exhiber dans des postures tennistiques et d'offrir de probables perspectives en raccourci devait certainement l'horrifier, mais Andrea tira de ses réticences une autre signification, ce qui visiblement ne fit qu'accroître son intérêt et affermir notre position au regard de la mission qui nous incombait. Sitôt qu'Andrea, repoussée par Chamorro, porta de nouveau ses regards sur moi, je décidai, en m'entourant de précautions, de pousser plus avant notre enquête. Mais l'Italienne était déchaînée. Elle m'obligea d'abord à jouer au jokari puis elle m'entraîna une nouvelle fois dans l'eau, où elle me fit nager, me demanda de la porter sur mes épaules et me prodigua une affection tumultueuse et impudente. Ensuite, nous reprîmes notre jeu de balle, et au bout de cent ou de mille coups de raquette nous nous immergeâmes une fois de plus. L'après-midi s'écoula ainsi, de l'eau aux raquettes et des raquettes à l'eau, et quand le soleil eut suffisamment décliné pour que les joies de la plage se révèlent moins attrayantes, je me rendis compte que, bien que substantiel en qualité, ce qu'Andrea m'avait laissé découvrir était dérisoire en quantité. En retour, j'avais commis des actes qui porteraient Chamorro à ne plus jamais m'accorder son respect.

De son côté, ma subordonnée dut supporter avec stoïcisme la compagnie d'Enzo. A côté d'Andrea, c'était un être inconsistant, terne et même, par moments, nul. L'apparition de Rosina et de Fabio au milieu de l'après-midi allégea mon adjointe de ce poids. Une fois ou deux, ils vinrent nous rejoindre dans l'eau avec Chamorro et Enzo, mais la plupart du temps ils restèrent un peu à l'écart. Rosina et Fabio semblaient plongés dans une sorte de léthargie. De temps à autre, Rosina embrassait Fabio sur une partie quelconque du corps, le flanc ou l'oreille, mais c'était comme un tic, un acte sans signification précise.

Enfin, le moment de lever le camp arriva, et Chamorro put de nouveau se couvrir, ce qui la soulageait de toute évidence. Je dois dire que je ne regrettai pas non plus de me glisser dans mon pantalon, au grand dam d'Andrea. Chamorro était superbe, mais son anxiété et mon devoir m'empêchaient de prendre plaisir à la regarder. Andrea était différente. Sa nudité s'exhibait avec autant de sérénité et de grâce que le vol d'une mouette dans l'horizon du crépuscule.

Avant de prendre congé de nous, Andrea voulut acquérir une certitude :

— Nous nous voyons ce soir ?

— Non, ce n'est pas possible, l'informai-je.

— Pourquoi ?

— Nous avons d'autres engagements.

— Avec qui ? Où ?

— Tu ne voudrais quand même pas tout savoir, Andrea.

Je l'embrassai sur le front, ce qui eut le don de la désorienter. Puis je pris Chamorro par la main et nous nous mîmes en marche en direction du parking, ce qui la désorienta encore plus.

— Alors, ici, demain ? demanda-t-elle.

— Sans faute.

Dès que nous fûmes seuls, protégés par l'intimité de la voiture, ma subordonnée exhala un profond soupir.

— Ce n'est pas trop tôt ! dit-elle. Cet Enzo est à moitié demeuré. Et il n'a pas arrêté de me lorgner le cul.

Comme je souriais, elle ajouta :

— Ça te fait peut-être rire, mais c'est violemment désagréable d'avoir à supporter quelqu'un qui ne s'intéresse qu'à ton cul.

J'avais bien entendu. Chamorro avait prononcé le mot *cul* par deux fois, devant son sergent. Elle était vraiment exaspérée. Dans la foulée, elle changea d'arme pour m'attaquer et choisit une fois de plus Andrea :

— Et comment se fait-il que tu n'aies pas pris rendez-vous avec elle pour ce soir, tendre comme elle est ? La pauvre fille m'a fait de la peine.

— Nous avons d'autres plans pour ce soir, si tu as bonne mémoire. — Je repris mon sérieux. — Qu'as-tu vérifié auprès d'Enzo ? Vous avez eu du temps pour parler.

— Quand il est à jeûn, il est moins utile. Nous avons surtout parlé de plongée sous-marine et de windsurf. Je n'y connaissais rien, mais maintenant je pourrais soutenir une thèse dans les deux disciplines. De tout l'après-midi, je n'ai relevé que deux détails qui sont susceptibles de nous intéresser. Le premier, c'est qu'il s'est récemment passé quelque chose qui a détérioré leurs relations avec Fabio et Rosina. J'ignore quel type de relations ils pouvaient entretenir avant de quitter l'Italie, mais quand il les a vus s'approcher, Enzo m'a fait remarquer que pendant les vacances ils avaient regretté d'être venus avec eux. Le deuxième, c'est qu'Enzo est amoureux d'Andrea au point de se résigner à ce qu'elle se paie du bon temps avec qui lui chante. Tu n'imagines pas comment il vous regardait.

— Bien. Les choses commencent à prendre forme. Reste à voir comment Eva vient s'emboîter là-dedans. Nous nous y attellerons demain. Ce soir, nous avancerons du côté de Lucas. Le fait que nous ayons été capables d'ouvrir deux fronts nous oblige à travailler plus dur, parce que je ne veux en négliger aucun.

— Ah. C'est tout ? Tu ne vas rien me dire de cette aventure torride ? protesta mon adjointe.

Je m'efforçai de prendre un air grave.

— Tu n'es pas dans un téléfilm, Chamorro. Nous recherchons un assassin, pas des émotions ou des racontars. Si ce qui t'intéresse est ce qui doit t'intéresser, autrement dit les faits, je peux te raconter que nous tenons quelque chose sur ce qu'il pouvait y avoir entre Andrea et la victime. Et quelque chose de plutôt sombre.

Je lui répétai ce qu'Andrea m'avait dit et lui transmis une part, que je tenais à rendre intelligible, de mes impressions. Je n'omis aucun détail des considérations de l'Italienne sur le charme des femmes grandes et robustes.

— Il y a quelque chose de dégoûtant dans tout ça, jugea Chamorro.

— Je ne serais pas aussi radical que toi.

— Enzo ne s'est pas frotté contre ton dos, comme Andrea l'a fait contre le mien.

— C'est vrai. Et je serais un fieffé menteur si je

disais que j'aurais apprécié. Mais j'ai toujours pensé que les femmes étaient plus compréhensives avec ces choses-là.

— Moi je ne le suis pas du tout, avec ces choses-là.

— Je vois.

Mon adjointe demeura silencieuse. Au bout d'une demi-minute, elle reprit la parole, avec plus de précaution et plus posément :

— Sergent, il faut que vous me promettiez quelque chose.

— Ce doit être quelque chose de sérieux, pour que tu repasses au vouvoiement de rigueur.

— Vous ne raconterez à personne ce qui s'est passé cet après-midi.

Elle fuyait mon regard et ses joues se coloraient par moments. Je n'avais jamais imaginé qu'une camaraderie étroite ou une confiance absolue fût possible entre nous, parce que nous étions très différents, parce que pour une personne comme Chamorro il était extrêmement difficile de se détendre en ma présence, et parce que pour un homme comme moi, peu moderne et assez maladroit, il était plus que compliqué d'avoir une relation sereine avec une femme trop attirante. Surtout depuis que je l'avais vue sur cette plage dans l'état où je l'avais vue. Mais, à cet instant précis, où elle réclamait, exigeait presque, que ce secret, pour elle douloureux, fût minutieusement gardé, je la sentis plus proche que jamais. Il ne me fut pas difficile de satisfaire son désir :

— Je te le promets. Même par-devant le juge et menacé de prison.

Elle tourna la tête et laissa nos regards se croiser.

— Merci, sergent. Pour la promesse et pour le reste. Puisqu'il fallait le faire, j'aime autant l'avoir fait avec vous.

Je ne tenais pas à me creuser la cervelle sur ce dernier commentaire pour ne pas courir le risque de me méprendre. Si bien que j'essayai de détourner son attention, comme la mienne, de ce sujet :

— N'y pense plus, Chamorro. Et puis arrête avec tes « sergent » et allons nous assurer que nous avons une idée claire et précise de que nous allons faire cette nuit.

Vers onze heures et demie du soir, après nous être douchés, restaurés et livrés à un exhaustif passage en revue du plan et des pièces qui commençaient à s'amonceler sur la table, je déposai Chamorro devant la porte d'Ardent.

— Je vais stationner la voiture à l'abri des regards. Je resterai par là, derrière le bâtiment. Je pointerai mon nez de temps à autre. Bonne chance et ne t'en fais pas. Il ne s'agit que d'une gouape de village et tu as sur lui un avantage : il ne sait pas qui tu es.

Malgré ce commentaire méprisant, improvisé pour l'encourager, j'avais le sentiment qu'il fallait que je limite mes incursions dans la discothèque au strict minimum. L'obscurité du lieu avait beau être compacte, j'avais comme une idée que Lucas faisait partie de ces individus qui ne négligent rien ou presque rien de ce qui se passe autour d'eux. S'il avait servi dans l'armée et combattu en temps de guerre, il était encore trop tôt pour qu'il ait perdu l'habitude d'être aux aguets, d'observer sans relâche qui évolue derrière, devant et sur les côtés, à proximité ou à distance.

Tandis que Chamorro pénétrait dans le local, j'allai garer la voiture. La première demi-heure d'attente, je la passai dans l'habitacle du véhicule, sans qu'aucun événement digne d'être mentionné se produise. Après quoi, je fis une première incursion, et je constatai que mon adjointe se trouvait dans la zone de la piste la plus proche de Lucas. Elle dansait, et Lucas lui faisait des signes auxquels elle répondait régulièrement. Tout était on ne peut plus calme. J'allai me poster à l'endroit convenu et je me disposai à me ronger les ongles pendant un nouveau laps de temps conforme aux préceptes de la prudence.

C'était l'heure d'affluence. L'heure à laquelle les premiers noctambules libres et adultes se mêlaient aux derniers adolescents, ceux qui étaient parvenus à arracher à leurs géniteurs, du moins pendant la période estivale, la permission de rentrer après minuit. En tout autre lieu, la coexistence de ces deux communautés, par sélection spontanée et peut-être aussi par hygiène sociale, aurait été impensable. Mais Ardent était la seule discothèque de la station, l'unique café ouvert à tous. Et les Casanova préséniles, qui se couvraient furieusement d'adiposités, encore inconscients de leur érogénéité mourante, pouvaient encore se faire des illusions auprès des petites jeunes, qui ne les toléraient que dans le cas rare et malchanceux où ils auraient une voiture de sport ou une moto autrement plus puissantes que celles d'un petit jeune disponible.

Au milieu des allées et venues des gens, je repérai de façon inespérée un visage connu : celui de la femme efflanquée, mais au buste épanoui, qui travaillait dans le restaurant ; celle-là même qui nous avait fait le récit d'une rencontre mouvementée avec Eva, le soir où l'Autrichienne avait été expulsée du Factory. La femme n'entra pas par la porte principale, mais par une porte de service aménagée dans le mur latéral du bâtiment. Je fis en sorte qu'elle ne me vît pas. Sa présence dans ce lieu m'intriguait, non seulement à cause de son mode d'accès anormal, mais aussi à cause de la hâte discrète avec laquelle elle se déplaçait, en tenue de travail et non de soirée. Quel que fût le motif qui l'amenait là, elle n'aurait pas réussi à s'en expliquer de manière satisfaisante auprès d'un interrogateur quelconque.

Elle disparut, et je restai un moment à repasser dans ma mémoire ce qu'elle m'avait confié quelques jours plus tôt. Un détail s'était glissé entre ses mots, un détail que j'avais laissé passer sans m'y arrêter suffisamment. C'était une sensation aiguë que j'éprouvais, mais j'étais incapable de préciser la cause exacte de mon étonnement. Je fis des efforts pour tenter de la localiser dans l'écheveau de mes souvenirs, sans résultat. Jusqu'à ce que j'emploie une méthode différente. Qu'est-ce qui l'amenait ici ? Nous étions en train d'épier Lucas et c'est sur lui que mon esprit se fixa en premier. Alors la lumière jaillit. Le détail anormal, c'est que cette femme avait décrit l'attitude d'Eva en train de lui offrir de l'argent comme celle qu'on aurait eu avec *une négresse du Tchad.* Si elle avait évoqué *une négresse du Congo*, cela n'aurait eu rien d'étonnant. C'était une référence ordinaire dans un commentaire raciste, au même titre que la Guinée, la Zambie ou le Gabon. Mais ce qu'il y avait d'étrange, c'était d'évoquer un pays comme le Tchad, en premier lieu parce qu'il n'est pas très représentatif de l'Afrique noire et en second lieu parce qu'il est généralement peu connu des Espagnols. Sauf pour ceux qui, comme Lucas, auraient servi dans la Légion étrangère française. Tout dépendait de l'époque, mais le Tchad pouvait être pour lui bien plus qu'un nom : il pouvait y avoir combattu. La piste était subtile, mais elle suggérait fortement la possibilité d'une connexion entre ces deux individus. Et, chose curieuse, la femme avait dit que son mari travaillait au Factory, non à l'Ardent. Vingt minutes après avoir pénétré dans le local, la femme efflanquée en ressortit par la même issue, avec beaucoup moins de précaution et une mauvaise humeur manifeste. Quand Chamorro me fit son rapport, quelques heures plus tard, j'appris que durant ces vingt minutes il s'était passé quelque chose dont mon adjointe avait été partiellement témoin et qui conférait une vraisemblance inopinée et suspecte à la piste tchadienne.

A mesure que la nuit avançait, je constatai par mes coups d'œil périodiques que l'intimité entre Chamorro et Lucas se resserrait. Les deux dernières fois, elle se trouvait même dans la cabine du disc-jockey, sélectionnant la musique avec lui et partageant sa boisson. J'étais dérouté par l'expression chaleureuse de l'ex-légionnaire et par ses manières, en rien rudes ou encanaillées. C'était un individu d'une élégance raffinée et précise, était-elle naturelle ou le résultat d'une instruction sans doute étrangère à celle qu'il avait reçue dans le corps de mercenaires ? Chamorro, de son côté, se montrait plus spontanée que la nuit précédente. Par fantaisie peut-être, je m'imaginai que l'après-midi passé à la plage et l'exemple outrancier d'Andrea avaient au moins eu cet effet bénéfique.

Ils quittèrent la discothèque à une heure et demie, autrement dit une heure avant la fermeture. L'inquiétude me gagna, même s'il y avait de bonnes chances pour que cela soit sans conséquence, car Lucas pouvait très bien disposer d'un remplaçant à qui confier sa cabine sans grandes difficultés. Ils montèrent dans le véhicule du disc-jockey, un coupé noir japonais, plutôt vieux et terni par la poussière des routes de l'île. Je leur laissai une avance convenable et je suivis au milieu de la nuit le couple aux feux incandescents. Au début, Lucas prit quelques sentiers de traverse qui me firent craindre qu'il ne se dirige vers un lieu inhabité et me forcèrent à laisser entre nous un espace si grand que je risquais à tout moment de le perdre. Finalement, il s'avéra que l'ancien légionnaire ne faisait que mettre à profit sa connaissance de la région pour écourter le trajet. Nous arrivâmes dans le port de plaisance. Là, ils entrèrent dans une brasserie aux proportions assez modestes. Je me garai et je m'approchai discrètement.

On entendait retentir de la musique traditionnelle allemande. Un choix insolite dans une certaine mesure, quoique plutôt thérapeutique après une longue séance de rythmes synthétiques. Je me penchai et je les vis attablés au fond du local, en train de converser tranquillement autour de deux demis.

Ils restèrent là près d'une heure. A la sortie, Lucas fit une proposition que Chamorro repoussa, conformément à notre plan. L'insistance de l'homme fut légère et courtoise. Quand il eut compris que le refus était ferme, il la suivit jusqu'à la voiture et lui ouvrit la porte, sans se départir de son sourire serein et limpide.

Puis il reprit en sens inverse les sentiers de traverse. Lucas n'accélérait pas de manière immodérée, comme tous les vieux barbons du coin. Il conduisait à la juste vitesse pour garder son calme et pour que la personne qui voyageait avec lui le garde aussi. Une fois dans la station, il prit la direction de la rue où se trouvait notre maison mais s'arrêta à un carrefour. Il s'écoula cinq ou six minutes avant que Lucas descende de la voiture. Il fit le tour du véhicule et ouvrit la portière à mon adjointe. Elle sortit et, pendant le bref instant où ils furent tout près l'un de l'autre, elle eut une hésitation qu'elle résolut, à mon grand étonnement, par un baiser rapide sur les lèvres de l'ancien serviteur de la France. Après quoi, elle se mit à marcher à grandes enjambées. Lucas attendit que Chamorro ait disparu de son champ de vision pour remonter dans sa voiture.

Il était trois heures et demie. J'attendis le départ de Lucas avant de la rejoindre. Elle était dans la cuisine, en train de boire de l'eau. Elle me dispensa un salut quelque peu irrité :

— Ce sera tout pour aujourd'hui ?

— Si tu veux parler des balades dans les environs, oui.

— Alors, laisse-moi aller me changer. Tout me colle à la peau, c'est odieux. Je ne peux presque plus bouger.

Chamorro descendit de ses talons, du haut desquels elle me dominait largement de la tête, et partit dans sa chambre. Je restai là, à passer au crible les raisons qui pouvaient justifier ce comportement. Elle revint dans une tenue de sport. Elle s'installa sur le sofa et croisa les jambes. C'était la première fois qu'elle faisait une chose pareille.

— J'imagine que tu veux un rapport, dit-elle de mauvaise grâce.

— Si ce n'est pas trop te demander.

— Excuse-moi, je suis un peu barbouillée. Je n'ai pas l'habitude de boire.

— J'espère que ça ne t'est pas monté à la tête.

Elle acquiesça, à demi absente.

— Moi aussi.

Aussitôt après, elle me fit de sa mission un compte rendu minutieux, qui fut, approximativement, le suivant :

— Bien sûr, les gens qui s'imaginent que Lucas est un gigolo de plage à la mode se trompent lourdement. De toute la nuit, il n'a absolument rien entrepris qui pourrait laisser penser qu'il avait en tête autre chose que se promener et prendre un verre. Il ne danse pas, mis à part le mouvement auquel peut le contraindre le fait de changer à tout bout de champ ses disques. Il ne se vante de rien et ne lance pas l'ombre d'un compliment qui pourrait blesser la plus susceptible des femmes. Fondamentalement, il questionne et il écoute. Un vrai casse-tête, parce qu'il m'a fallu inventer tellement de choses qu'à la fin je ne savais plus si mes nouveaux mensonges collaient avec les précédents. Pendant qu'il t'écoute, il te regarde fixement dans les yeux sans battre des paupières. Bon, si, parfois, mais il le fait avec une telle lenteur que tu as l'impression qu'il ne cille pas. Tu vas rire. Je l'imagine déjà à soixante-dix ans, parce que mon grand-père, avant de mourir, regardait de cette façon. Il avait aussi le teint mat, un front large et des yeux un peu caramel, plus délavés et avec un bout de rideau gris dont j'ai su seulement après que c'était la cataracte. Le problème c'est que j'ai dû faire de grands efforts pour ne pas fuir son regard, parce que mes yeux me cuisaient à force de les maintenir à cette hauteur et que je me rendais compte que quand je battais des cils je le faisais beaucoup plus vite que lui. Mais s'il a noté quelque chose, il n'en a pas modifié pour autant son attitude à mon égard. Enfin, pour commencer par le commencement : sitôt arrivée, je me suis mise à danser, jusqu'à ce que je sois bien sûre qu'il ait remarqué ma présence. Je l'ai esquivé pendant un moment, et lui n'a rien fait pour attirer mon attention. Quand j'ai décidé de me tourner vers lui, il était en train de me guetter et il m'a fait une sorte de salut militaire, mais avec deux doigts seulement. Je n'aime pas les gens qui font ce genre de salut dans la vie civile. Mais lui, il le fait avec une certaine grâce, je ne sais pas, c'est plutôt sympathique. Je me suis approchée et je lui ai raconté assez rapidement notre prétendue dispute, mon ras-le-bol, mon intention de te quitter, etc. Alors, il m'a invitée à passer dans son réduit. Si je le voulais bien et sans aucun engagement de ma part, a-t-il précisé. Pendant qu'il s'affairait autour de ses disques, j'ai pu constater à quel point les filles le harcelaient. Il ne fait pas grand cas d'elles, sans pour autant jouer les durs. Elles minaudaient un peu, semblaient admettre qu'il n'y avait rien à faire et s'en allaient après m'avoir toisée de la tête aux pieds. A une exception près. Je venais tout juste d'entrer dans la cabine, quand s'est présentée une personne que tu connais : la femme maigre du restaurant. Sans prendre de gants, elle lui a demandé de sortir de la cabine pour parler un moment, dès qu'il en aurait le loisir. Lucas l'a repoussée avec froideur et elle a menacé de faire un scandale, sur place. Ce n'était pas une parole en l'air. Mis au pied du mur, résigné et paraissant la maudire, Lucas a consenti à se retirer avec elle. Il s'est excusé auprès de moi. Il a confié son poste à quelqu'un et il a suivi la femme dans un endroit que je n'ai pas pu voir. Au bout d'un quart d'heure, il est revenu seul. Il m'a souri et il s'est excusé une nouvelle fois sans me donner plus d'explications. Pas trace de la femme maigre. Je n'ai pas même vu par où elle est ressortie. Peu de temps après, il m'a dit que la soirée l'avait fatigué et il m'a proposé d'aller prendre un verre dans les environs. L'idée était de son cru, ce qui m'a épargné cette initiative. Ensuite, tu sais où nous sommes allés et ce que nous avons fait. Il n'y a pas à y revenir. Peut-être s'est-il montré un peu plus aimable au fil des minutes, mais toujours très correct. Seulement voilà le hic, surtout chez un type aussi mesuré : dans le port de plaisance, Lucas a commis deux erreurs. Quand j'ai compris où j'étais, l'idée m'est venue de forcer un peu la chance et je lui ai proposé d'aller dans un endroit dont on m'avait dit grand bien et que je ne connaissais pas : l'Abracadabra. Son refus a été immédiat et, sans que rien l'y force, il m'a fourni des justifications confuses. C'était là son premier mensonge, je le savais, et ses yeux se sont mis à cligner très vite. Le deuxième mensonge s'est produit une demi-heure plus tard, devant nos chopes de bière. En réponse à un commentaire que je faisais sur le curieux hasard qui voulait que je réside dans la rue du crime, et sur le fait que personne n'avait l'air de connaître très bien ni la victime ni la suspecte, Lucas a affirmé avec énergie que pour ne rien savoir, il ne savait rien, pas même quelle tête avait Eva Heydrich.

12.

L'unique héritier

Dès que Chamorro eut achevé de me raconter la manière dont Lucas, contre toute attente, s'était mis à notre portée cette nuit-là, je me vis dans l'obligation de la féliciter.

— Bravo, Chamorro. Quoi qu'il en soit, nous le tenons. C'est exactement comme de préparer un pétard. Nous avons tassé la poudre et tu t'es arrangée pour introduire la mèche. Maintenant, il ne nous reste plus qu'à trouver une allumette et à le faire claquer. Et voyons de quelle couleur sera la fumée qui en sortira. Parce que pour sortir, elle va sortir.

— Tu penses que c'est lui qui a fait le coup ?

— Je pense que, à la différence de Regina Bolzano, lui *a pu* le faire. Il est certainement assez bon tireur pour tuer une personne de deux balles de calibre 22 à huit mètres de distance, l'une dans la nuque et l'autre en pleine fosse temporale. Maintenant que nous pensons qu'elle a peut-être été tuée loin de la villa, il est vrai que nous ne sommes pas certains qu'il y ait eu seulement deux coups de feu, mais le tir dans la tempe est d'une trop grande précision. Lucas a aussi suffisamment de force pour avoir pu la suspendre, et d'un seul bras s'il le fallait. Il y a tout de même quelque chose que je m'explique mal, mais ce n'est qu'un petit caprice de ma part : Lucas, en dépit des faux pas qu'il vient de faire, ne me paraît pas du genre à gaspiller bêtement ses forces et un temps précieux dans la mise en scène de la maison.

— Et la maigrichonne ?

— La maigrichonne est la preuve que la chance existe. Pour le cas où ses mensonges ne suffiraient pas à l'accuser, nous avons mis ce type en relation avec un personnage qui s'est appliqué à donner pour nous une représentation gratuite et intense à propos d'Eva Heydrich.

— Une représentation ?

— Après avoir constaté qu'elle avait des accointances avec Lucas, ce que suggère cet incident indéniablement authentique auquel tu as assisté, je suis prêt à parier tout l'or du monde que le souvenir méprisant qu'elle a d'Eva n'est pas tout à fait sincère.

Chamorro esquissa une moue de dégoût.

— Je crois que je vois où tu veux en venir. Tu ne donnes de chance à personne ?

— Avec Eva Heydrich, à très peu de personnes. Et, bien sûr, la maigrichonne ne figurerait pas en tête de liste. Il est plus que probable qu'elle ait été jalouse de l'Autrichienne. Ou même de Lucas. Qui sait, peut-être que toi aussi tu te serais entichée d'elle ? La vie a de ces méandres !

— Ne parie pas sur mes entichements. Parle pour toi.

— Moi, j'ai admis depuis longtemps qu'il m'en aurait beaucoup coûté de lui résister. Je crois même te l'avoir avoué. Mais un détective ne doit pas réagir avec passion. Assurément pas. Et ce baiser d'adieu ?

Ses joues se colorèrent, quoique très légèrement. Elle dut être tentée l'espace d'un instant de laisser mon indiscrétion sans réponse. Néanmoins, elle choisit de la braver :

— Je peux te dire la vérité ?

— Je t'en conjure.

— Je l'ai fait, d'abord et avant tout, parce que j'en avais envie. Et ensuite, seulement ensuite, pour le laisser sur sa faim, misant sur le fait que tu m'enverrais une nouvelle fois lui tirer les vers du nez.

— Tu as bien misé. Dirais-tu, Chamorro, que ce type est attirant ?

— Je l'ai déjà dit. La femme espagnole, tu le sais, quand elle embrasse, ne le fait pas à la légère.

— A quel point, attirant ?

— Enormément. Bien plus qu' Enzo, bien plus que toi. Je ne sais pas comment on mesure ces choses-là. Enormément.

Au moment même où elle me jetait en pleine figure sa préférence pour un autre homme, suspecté d'homicide, voire d'assassinat, mon adjointe culminait, plus enchanteresse que jamais, et moi je touchais le fond, ployant dans ma résistance à ce phénomène jusqu'à des extrémités insoupçonnées. Je parvins de justesse à reprendre le contrôle et laissai se briser pour toujours, dans un petit creux de mon cœur, une délicate baguette de verre qu'il ne me serait plus donné de mettre en pleine lumière.

— Et Andrea, est-elle attirante ?

— L'homme espagnol, quand il embrasse, peut le faire pour un million de raisons bâtardes.

— Ce n'est pas une réponse.

— Oui, elle est attirante. Moins que ne devait l'être Eva. Et puisque l'heure est aux évaluations, je suppose qu'elle est même moins attirante que tu ne peux l'être. Mais elle s'y emploie, et ses efforts sont payants. N'importe comment, il n'était pas dans mon propos d'organiser un concours de beauté. Jusqu'à un certain point, il s'agit d'un élément accessoire.

Nous restâmes tous les deux silencieux pendant quelques minutes. La bouche de Chamorro s'ouvrait grand et mes paupières s'affaissaient. Il régnait dans le séjour une pénombre qui rendait particulièrement regrettable notre statut de fonctionnaires militaires plus ou moins en service commandé. Malheureusement, il était clair que dans son esprit le souvenir de l'ancien légionnaire pesait d'un plus grand poids que ma présence.

— Et maintenant ? — Ma subordonnée rompit le silence la première. Tu ne penses pas que nous devrions laisser les Italiens et nous occuper seulement de ça ?

— Certainement pas. Nous n'avons pas assez de temps pour nous permettre de faire fausse route. Nous avons détecté deux bonnes pistes. Nous ne pouvons en lâcher aucune. Il y a plus. Je viens d'avoir une idée lumineuse que nous mettrons peut-être en pratique dès que les choses auront un peu mûri.

— Quelle idée ?

— Pour aujourd'hui, ça va comme ça, Chamorro. Allons dormir.

— Tu ne vas donc pas me la dire ?

— Non. Je te laisse le soin de la découvrir.

Le lendemain matin, ou ce même matin, mais à midi et demi, nous eûmes droit à un réveil insolite. La sonnette retentit avec insistance. Lorsque j'ouvris la porte, les yeux encore pleins d'une épaisse chassie, je me trouvai nez à nez avec une espèce de martien fluorescent. Dès qu'il me fut possible de fixer un peu plus mon regard, je constatai qu'il s'agissait d'un être humain revêtu d'un voyant costume de coureur cycliste, casquette et lunettes miroitantes incluses. Dès que le réveil de ma vue fut suivi par celui de mon cerveau, j'identifiai la personne qui se trouvait sous ce déguisement. Ce n'était ni plus ni moins que Satrústegui.

— Bordel, Satrústegui, entre !

— A vos ordres, sergent.

La villa, comme presque toutes celles du secteur, n'avait pas le téléphone. Rares sont les propriétaires qui s'aventurent à laisser un tel dispositif à la portée d'un locataire de passage, venu d'on ne sait où, pour retrouver en guise d'adieu une note inoubliable. Et l'idée ne nous était pas venue de la nécessité de suppléer à cette carence par un téléphone mobile. Pour ma part, je m'étais abstenu d'en faire la demande, parce que je tiens que le téléphone mobile est le plus abject et le plus barbare des attentats que le progrès technologique ait perpétrés contre l'un des rares trésors spirituels de l'homme : la solitude. Certes, le fait d'être seul peut parfois se révéler incommode, par exemple quand certains points du dos vous démangent. Mais toute chose a ses inconvénients. Dans une plus ou moins large mesure, la hâte excessive apportée à la résolution de certains problèmes et à la découverte de certaines solutions est ce qui est en train de détruire la civilisation occidentale. Cela dit, ce n'est ni le lieu ni le moment de traiter ces questions. En revanche, il convient de préciser que Perelló, face à l'absence de tout autre moyen, et vu l'heure avancée de la matinée, n'avait pas trouvé de meilleur expédient que de nous mander incognito un héraut. Et Satrústegui était là, pressé de s'expliquer et peut-être aussi d'aller troquer sa tenue de sportif contre son toujours plus respectable uniforme.

— C'est l'adjudant qui m'envoie, dit-il en enlevant ses lunettes de soleil. Nous avons reçu un appel de Palma. Le commandant Zaplana demande que vous vous présentiez immédiatement devant lui.

— Et tu sais pourquoi ?

— Non, sergent.

— Dis à l'adjudant que nous partons sur-le-champ. Si toutefois j'arrive à tirer Chamorro du lit.

Ce dernier commentaire dut troubler cet esprit précautionneux. Mais Satrústegui, par-delà son sens de la discipline, nourrissait des inquiétudes. S'il n'avait pas choisi de se revêtir de vert, il aurait pu être biochimiste ou philosophe. Avant de partir, il ne put réprimer une défaillance :

— Avez-vous beaucoup progressé ?

— Nous le saurons quand nous aurons terminé, Satrústegui.

Et j'ajoutai pour ne pas le laisser là-dessus :

— Disons que les choses pourraient aller plus mal.

— Alors, vous le tenez.

Je balayai son commentaire :

— Officiellement, le suspect est une femme.

— Si cela peut vous être utile, il y a quelque chose que je subodore depuis le commencement.

— Quoi donc ?

— Ce n'est pas quelqu'un de l'extérieur qui l'a tuée. C'est quelqu'un d'ici. Certainement pas un étranger.

— Et qu'est-ce qui te fait dire ça ?

— Les étrangers viennent ici pour des amusettes : la plage, la discothèque, se soûler la nuit. Ils restent quinze jours et puis ils s'en vont. Les gens du cru trament ici toute leur vie, avec ses bons et ses mauvais côtés. Il y a plus de possibilités.

— Une théorie innovatrice. Peu probante, mais ce n'est pas moi qui irai la réfuter.

— Pensez-y, sergent.

— Je n'y manquerai pas, lui promis-je, ne sachant que penser des singuliers engrenages mentaux de Satrústegui.

J'allai tirer Chamorro de son engourdissement. Elle était déjà levée et faisait son lit.

— Bonjour. Qu'y a-t-il ? me demanda-t-elle sans me regarder.

— Nous partons pour Palma. Zaplana nous rappelle à son bon souvenir.

Elle se redressa.

— C'est à cause du capitaine, n'est-ce pas ?

— J'en doute fort. Ne t'alarme pas si vite. Lucas est plus à craindre qu'Estrada. Les galons que la vie vous coud dans l'âme comptent plus que ceux que le roi vous met ou vous fait mettre à l'épaule.

Avant de prendre la route de Palma, nous fîmes un détour par le poste. Perelló me reçut avec sa placidité habituelle.

— Moi, à ta place, je ne m'en ferais pas, m'apaisa-t-il. D'après ce que j'ai appris de Palma, ils auraient trouvé quelque chose sur la Suissesse et sur la fille. Et Zaplana s'active peut-être aussi parce que tu n'as pas encore daigné lui transmettre des informations.

— Le moment est bien mal choisi, mon adjudant. Si nous allons là-bas, je subodore que la journée est perdue. Je vais téléphoner à Zaplana.

— Je peux te donner un conseil ?

— Bien sûr.

— Ne l'appelle pas. Tu y vas, tu écoutes ce qu'il a à te dire et tu le torées du mieux que tu peux. Mais ne le provoque pas. S'il te prend en grippe pour une raison ou pour une autre, il donnera jusqu'à la dernière goutte de son sang pour te couler. Il aime se sentir le chef et, si tu l'appelles pour le reprendre, il croira que tu essaies de mettre en cause son autorité. Aujourd'hui presque tous les officiers sont des dégonflés. Je peux te le dire, moi qui ai connu ceux qui sévissaient il y a trente ans. Je garde même sur le corps le souvenir de quelque bonne dégelée. Mais avec Zaplana il faut veiller au grain.

— Amen, mon adjudant. Mais ce n'est vraiment pas le moment.

— Ne t'énerve pas, petit. Tu as toute la vie devant toi.

Nous parcourûmes la distance jusqu'à Palma ou, pour mieux dire, jusqu'au bureau de Zaplana, en moins d'une heure. La route était dangereuse et Chamorro toussota à plusieurs reprises pour me marquer sa réprobation lors de certains franchissements de la ligne blanche qui obligèrent la partie adverse à lécher presque tout le bas-côté.

— Si c'est contre tes principes, tu devrais peut-être te faire affecter à la circulation, lui décochai-je à la suite d'une de ces échauffourées routières et avec une malveillance un peu excessive.

J'étais dans une colère noire. Il m'arrive parfois, comme à presque tout le monde, d'enrager à l'idée qu'un crétin puisse m'obliger à pousser mes fesses de l'endroit où j'avais décidé de les poser. Ce n'est pas grave et il faut savoir laisser courir. Mon adjointe l'avait compris. Elle ne desserra plus les dents de tout le voyage.

Démentant les prédictions de Chamorro et en partie les miennes, le commandant était d'une humeur excellente. Il nous accueillit avec un sourire qui lui faisait le tour du crâne.

— Passez, sergent. Vous êtes ici chez vous.

Dès que nous fûmes assis, Zaplana prit la parole :

— Il y a des nouvelles. Et pas des moindres, révéla-t-il. Mais avant de vous raconter ce que mes gendarmes de province ont vérifié, je brûle d'envie de vous entendre me communiquer les découvertes de spécialistes.

— Bon, écoutez, mon commandant, hésitai-je. Nous avons bien avancé sur plusieurs points, mais il nous reste à leur donner une orientation générale pour commencer à tirer des conclusions. C'est une phase critique. Nous sommes tout près de pouvoir formuler une hypothèse correcte et assez complète. Actuellement, nous sommes en train d'ajuster certains détails, dont je peux vous faire part si vous le souhaitez.

— Allez-y, consentit Zaplana, avec une légère pointe d'impatience, qui pouvait laisser présager le meilleur comme le pire.

Je lui rapportai un fragment assez considérable de ce que j'estimais tomber sous l'évidence consécutivement à nos recherches. Je gardai sous le pied toutes mes supputations ainsi que certaines des informations dont je n'avais pas encore eu le temps de vérifier la véracité. Je passai également sous silence tout élément risquant de compromettre l'honneur de Chamorro, que je sentais redoubler de vigilance à mon côté. Dans les informations que je me réservai se trouvaient quelques-unes des clés dont j'attendais qu'elles portent des fruits dans un avenir proche, mais dans celles que je lui confiai il y avait suffisamment de données pour déprécier sérieusement la piste Bolzano. Du fait de ses incongruités et de la solide vraisemblance des autres. Je veux dire par là que je n'étais pas en train de descendre la théorie de Zaplana sans lui offrir une solution de rechange. J'avais pensé que c'était là une stratégie habile et prudente, mais depuis le début je ne faisais que m'enfoncer dans mon erreur, sans trouver moyen de corriger le tir. Zaplana se chargea de me le faire savoir dès que j'eus achevé mon exposé :

— Vous n'imaginez pas combien je me réjouis à la pensée que vous avez profité des plaisirs de la plage et que vous menez une agréable vie nocturne en compagnie d'Italiens et d'Italiennes et même d'anciens légionnaires. Cela prouve au moins que vous avez tous les deux des aptitudes pour les relations publiques. Mais si vous vous intéressiez davantage aux faits et à Regina Bolzano, bien que ce soit certes moins palpitant, nous pourrions peut-être liquider cette petite besogne de merde qui nous a conduits, négligence impardonnable, à vous détourner de vos distractions. Je comprends bien que, d'un côté, nous avions seulement de capricieuses empreintes digitales ainsi qu'une simple disparition et, de l'autre, votre prodigieuse finesse psychologique. Mais si vous voulez bien m'accorder un peu d'attention, j'aimerais vous soumettre quelque chose qui, je le crois humblement, pourrait permettre d'équilibrer la balance.

Pas même dans le plus extravagant de mes cauchemars, je n'aurais pu concevoir un Zaplana ironique. Mais il se tenait là, plein de lui-même, surpassant les meilleures prestations de Pereira, qui était aussi un artiste surdoué pour feindre le calme quand il était sur le point de casser les reins à un écervelé. Et c'était moi que Zaplana s'apprêtait à tailler en pièces. Je me préparai au pire. Près de moi, Chamorro perdait visiblement confiance dans ma capacité de survie.

— Tandis que vous vous trouviez immergés dans les eaux périlleuses d'une investigation de véritable portée scientifique, commença-t-il à expliquer, nous poursuivions notre petit train-train besogneux, grâce auquel, et dans le cadre de nos relations bureaucratiques avec le consulat d'Autriche, un fait apparemment anodin a attiré notre attention. Sur ordre d'une juridiction viennoise, il nous a été demandé de fournir toutes les pièces attestant du décès d'Eva Heydrich et de ses circonstances. Un fonctionnaire du consulat s'est présenté pour accomplir cette démarche. Un de mes agents, employé aux écritures, au cours de la conversation qu'il a engagée avec lui, a appris que le papa d'Eva Heydrich avait entamé une procédure judiciaire rapide pour régler la succession de sa fille, morte sans testament ni descendance. Il était donc l'unique héritier. La mère d'Eva, l'ancienne épouse de M. Heydrich, est morte d'un cancer il y a bien longtemps. Et que pouvait posséder Eva, outre des vêtements et des bijoux ? Eh bien, entre autres petits avoirs, l'entreprise dans laquelle son si diligent papa est employé comme président. Parce que ne voilà-t-il pas que M. Heydrich n'est pas un brillant homme d'affaires qui s'est fait seul, à moins d'admettre qu'un moyen de se faire seul est d'engrosser et d'épouser la fille du patron. Car telle était la condition de Mme Heydrich au moment de la conception d'Eva. Ces confidences, faites par le fonctionnaire du consulat, ont été corroborées par la police autrichienne. Nous avons également appris que la pauvre Eva, outre ces activités à caractère commercial, était détentrice d'une immense fortune immobilière. Là, telle que vous la voyez, suspendue comme un jambon de montagne au fin fond de cette île. Au point où nous en sommes, il convient de formuler deux objections. Première objection : le fait que la fille d'un certain individu soit riche et que cet individu ne le soit pas autant et se révèle être son unique héritier n'implique pas nécessairement qu'il veuille l'assassiner. Son empressement à ouvrir la succession, tout bien réfléchi, est une mesure de gestion prudente qui se devait d'être prise, même au plus fort de la douleur causée par cette perte récente. Deuxième objection : nous n'avons pas encore établi ce que venait faire dans cette malheureuse saga familiale une Suissesse dénommée Regina Bolzano, dont je signalais au tout début le rôle de premier plan. Eh bien, une fois de plus, c'est une sombre opération menée par l'un de mes hommes qui nous aide à trouver une surprenante parade à ces deux objections, sans nul doute pertinentes et judicieuses. Nous avons obtenu de l'entreprise de transport aérien la liste complète des passagers du vol en provenance de Milan dans lequel se trouvait Regina Bolzano lors de son arrivée dans l'île. Sans autres données, aucun des noms de la liste ne nous disait rien, à une exception près. Un nom qui, en vérité, en disait long : Heydrich, Klaus. Et étrange coïncidence : Regina se tenait assise sur le siège 7A et Heydrich, Klaus, sur le siège 7B. Vous ne nierez pas que c'est la moindre des déférences que de céder le hublot à une dame. Klaus doit être un homme d'une parfaite éducation. Cela étant, comment est-il possible de commettre une erreur de cette taille ? Je hasarderai une explication, puisqu'il est avéré que l'erreur a été commise : Klaus et Regina ont choisi un pays qu'ils sous-estimaient suffisamment pour être à ce point convaincus qu'ils n'avaient rien à craindre de sa police. Regina avait vu les gendarmes patrouiller avec un certain flegme sur les lieux où elle passait ses vacances. Les étrangers confondent très souvent la forme et le fond. Elle a dû inviter Klaus pour qu'il le constate de visu, ou peut-être sont-ils venus ensemble pour mettre la dernière main aux préparatifs. Ensuite, elle a invité Eva ou alors ils se sont entendus pour la faire venir. Il est possible que les gens du yacht soient impliqués, mais dans le pire des cas ils sont seulement complices et nous nous occuperons d'eux en temps utile. Pour ma part, je tends à penser qu'ils n'ont rien à voir là-dedans. Ce n'était pas nécessaire, entre autres choses parce que Regina devait suffisamment bien connaître Eva pour s'en dispenser. La dernière année, les deux femmes vivaient à Milan, pendant six mois, à la même adresse. Maintenant, comment Regina connaissait-elle papa Heydrich ? La petite poignée de gardes provinciaux que nous sommes ne peut mettre son nez partout. J'ai bon espoir que vos multiples obligations sociales vous laisseront un peu de temps libre pour combler cette lacune ainsi que toutes celles que présente notre enquête rudimentaire.

Il m'est déjà arrivé au long de ma vie de me couvrir de ridicule, mais jamais d'une manière si humiliante et pour tant de raisons à la fois. Pour n'en citer que quelques-unes : la tête de Chamorro, la légèreté avec laquelle j'avais sous-estimé le commandant, la douceur délicieuse avec laquelle il me le faisait payer, le produit nul et grotesque de ma pêche à la traîne dans les péripéties sentimentales d'Eva Heydrich et dans sa personnalité complexe au regard de la réalité prosaïque d'un petit assortiment de sociétés mercantiles et de possessions immobilières. Il n'y avait guère d'autre issue que de rallier l'ennemi et de tenter de le faire sans trop perdre la face.

— Je ne vois pas quelle objection je pourrais opposer à cela, murmurai-je. Tout est parfaitement ficelé et accablant. Exactement ce que l'agent Chamorro et moi-même n'avons pu obtenir jusqu'ici.

Je repris mon souffle, puis je me risquai à ajouter :

— Malgré tout, je continue de penser que Regina Bolzano n'a pas pu faire cela, ou qu'elle n'a pas pu le faire seule. Et vu le théâtre de l'événement, je m'étonne de l'apparente improvisation qui nous incite à croire que le crime a été commis à l'intérieur de la villa. Si vous êtes d'accord, mon commandant, je pense qu'il est de notre devoir de trouver qui a aidé Regina Bolzano et de découvrir pour quelle raison le cadavre nous est apparu sous cet aspect. Cela ne doit pas être d'une difficulté extrême, et il faudrait vraiment buter contre un gros obstacle pour ne pas clore le dossier.

Zaplana savait pardonner :

— Ce que vous dites me paraît fondé, sergent. En laissant nos divergences de côté, je crois que votre observation de la scène du crime ne manque pas de brio.

La sonnerie du téléphone retentit. Zaplana échangea une série vertigineuse de monosyllabes avec son interlocuteur, puis il se leva. Avant de raccrocher, il ordonna que personne ne bouge et mâchonna un compliment. Il reposa l'appareil sur son support et paracheva son impressionnant triomphe :

— Nous l'avons agrafée. La Suissesse. Venez avec moi.

13.

Plutôt l'oiseau

Regina Bolzano avait atterri dans un immeuble d'habitation situé dans le sud de l'île. D'après tous les indices recueillis, elle attendait patiemment que les aéroports ou les ports relâchent leur surveillance. Des voisins avaient vu sa photographie dans un journal et l'avaient reconnue. Rien de très glorieux pour les forces qui s'étaient lancées à sa recherche sur tout le territoire insulaire mais, comme on dit au football pour absoudre les avant-centres, il fallait être là pour marquer.

A la tête de l'opération il y avait un capitaine très jeune, au regard bleu et transparent. Il répondait au nom de Baena et il devait être andalou, de ces Andalous un peu tristes et guindés qui font exception à la règle.

— Comment avez-vous trouvé la suspecte ? s'enquit Zaplana après les présentations protocolaires.

— Bien, répondit Baena. Elle a l'air fatiguée, mais on la sent comme soulagée d'un poids depuis son arrestation. Résignée.

— L'avez-vous interrogée ?

— A titre préliminaire. Elle n'a pas demandé d'avocat. Elle nie toute participation aux faits. Et aux autres questions, elle répond par un haussement d'épaules, sans plus. Et elle n'a donné aucune explication sur sa disparition.

— Parfait. Allons-y, sergent.

Nous nous dirigeâmes vers la porte derrière laquelle se trouvait la détenue. Zaplana s'arrêta et me prit par le bras.

— Je suppose qu'il n'est pas indiqué que nous soyons en grand nombre.

— Mieux vaut qu'elle soit le plus détendue possible.

— Alors entrez, sergent, vous et votre adjointe.

— Mais je...

— C'est vous qui êtes en charge de l'affaire. Et je me fie à votre compétence, pour le cas où je vous aurais donné une autre impression. Vous travaillez avec loyauté, comme vous estimez devoir le faire. Pour moi, c'est plus que suffisant. Elle est à vous, Bevilacqua.

Le fait que Zaplana prononce mon patronyme avec une telle aisance aurait dû me mettre la puce à l'oreille. Je n'irai pas jusqu'à dire que je ne faisais plus de réserves sur son caractère et sur son aptitude à élucider, indépendamment du facteur chance, un cas comme celui-ci. Mais il est vrai que j'avais dépassé l'idée irraisonnée que je m'étais faite de lui lors de notre première rencontre comme individu et comme chef. C'est ce qui me trottait par la tête au moment où je récitai la formule qui entre militaires peut être porteuse de sens multiples :

— A vos ordres, mon commandant.

Regina Bolzano n'était pas tant une vieille femme qu'une femme prématurément vieillie. Cette appréciation tenait peut-être au fait qu'elle n'était pas maquillée et que ses cheveux teints et abîmés n'avaient pas connu depuis longtemps les soins d'un coiffeur. Elle portait aussi des lunettes à la monture peu seyante. Elle n'était pas plus forte que d'autres femmes de son âge, mais elle avait le teint cireux et ses mains étaient criblées de taches de naissance auxquelles commençaient à se mêler ces marques qui sont l'indésirable cadeau des ans. Elle portait des blue-jeans usés et une ample chemise de coton dont elle avait retroussé les manches jusqu'au milieu des avant-bras. Elle nous observait avec une expression d'attente pénible.

— Bonjour, madame Bolzano. Voici l'agent Chamorro. Je suis le sergent Bevilacqua.

— Vous êtes originaire d'Italie ? me demanda-t-elle, tout étonnée, dans l'idiome de ce pays.

— Non. Et je ne parle pas la langue.

— Moi je parle espagnol, mais couci-couci.

— Exprimez-vous en italien, si cela vous est plus commode. Nous vous comprendrons. Et vous, comprenez-vous bien l'espagnol ?

— Oui.

J'essayai de réagencer dans ma tête tout ce que nous savions. Chamorro ouvrait son bloc et s'apprêtait à prendre des notes.

— Savez-vous pourquoi vous avez été arrêtée ?

— Oui. A cause de la mort d'Eva. Mais ce n'est pas moi qui l'ai tuée.

— On me dit que vous avez renoncé à votre droit de désigner un avocat. De toute manière, je dois vous avertir que, tant que l'avocat commis d'office ne sera pas là, nous ne pourrons pas prendre officiellement votre déclaration. Il ne s'agit donc que d'un échange d'impressions sans aucune valeur légale.

— Je n'ai pas besoin d'avocat. Ou allez-vous me battre ?

Regina était froide et sarcastique. Ou du moins le feignait-elle. Rien qui ressemblât de près ou de loin au prétendu auteur d'un crime passionnel que tout le monde s'était imaginé dans un premier temps.

— Moi je pense au contraire que vous allez en avoir bien besoin. Où étiez-vous dans la nuit du 20 au 21 août ?

— A quelle heure ?

— A toutes les heures.

— Jusqu'à minuit, chez moi. Entre minuit et minuit et demi, en train de me promener dans le port. De une heure à huit heures du matin, en train de dormir sur la plage. Ensuite, je suis rentrée et là, j'ai découvert Eva.

— Quelqu'un peut-il le confirmer ?

— Que je suis restée à la maison jusqu'à minuit, seul un voisin qui m'aurait vue sortir. Dans le port, j'ai discuté avec un serveur du club Abracadabra, aux alentours de minuit et demi. Sur la plage, j'étais seule. Sauf au début.

— Concernant la plage, pourriez-vous être plus explicite ?

— Vous n'allez pas me croire.

— Ne présumez rien. Il n'y a rien que je désire croire en particulier.

— Étonnant ! Je suis allée sur la plage chercher Eva. On m'avait dit au club qu'elle s'était rendue là-bas avec des gens.

— Quels gens ?

— On ne me l'a pas précisé. Je les ai vus par la suite.

— Et pour quelle raison êtes-vous allée chercher Eva Heydrich ?

— Nous étions amies. Il fallait que je lui parle.

— De quelque chose en particulier ? D'après nos informations, vous logiez dans la même maison. Vous ne pouviez pas attendre qu'elle revienne ?

— Je n'étais pas sûre qu'elle le fasse.

— Aviez-vous eu une dispute ?

— Pas exactement.

— Y avait-il un problème entre vous ?

— Tout dépend de ce que vous entendez par problème. Enfin, oui, je pense.

— Lequel ?

— C'est difficile à expliquer à un inconnu. Pour simplifier, disons qu'Eva venait de me faire savoir qu'elle ne se plaisait plus en ma compagnie et cela ne me rendait pas trop heureuse.

— Et dans quelle intention la cherchiez-vous ?

— Je ne sais pas. Je n'avais pas de plan précis. Je voulais m'entretenir avec elle, rien de plus.

Regina répondait avec assurance. Et elle le faisait avec une surprenante vélocité, sans se laisser troubler par mon harcèlement. Elle semblait l'avoir accepté comme quelque chose d'inévitable.

— C'est bon. Poursuivez.

— Quand je suis arrivée sur la plage, Eva se trouvait avec deux personnes que je n'avais jamais vues.

— Des amis d'Eva ?

Regina haussa les épaules et eut un rire amer.

— Je ne connaissais pas tous ses amis. C'était impossible.

— Pourriez-vous décrire ces deux personnes ?

— La fille était jeune, bon, disons un peu plus âgée qu'Eva, menue, une petite chose, brune. Je ne trouve rien d'autre pour la caractériser. Je ne l'ai vue que de très loin. Le garçon devait avoir plus ou moins le même âge que la fille, brun lui aussi, de taille moyenne, assez ordinaire. La seule chose frappante, c'est qu'il portait une barbe de six ou sept jours.

— Avait-il mauvais genre ?

— Non. Ils étaient tous les deux bien habillés. Il devait se faire pousser la barbe.

— D'après vous, d'où étaient-ils ?

— C'étaient des Espagnols, de toute évidence. Ils n'ont pas beaucoup parlé, mais ça se remarque facilement quand quelqu'un parle castillan et qu'il est du pays.

— A quoi le remarquez-vous ?

— A la façon de prononcer les *j*, les *r* et les *z*.

— Et que s'est-il passé ?

— J'ai demandé à Eva de m'accorder un bref entretien. Elle a refusé. J'ai insisté et elle m'a chassée, ou elle m'a dit de ficher le camp, notez ce que vous voudrez. Pendant que je m'efforçais de la convaincre, les deux jeunes se sont mis à chuchoter et à signaler quelque chose derrière moi. J'ai voulu me retourner et voilà tout.

Chamorro interrompit son griffonnage et je sondai le sourire narquois qui était accroché aux lèvres vétéranes de Regina.

— Comment ça « voilà tout » ?

— Enfin, pour être exacte, il y a eu autre chose : un coup. Ici. Vous pouvez toucher ma bosse.

Regina me présenta un côté de son crâne. Je le palpai avec précaution. Il était enflé et portait une blessure à moitié cicatrisée.

— Je me suis réveillée sur le sable, six ou sept heures plus tard, reprit-elle. Eva et les autres, comme l'individu qui m'a frappée, étaient partis. Par chance, ils ne m'avaient pas volé ma voiture. Je suis retournée à la maison, et en arrivant je l'ai trouvée, Eva, suspendue au plafond. J'ai cru pendant un instant que c'était le coup que j'avais reçu sur la tête, mais je me suis approchée d'elle et j'ai constaté qu'elle était toute froide. Et alors j'ai compris qu'il ne s'agissait pas d'une hallucination.

— Pourquoi avez-vous disparu ?

Regina se redressa légèrement pour répondre :

— Je ne sais pas. J'ai eu peur, ou je n'ai pas eu

envie d'expliquer à la police tout ce que j'allais devoir lui expliquer. J'appréhendais peut-être d'être accusée de toute façon, à cause de la relation que nous avions eue, parce qu'elle avait été découverte chez moi, parce qu'elle était jeune et belle et que moi j'étais une vieille peau. Je ne sais pas, et je ne peux pas vous en dire plus. Vous, vous savez toujours pourquoi vous faites tout ce que vous faites, sergent ?

— Je fais mon possible, comme tout le monde. Vous êtes restée cachée pendant plusieurs jours. Il ne vous est pas venu à l'esprit qu'en disparaissant vous attiriez en toute logique les soupçons sur vous ?

— Evidemment. Mais j'ai eu le sentiment que le mal était fait. Mieux valait fuir et vous donner le temps de mettre la main sur le coupable.

— Pensez-vous que votre attitude soit convaincante ? Je ne parle pas de moi en particulier, mais de toute personne qui serait confrontée aux faits.

Regina montra les paumes de ses mains.

— Peut-être pas, je le reconnais.

— Et vous ne tenez pas à ce que cela change ?

— Si, bien sûr. Tôt ou tard vous finirez par pincer le coupable, je vous l'ai dit. Alors vous serez bien obligés de le croire. En attendant, je n'ai pas d'autre solution que de me résigner à mon sort.

— Vous n'avez peut-être pas bien compris. Tant que nous vous tenons et que vous ne parvenez pas à nous convaincre de votre innocence, il n'est pas nécessaire de rechercher un autre coupable.

— Il n'y a pas de présomption d'innocence chez vous ?

— Si. Mais nous avons retrouvé le revolver. L'arme avec laquelle le crime a été commis.

— Et ?

— Il porte vos empreintes.

Elle eut une réaction de surprise, ou alors elle la

feignit parfaitement. Après un instant d'inquiétude, elle abandonna son attitude désinvolte et commença à raconter, lentement :

— Ecoutez, j'avais un revolver chez moi, pour me défendre. J'étais seule la plupart du temps, et même si je sais que ce n'est pas légal c'était une manière de me sentir en sécurité. Il était donc naturel qu'il porte mes empreintes. Ils ont dû le trouver dans la maison et l'utiliser avec des gants ou que sais-je. Avant de partir, j'ai voulu l'emporter et il n'était plus dans le tiroir.

— Pourquoi avez-vous omis ce détail tout à l'heure ?

— Vous ne m'avez pas interrogée là-dessus ?

— Et vous n'avez pas pensé que cela pouvait être important ? Vous n'avez pas pensé que les coups de feu qui ont mis fin à la vie d'Eva Heydrich pouvaient avoir été tirés avec cette arme qu'on vous a volée ?

— Bien sûr que si. Ce à quoi je n'avais pas réfléchi, c'est que l'arme pouvait porter mes empreintes. J'aurais dû y songer, je vous ai déjà dit que ça me semblait logique.

C'était tout. Regina Bolzano avait dérapé sur une question épineuse, rien moins que l'arme du crime. Une erreur de cette taille, d'après mon expérience, suscitait pour le moins de l'inquiétude chez le sujet interrogé. Mais elle, elle s'était ressaisie sur-le-champ. Ce mélange de sang-froid et d'inconscience, ajouté au reste des informations dont je disposais sur le cas, m'inclinait à la confusion plus qu'à la certitude.

— Quelles étaient exactement vos relations avec Eva Heydrich ?

Regina leva les yeux au ciel.

— Vous n'avez pas une petite idée sur la question ?

— Non. Aidez-moi à m'en faire une.

Regina se tourna alors vers Chamorro et la regarda

longuement avec une expression mi-insolente, mi-énigmatique. Mon adjointe supporta sans s'altérer son regard scrutateur.

— Comment t'appelles-tu ? finit par dire la Suissesse.

— Elle s'appelle Chamorro. Etes-vous en train de faire valoir votre droit de ne pas répondre à ma question ?

— Je voulais dire quel est ton petit nom, répliqua-t-elle, éludant ma sommation.

— Virginia, intervint Chamorro non sans aplomb.

— Virginia. Comme Virginia Woolf. As-tu lu quelque chose d'elle, ma jolie ?

Et, tout en dédiant à ma subordonnée ce qui en d'autres temps, quand son corps et son visage n'avaient pas encore subi l'offense des ans, aurait pu être une faculté de séduction, elle fit un effort de mémoire et déclama avec art :

— « Et le tigre bondit... De l'autre côté du monde, l'hirondelle frôle de ses ailes la surface des étangs sombres. » Une belle métaphore, n'est-ce pas ? Elle a écrit ces lignes vers 1930, un peu avant ma naissance.

J'essayai de reprendre le contrôle :

— Madame Bolzano, nous ne sommes pas dans un salon de thé. Si vous voulez bien, nous réciterons plus tard des poèmes et nous jouerons au backgammon, mais pour l'instant nous sommes en train d'essayer d'établir si nous devons vous accuser de meurtre et, pour le cas où cela vous aurait échappé, nous sommes en passe de l'établir.

— Ton chef n'a pas l'air d'apprécier Virginia Woolf, opina-t-elle à l'adresse de Chamorro.

— Dois-je en conclure que vous ne souhaitez pas nous confier la nature de vos relations avec Eva Heydrich ? inférai-je de mauvaise grâce.

Regina se tourna vers moi et retrouva toute sa froideur.

— Si vous tenez à l'entendre de ma bouche, je vais satisfaire votre curiosité. Nos relations consistaient en ceci : je couchais avec Eva, quand j'en avais l'occasion, et elle me permettait de le faire, quand elle en avait envie. Cela vous suffit-il ou faut-il également que je précise s'il y avait de l'amour entre nous ?

— Y en avait-il ?

— De mon côté, oui. Du sien, non, naturellement. Et je ne m'en scandalisais pas, même si j'en souffrais. Il y a trente ans, Eva aurait pu m'aimer, parce que j'étais différente, bien plus désirable. Mais là, elle ne faisait que me supporter, et encore, pas toujours. Je ne lui en demandais pas beaucoup plus. A partir d'un certain moment, c'est une chose qu'il faut accepter comme bien d'autres, encore plus désagréables.

— Où vous êtes-vous connues ?

— A Milan, où je vis. Disons où je vivais.

— Eva vivait-elle aussi à Milan ? Et depuis quand ?

— Depuis un an, à ma connaissance.

— Avec vous ?

— Non. Plus à ce moment-là. C'est-à-dire plus depuis avant l'été.

Je profitai de sa docilité passagère pour l'attaquer sur un autre front :

— Connaissez-vous Klaus Heydrich ?

— C'était ou c'est le nom de son père, je crois.

— Le connaissez-vous ?

— Je ne l'ai jamais vu. Pas même en photo. Eva ne m'en a jamais montré aucune.

— En êtes-vous bien sûre ?

— Pourquoi ne le serais-je pas ?

En s'enfonçant dans son mensonge, le premier que je pouvais relever comme tel, Regina Bolzano n'eut pas le moindre tremblement dans la voix. Quelle que fût sa part de responsabilité dans les faits, elle était loin d'être une incapable. Je tentai de la surprendre :

— Qui vous a aidée à l'éliminer ?

— Pardon ?

— Qui a été votre complice ? Qui a suspendu Eva à la poutre ?

— Vous faites fausse route.

— Était-ce quelqu'un d'ici ? Combien lui avez-vous donné pour faire la besogne ?

— Je ne sais pas de quoi vous voulez parler. Je vous le jure.

Je lui accordai quelques secondes pour qu'elle se rafraîchisse la mémoire. La femme demeurait d'une humeur égale. S'il s'agissait d'un coup monté, elle l'avait minutieusement préparé. Ses nerfs ne la trahissaient pas.

— C'est bon. Nous allons regarder un moment les choses par le bout de votre lorgnette. Vous n'avez rien à voir avec cette histoire. Alors qui a fait le coup ?

— Je n'en ai pas la moindre idée. Peut-être les gens de la plage, mais je ne les avais jamais vus et je ne les ai jamais revus.

— Pour quel motif pensez-vous qu'on ait pu la tuer ?

La Suissesse prit tout son temps.

— J'y ai longuement réfléchi ces derniers jours, assura-t-elle. Je ne comprends pas qu'on se soit acharné à la pendre de cette manière, même si je reconnais qu'elle savait parfois se rendre horripilante. C'est en cela que consistait en partie son jeu, mais il y avait bien plus. Eva était une créature très peu ordinaire. Elle était toujours fourrée avec quelqu'un et, malgré tout, son cœur était à cent lieues. Elle simulait souvent la passion, mais au fond elle donnait l'impression de ne rien ressentir du tout. Tout bien considéré, ce passage qui m'est revenu de la vieille Virginia la dépeint assez bien. D'un côté, l'image violente du tigre qui bondit sur sa proie. De l'autre, cette hirondelle qui s'humecte les ailes dans les étangs, à l'autre bout du monde. Même si la plupart des gens se laissaient guider par le mirage facile du tigre, je pense qu'elle était plutôt l'oiseau. Elle vivait parmi nous, mais son âme était là-bas, perdue dans les eaux calmes et sombres d'un pays lointain. Si vous voulez que j'engage un pari, je parie que quelqu'un n'a pas pu ou n'a pas su l'accepter comme elle était et qu'il ne lui est rien venu à l'esprit de moins idiot que de la tuer. Maintenant si vous me demandez si je suis sûre que les choses se sont passées comme ça ou si je connais l'identité du coupable, je ne suis sûre d'aucune de ces deux choses.

Regina Bolzano était douée pour le lyrisme. Bien qu'elle ait prononcé son discours en italien, idiome dans lequel elle gagnait à la fois en vélocité et en force de conviction, nous l'avions suivie, Chamorro et moi, comme si elle s'était exprimée dans notre langue maternelle. Pour la première fois, la suspecte paraissait ébranlée par la tristesse. J'estimai que c'était l'occasion rêvée pour essayer de lui arracher des informations plus précises :

— Madame Bolzano, je vais être franc avec vous. A l'heure où nous sommes, vous n'avez qu'une seule chance de ne pas être inculpée : que nous débusquions d'autres suspects et que nous puissions les connecter avec le crime de manière plus concluante. J'aimerais que vous me disiez si ce nom vous dit quelque chose : Lucas.

— Rien du tout.

— Et Andrea ?

— Ce nom-là, oui. Eva m'a présenté quelqu'un qui s'appelait comme ça, dans le port, deux jours avant qu'on la tue. Une fille de Milan, pas très grande, aux yeux clairs. Pourquoi, vous la soupçonnez ?

— Pour l'instant, nos soupçons se portent uniquement sur vous, madame Bolzano. Je vous conseille de bien réfléchir à votre situation. Si vous avez des corrections à apporter, faites vite. Nous reprendrons cette conversation.

Je m'apprêtais à me lever. Regina m'attrapa par le bras et planta dans mes yeux un regard à la fois impératif et suppliant.

— Ce n'est pas moi, sergent, assura-t-elle. Ecoutez, je ne me considère pas comme une femme lâche. Quand j'ai acheté cette arme, j'ai admis l'idée que je pourrais être amenée à m'en servir et peut-être à supprimer la vie d'un être humain. Mais je tiens à ce que vous soyez persuadé d'une chose, parce que c'est l'entière vérité. Jamais, au grand jamais, je n'aurais pu réunir la somme de courage suffisante pour tirer une balle dans la tête d'Eva Heydrich.

14.

Il manque un personnage

Nous laissâmes Regina Bolzano attendre l'arrivée de son avocat pour faire une déposition officielle, formalité à laquelle s'affairaient déjà Baena et ses hommes, et nous rejoignîmes Zaplana.

— Alors ?

Tel fut l'accueil empressé du commandant.

— Elle nie tout.

— Mais elle ment.

— A ma connaissance, elle a menti sur deux points, à n'en pas douter. Et sans ciller, devrais-je ajouter.

— Pensez-vous que c'est le genre de personne à pouvoir être impliquée ?

— Bien sûr. Elle est loin d'être une pauvre petite vieille pleurnicharde, si d'aventure quelqu'un avait compté là-dessus. Mais quant à savoir de quelle manière et jusqu'à quel point elle est impliquée, c'est une autre question. Il va nous falloir travailler davantage pour le démontrer et pour pouvoir prétendre la désarçonner. Avec les éléments dont nous disposons pour le moment, je doute fort que nous arrivions à lui arracher un aveu.

— Lui avez-vous tout dit ?

— J'ai passé sous silence le vol qu'elle a pris avec Klaus et ce que nous avons vérifié sur le mobile possible du crime. Et aussi les circonstances des différentes relations d'Eva que j'ai découvertes avec Chamorro. J'estime que nous devons affûter un peu plus notre hypothèse avant d'essayer d'utiliser ce que nous savons pour la mettre au pied du mur. Il y a trop de points obscurs sur la manière dont les choses se sont déroulées. Et là-dessus je ne pense pas qu'elle nous en dira plus. Il faut l'obtenir par un autre biais. Pensez-vous demander à la police autrichienne de mener une enquête sur Klaus Heydrich ?

Zaplana exhala un soupir.

— Sa présence à Vienne le jour du crime est attestée, dit-il. Depuis sa précédente visite, d'après les contrôles effectués, il n'est revenu dans l'île que pour donner l'autorisation de rapatrier le corps. Pour que les Autrichiens enquêtent à fond sur ses faits et gestes, il nous faudrait quelque chose de plus consistant que ce que nous avons réussi à collecter jusqu'ici.

— En ce cas, il n'y a qu'une voie à suivre.

— En avant, sergent. Bonne chance, et ne vous embourbez plus dans les mêmes erreurs, me prévint-il.

— Soyez sans crainte.

Il était environ cinq heures, et nous avions l'estomac vide. En quittant le commandant, je suggérai à Chamorro d'aller prendre une légère collation. Nous trouvâmes un restaurant sur le front de mer, peu fréquenté. La brise était agréable et la concentration de mouches raisonnablement basse. Nous prîmes place autour d'une table. Durant un long moment, il n'y eut pas un son de voix.

Mon adjointe rompit le silence.

— Tout ce que nous avons fait ne semble pas avoir servi à grand-chose. C'est comme s'il fallait repartir de zéro.

— Le défaitisme est un manquement grave aux valeurs militaires, Chamorro. Et dans le cas qui nous occupe, une erreur complète. Il en est tombé dans notre escarcelle bien plus que tu ne penses.

— Par exemple ?

— Par exemple, le fait que Regina nie connaître Lucas et affirme connaître Andrea. Tu n'y as peut-être pas prêté l'attention requise, mais de toutes les choses qu'elle a pu nous dire c'est de loin la plus significative.

— Ah, oui ?

— Lucas est un personnage très particulier. Si elle connaissait certains des amis d'Eva, comme elle le dit, je m'étonne qu'elle n'ait pas connu quelqu'un qui vivait si près de chez elle et qui ne passe pas facilement inaperçu. Là, il y a une entorse à la vérité.

— Et Andrea ?

— Observe bien la façon dont Regina nous a détaillé les circonstances de sa rencontre avec elle, *deux jours avant qu'on la tue,* et comment elle s'est empressée de nous demander si nous la suspections. De deux choses l'une : ou bien elle n'est effectivement pas intervenue dans le crime et elle met en cause Andrea, et alors il nous faut vérifier pourquoi ; ou bien elle est intervenue dans le crime et elle s'imagine que le fait d'accuser Andrea peut jouer en sa faveur, et alors je suis encore plus intrigué par la raison qui motive un tel comportement.

Chamorro fit la grimace.

— En t'écoutant parler avec le commandant, j'ai eu l'impression que tu ne doutais pas de la culpabilité de Regina, fit-elle remarquer. Et que le commandant s'en félicitait.

— Ce matin, je n'en doutais pas, parce que je

n'avais pas encore parlé avec la suspecte. Et après l'avoir fait, je préférais que Zaplana ne remarque pas que j'avais changé d'opinion.

— Comment ? bondit Chamorro, incrédule. J'admets que tu es le chef et que tu as plus d'expérience, mais je te rappelle que ce matin il nous a fait changer de couleur. Et que va-t-il se passer la prochaine fois s'il n'est pas de si bonne humeur ?

— Ne te laisse pas gagner par la panique. Je n'ai pas dit que je ne pensais pas que Regina était coupable. Je dis que je ne peux pas l'affirmer avec une certitude absolue. Elle s'est montrée maladroite au sujet de l'arme, elle a menti au sujet de Klaus Heydrich, et aussi de Lucas. Mais cela ne suffira pas pour la condamner. Ce matin, j'ai surévalué l'importance des découvertes de Zaplana, parce qu'il m'a pris au dépourvu. Ce qu'il détient n'est qu'une hypothèse, assez solide, mais pas plus que d'autres. La connexion avec Klaus a beau nous paraître très suspecte, il nous reste à identifier l'individu qui a pendu Eva, et en attendant nous n'avons qu'une solution partielle. D'un autre côté, Regina a nié toute implication sans hésitation ni contradiction, et elle ne s'est pas écroulée quand il a été question des empreintes. Et il y a plus : si la présence de ses empreintes laisse présumer que c'est elle qui a appuyé sur la détente, je m'étonne de ce qu'elle ait eu la présence d'esprit d'inventer aussitôt cette histoire du vol de l'arme. Du moins aussitôt que nous lui avons dit qu'elle était en notre possession. Il n'est pas inconcevable que cette idée lui ait traversé l'esprit, mais je n'écarterais pas la possibilité qu'elle ait ignoré la présence de ses empreintes sur l'arme. Du moins je crois que quelqu'un qui l'aurait ignoré n'aurait pas réagi d'une autre façon. Si tel était le cas, la faille qui s'ouvrirait dans l'hypothèse de Zaplana serait assez conséquente.

— Et alors ?

— Alors, c'est tout simple, Chamorro. En réalité, notre objectif reste inchangé. Nous continuons de rechercher une personne capable de faire ce que nous avons démontré : coller une belle balle dans la tête d'Eva, la transporter sur une distance indéterminée, l'introduire dans la maison et la suspendre à la poutre. Une personne qui ne pouvait pas entrer dans la maison par la porte ou qui a préféré passer par la fenêtre pour une raison quelconque. Une personne qui pouvait y gagner ou qui a cru pouvoir y gagner en l'amenant là et en la suspendant, si tu te rappelles le rapport du médecin légiste, *au moins deux heures après le décès*. Une personne qui a jeté l'arme homicide dans la boîte à ordures avec les empreintes de Regina Bolzano, pour qu'on la retrouve là. Regina aurait pu faire certaines de ces choses, avec de l'aide. D'autres, par négligence. Mais d'autres encore continuent de me sembler tout bonnement incompatibles avec sa responsabilité.

— Mais la théorie du commandant est très cohérente. Elle présente un mobile, une occasion, elle établit une connexion entre les suspects...

— Cesse d'être formaliste et analyse plutôt ce que tu as entre les mains. La théorie du commandant est cohérente avec elle-même, pas avec les faits. Quand une théorie paraît correcte et que les faits restent confus, ce qui n'est d'aucune utilité c'est la théorie. Les faits sont corrects par définition. Mais là il manque un personnage, Chamorro, un personnage qui est la clé de l'affaire. Pas nécessairement l'auteur, l'inducteur ou le plus coupable. Il se peut même que ce soit un innocent. Ceci est une enquête, non un procès. Il n'importe pas tant de trouver le sujet qu'il convient de condamner que de débusquer celui qui nous permettra d'expliquer et de comprendre les faits. Dès que nous le tiendrons, les autres tomberont. Et il n'est pas impossible que cette pièce maîtresse serve à balayer mes objections et qu'il s'avère que Regina doive aller en prison. Je ne jurerai pas mes grands dieux qu'il ne faudra pas l'inculper, mais je refuse de le faire avant terme. Et pour commencer, je refuse de le faire avant d'avoir vérifié si ces deux Espagnols de la plage, dont la description ne correspond à aucun des individus que nous avons rencontrés jusqu'à ce jour, existent ou ne sont qu'un pur produit de l'imagination.

Chamorro était désolée. Et j'ose affirmer que ce n'était pas tant parce qu'elle redoutait que je ne fasse fausse route qu'à cause de ce qui pourrait arriver si Zaplana apprenait que nous n'étions pas en train de suivre ses instructions. Moi aussi je m'en inquiétais, surtout s'il l'apprenait avant même que nous ayons réussi à avancer des conclusions qui puissent justifier la liberté que nous allions prendre. Nonobstant, je me sentais optimiste, parce que j'avais un plan et que j'étais persuadé, autant qu'on peut l'être de toute production de son propre esprit, qu'il était bon.

Ma subordonnée me donna aussitôt l'occasion de le lui soumettre.

— Et qu'allons-nous faire ? s'enquit-elle avec un filet de voix.

— Ce soir, nous irons sur les pas d'Andrea. Je crois que le moment est venu de nous attaquer à elle sans manières. Et demain tu emmèneras Lucas à l'Abracadabra. Tu devras te débrouiller pour y arriver. A toi de voir comment t'y prendre. Moi, je m'occupe du reste.

— J'espère que tu sais ce que tu fais, souhaita lugubrement Chamorro.

Ce que nous mangeâmes cet après-midi-là se passe de tout commentaire. Après avoir réglé une addition exagérément salée, nous reprîmes le chemin de la villa. Une fois dans la crique, je déposai mon adjointe, la laissant se mettre l'esprit à la torture sur son avenir, et j'entrepris une excursion solitaire dont je m'abstins de lui rendre compte. Depuis l'instant où j'avais eu Regina en face de moi, le tableau avait commencé à prendre forme, à une telle vitesse que j'avais besoin de m'isoler un peu pour l'assimiler. Ce qui germait dans mon esprit était un coup si hasardeux qu'il requérait que personne d'autre ne soit conscient de tous ses tenants et aboutissants. Chamorro n'était pas une mauvaise partenaire, du moins elle s'était révélée cent fois meilleure que ce que j'avais prévu avant notre collaboration, mais dans certaines épreuves cruciales de la vie il n'y a pas de compagnie qui tienne.

Je garai la voiture près du restaurant où l'on servait à cette heure des bières et des hors-d'œuvre variés ainsi que les premiers repas pour les étrangers. Je commandai une bière que m'apporta un garçon acariâtre, de ceux qui pullulent dans les établissements hôteliers d'un pays qui, paradoxalement, vit de cette industrie. Sans marques d'impatience, j'attendis que ma proie apparaisse, ce qui se produisit au moment de l'encaissement de la première addition. La femme efflanquée fendait l'air de ses attributs antérieurs cahotants, que contenait à grand-peine un corsage qu'elle portait noué sur le nombril. Ses hanches, telles des lames de hache, saillaient légèrement hors de son pantalon, d'une ou deux tailles au-dessus de la sienne. Quand elle passa près de moi, je la retins comme l'aurait fait n'importe quel type portant à son cou une grosse chaîne en or. Je passai mon bras autour de ses os et pris des libertés qu'il n'y avait pas entre nous. Je supposai que sa réaction pouvait consister à me coller son poing dans la figure ou à ne pas me le coller, et si j'avais mis au point une tactique pour chacun de ces cas de figure je ne cache pas que je préférais ne pas être agressé, à juste titre, devant tant de gens.

— Salut ! dis-je.

En premier lieu, la femme efflanquée ne me colla pas son poing dans la figure. En deuxième lieu, elle n'offrit pas de résistance à mon coup de filet. En troisième lieu, elle y consentit pendant quelques secondes, tandis que son visage révélait qu'elle soupesait mes intentions non avec colère, mais avec une sorte de curiosité encore indéfinie. C'était plus qu'il ne m'en fallait pour m'encourager à me lancer allégrement dans l'exécution du plus favorable de mes plans.

— Tu ne te souviens pas de moi ? Nous avons bavardé l'autre jour. Je crois que tu ne m'as même pas dit ton nom.

La femme ne prit pas immédiatement la parole. Elle se dégagea peu à peu, forma une courbe avec ses lèvres, la seule autre partie charnue de son corps, et me demanda :

— Tu n'étais pas avec une grande blonde ?

— En effet. Je me présenterai le premier. Je m'appelle Luis.

— Eh bien moi, je m'appelle Candela[1] et les présentations ne vont pas te servir à grand-chose.

— Candela. Et tu brûles ?

— Je suis mariée. Et mon mari brûle pour moi. Tout ce qui se trouve sur son chemin, et même plus.

— Ça ne me fait pas peur, Candela. Tu m'allèches plus que ton mari ne m'impressionne. Tu travailles non stop ou tu t'accordes parfois un petit break ?

Candela secoua la tête. Je contemplai alternativement ses yeux et son ventre, abîmé dans un défilé squelettique, au-dessus duquel régnait le tumulte jugulé par le nœud de son corsage.

— Ce ne sont pas les préambules qui t'étouffent, toi.

1. *Candela* signifie feu, flamme, chandelle. (*N.d.T.*)

— Les tiens me suffisent amplement.

— Tu ne manques pas d'air ! Et pourtant tu m'es sympathique. Si tu faisais les choses dans les règles, tu pourrais même avoir du succès.

— Et comment les règles commandent-elles de les faire ?

A cet instant, un serveur commença à nous prêter une attention un peu plus soutenue que celle qui devait suffire à Candela pour lui faire ravaler sa désinvolture. Avec un air grave, elle me dit :

— Les règles commandent de trouver un moment, un endroit et une femme disponible. Moi je ne le suis pas.

Et elle me montra son alliance avant de retourner à l'intérieur du restaurant.

Je finis ma bière et quittai la terrasse. Mais je ne repris pas le chemin de la villa. Courant le risque que Chamorro s'inquiète, j'attendis dans la voiture que Candela ait terminé sa journée de travail. Il s'avéra qu'elle terminait à onze heures et demie et que, quelle que soit sa destination, elle faisait route à pied. Je mis le moteur en marche. Je la laissai parcourir la moitié de la rue avant de chercher à l'intercepter. J'arrêtai la voiture à sa hauteur en faisant retentir très mollement le klaxon. Candela se retourna lentement, comme si elle était habituée à ce genre de péripéties.

— Tu vas loin ? demandai-je.

— Trop loin pour ta voiture.

— Mon réservoir est plein. Loin comment ?

Candela se pencha vers la vitre.

— Plein comment ?

— Suffisamment pour attendre le moment et le lieu.

— Il te manque encore la femme.

— La femme je l'ai, et on n'est pas près de me la prendre.

— Tu ne cèdes pas, hein ? Qu'est-ce qui s'est passé avec ta blonde ?

— Je ne sais pas, elle doit être dans les parages, en train de découvrir le monde. Ça m'est bien égal. Que d'autres en profitent. Moi, je l'ai déjà largement découverte.

— Il me semble l'avoir aperçue un jour, en pleine découverte, laissa-t-elle tomber d'une manière retorse, en quête d'un effet.

— Ne pense plus à la blonde. Si tu veux, je te laisse du temps, pour que tu n'ailles pas te figurer que je suis un pot de colle. Je te laisse en paix et demain je passe te prendre à la même heure. Fais-toi belle et ne tombe pas de sommeil.

— Je ne t'ai pas dit oui.

— Je ne t'ai pas demandé de me dire oui tout de suite. Tu me le diras demain.

Elle n'eut pas le temps de répliquer. J'avais enclenché la première et lâché l'embrayage. Dans le rétroviseur, je remarquai qu'elle demeurait immobile, me regardant m'éloigner. Je pris à vive allure le chemin de la villa. Chamorro semblait légèrement agitée.

— Où étais-tu ? me décocha-t-elle.

— En train de réunir des données.

— Quelles données ?

— Chaque chose en son temps. Habille-toi. Nous allons au port.

Nous déambulâmes longuement sur le port et fîmes escale dans deux endroits avant de nous rendre à l'Abracadabra. Je mis à profit tout ce temps pour instruire Chamorro du comportement qu'elle devrait adopter ce soir-là et le suivant. Vers deux heures moins le quart, nous pénétrâmes dans le club.

Les enceintes acoustiques déversaient paresseusement un blues que quelques couples essaimés interprétaient sans conviction sur la piste. Après un examen rapide des lieux, je constatai qu'Enzo et Andrea faisaient partie de ces couples. Je profitai d'un moment où l'Italienne regardait dans ma direction pour lui faire un signe. Dès qu'elle m'aperçut, elle se sépara d'Enzo et me fit des gestes ostensibles pour que je m'approche. Lui, docilement, s'écarta et vint vers nous. Chamorro savait ce qu'elle avait à faire. A mi-chemin, je croisai l'Italien, qui me sourit et me serra l'avant-bras. Il avait beau être aimable, il n'en restait pas moins un individu déprimant.

Andrea se pendit à mon cou. Elle y abandonna tant son poids que nous manquâmes de tomber.

— Je t'ai attendu tout l'après-midi sur la plage, se plaignit-elle.

— Nous n'avons pas pu venir. Un contretemps.

— Tu aurais pu me faire prévenir. Je me suis rongé les ongles et un peu les sangs. Embrasse-moi, Luigi.

Comme je tenais à ce qu'elle soit le plus désorientée possible, je m'exécutai de bonne grâce. Durant un long moment, la musique se caractérisa par une formule harmonique constante, et nous nous laissâmes porter par ses placides va-et-vient. Estimant que la trêve avait trop duré, le disc-jockey déclencha une attaque surprise avec le rythme le plus obsédant de l'été. Un bon prétexte pour aller chercher un peu d'alcool, vu qu'Andrea n'avait plus besoin de mes services pour se mouvoir sur cet air. Je vidai le premier verre en deux traits et m'en procurai un autre, que je me disposais à consommer avec plus de méthode en m'attablant au bord de la piste. Chamorro dansait avec Enzo, et Andrea se perdait dans un tourbillon solitaire au milieu d'une foule de plus en plus compacte. A mesure que le toxique s'incorporait à mon organisme, l'atmosphère et ses habitants acquéraient une légèreté bienfaisante. Quand Andrea finit par venir me réclamer, j'avais déjà atteint un état dans lequel la perspective de me soumettre à la séquence chaotique de ces sons se révélait même alléchante. Je me livrai à la danse rituelle jusqu'à ce que ma chemise fût intégralement trempée, ce qui était peut-être le but recherché. Andrea aussi ruisselait de sueur. Je la pris par l'épaule et la conduisis dans un endroit retiré.

Cette nuit-là, je poussai Andrea dans ses derniers retranchements, et je m'approchai moi-même du bord du précipice où je cessais d'être un flic avec une affaire sur les bras pour me métamorphoser en un loup affamé.

— Emmène-moi dehors, me demanda-t-elle.

Je cherchai Chamorro du regard. Elle était retournée danser avec Enzo. Elle s'ébrouait joyeusement, se défaisant de sa raideur d'antan. Il l'encourageait dévotement.

— Je ne peux pas t'emmener dehors. Pas ce soir, déplorai-je.

— A cause d'elle ?

— Elle n'est pas bien disposée à ton égard. Elle s'est fourré de drôles d'idées dans la tête.

— Quel genre d'idées ?

— Enzo lui a raconté que tu étais sortie avec la fille qu'on a tuée. Entre ça et la façon dont tu t'es comportée avec elle, je crois que tu lui fais peur.

Les yeux gris d'Andrea se congelèrent l'espace d'un instant.

— Enzo lui a raconté ça ?

— Le premier soir, quand il était fin saoul.

— L'abruti ! murmura Andrea, les dents haineuses.

— C'est vrai que tu es sortie avec elle ? Ne mens pas, lui intimai-je. A toi de décider. Si tu mens, je décampe et je disparais pour toujours.

Andrea détendit ses traits.

— Comment veux-tu que je te mente ? protesta-t-elle. Tu le sais très bien. Je t'ai parlé d'elle, sans citer son nom. Tu n'avais pas deviné ?

— Si.

— Alors quoi ?

— Je ne sais pas, dis-je en haussant les épaules. Moi, je n'ai pas peur de toi. Il faudrait voir comment nous pourrions bluffer María. Je ne veux pas la faire souffrir.

L'Italienne me scruta d'une manière perverse.

— Et tu ne me demandes rien ?

— Que veux-tu que je te demande ?

— Ce qu'il y a eu entre nous, pendant combien de temps, que sais-je ? Si c'est moi qui l'ai tuée ou si je connais l'assassin ?

— Parle si tu en as envie. Moi je ne te demande rien. Je ne veux pas me compliquer la vie. N'oublie pas. C'est mon dernier été.

— Je l'ai aimée, même si ça a été bien triste et bien court, comme je n'ai jamais aimé personne, proclama-t-elle avec orgueil — non pour moi, mais pour elle-même ou pour quelqu'un d'autre. Dès le premier instant. Elle aussi, elle m'a aimée. J'en suis sûre et certaine, même si elle a pris un malin plaisir à me faire du mal. Je ne dis pas qu'elle m'ait toujours aimée. Mais j'ai essuyé ses larmes et je l'ai sentie trembler comme une enfant. Je ne pense pas qu'il y en ait beaucoup qui puissent en dire autant. Je ne l'ai pas tuée et je ne pourrais pas respirer le même air que le fils de chienne qui a fait ça. Elle est partie et je ne la pleure pas, parce qu'elle non plus elle ne m'aurait pas pleurée. Il me reste trois jours à passer sur cette île et ensuite ce sera l'hiver. Ne me fuis pas, Luigi. Je ne peux pas ressentir pour toi ce que j'ai ressenti pour elle, mais je suis trop fragile pour supporter qu'un être me fuie.

15.

Un excès de confiance

Le lendemain, il était midi et demi passé quand nous nous levâmes, Chamorro et moi, après un sommeil enfin long et réparateur. Nous allâmes déjeuner dans le port et nous ne nous rendîmes pas à la plage. L'après-midi, nous le passâmes à la maison, elle à lire et moi à organiser mes idées de la seule manière dont je parviens à le faire avec méthode : en décorant des figurines de plomb. Je ne voyage jamais sans ma boîte à peintures et une ou deux pièces. Elles occupent dans ma valise à peine plus de place qu'un rasoir et se révèlent autrement plus utiles. Ce jour-là, je me consacrai à une pièce particulièrement intéressante : un fusilier espagnol de la Guerre d'indépendance de Cuba, avec son uniforme-pyjama rayé, un défi diabolique pour le plus fin de mes pinceaux et pour ma dextérité, dont je pourrais me vanter si les règles de la bienséance ne le condamnaient pas. Le fusilier n'était pas espagnol par sentiment patriotique. Mes principes m'interdiraient de me consacrer à un arquebusier de la bataille de Saint-Quentin, mais non à un homme d'équipage de l'Invincible Armada. La condition *sine qua non* pour que j'agrée une figurine de plomb, c'est qu'elle ne représente pas un membre d'une armée victorieuse. Quand l'art se met au service de la victoire, il devient obscène.

Le livre que lisait Chamorro, et je le remarquai pour la même raison que celle qui m'amène à évoquer les figurines — parce que je pense que ce que quelqu'un met dans sa valise en sus de ses vêtements dénote d'ordinaire sa substance — , appartenait à une de ces collections qui réunissent des écrivains récompensés par le prix Nobel. Quand j'en découvris le titre, je compris ce qu'il y avait derrière l'intense froncement de sourcils de ma subordonnée : c'était *Absalon ! Absalon !* J'en conclus, peut-être à tort, que les turbulents avatars de la démoniaque famille Sutpen s'accordaient mal avec un caractère comme celui de Chamorro, partisane, entre autres harmonies, de l'ordre froid des cieux. En tout cas, cela seul rehaussait le mérite de cette lecture pleine d'abnégation.

Vers neuf heures, je pris la voiture pour me rendre au village. Du restaurant où nous avions déjeuné, j'avais contacté Perelló par téléphone et nous devions nous retrouver au poste à neuf heures et demie. Il m'attendait avec Satrústegui, Barreiro et Quintero, ce Cordouan enclin à la brutalité policière. Je réglai toutefois les détails en tête à tête avec l'adjudant. Perelló ne conçut aucune objection à mon plan. J'avais la confiance de nos supérieurs et, comme qui a la médaille a le revers, c'était à moi de porter la responsabilité de mes erreurs. Toute réticence de sa part n'aurait été qu'une démonstration inutile, et il ne vit aucun inconvénient à s'en dispenser. Il se borna simplement à me dire, quand je lui eus tout expliqué :

— Il y a tout de même une hypothèse à envisager. Ce n'est pas pour te reprendre, s'empressa-t-il d'ajouter.

— Je t'en prie, mon adjudant. C'est toi qui tiens le gouvernail.

— Peut-être qu'ils ne se laisseront pas provoquer.

— Peut-être. On n'est jamais sûr de rien.

— Et alors ?

— Alors, il faut les cueillir à tout prix. Quitte à les relâcher demain et à trouver le moyen de le justifier. Ce que je veux c'est qu'ils croient leur dernière heure arrivée et qu'ils se plantent. Peu importe l'ordre dans lequel ces deux choses se passeront.

— Je ne sais pas, avoua Perelló. S'ils ne font pas de faux pas, ce ne sera pas de la briquette de l'expliquer au commandant. Il pourrait croire que tu as oublié les priorités et que tu es retombé dans les mêmes travers. C'est à toi de mesurer le danger.

— J'inventerai toujours quelque chose. Pour l'instant j'ai de bons pressentiments.

Perelló acquiesça et resta à contempler le portrait du roi comme si c'était la première fois qu'il l'avait devant lui.

— C'est rare de tomber sur quelqu'un qui se soucie aussi peu de sa personne, estima-t-il. Sans même savoir comment ils vont jouer la partie, tu exposes ta tête.

— Je compte sur toi, mon adjudant. Je saute parce qu'en bas il y a un filet et que ce filet c'est toi. Avec un autre, l'idée ne me serait pas venue avec la même tranquillité d'esprit.

Perelló ne réagissait en aucune manière aux compliments. Il s'absentait, comme s'il n'était pas question de lui. Quand je regagnai la villa, Chamorro était déjà en train de se préparer. Elle avait choisi de remettre sa robe moulante, c'est-à-dire celle de sa deuxième soirée avec Lucas. Nous passâmes une dernière fois en revue la répartition dans le temps de nos tâches respectives. Avant de la laisser partir, je l'encourageai :

— Bonne chance, Virginia. Agis comme tu l'as fait jusqu'ici.

Je lui caressai la tête, et je jure que ce fut un acte limpide. J'éprouvais le besoin de lui transmettre mon soutien par un contact physique. Elle ne parut pas le prendre en mauvaise part. Après qu'elle fut partie, je me disposai à mon tour à m'acquitter de ma mission. Si tout se déroulait comme prévu, nous devions nous retrouver trois heures plus tard à l'Abracadabra, pour allumer non un pétard mais une kyrielle de pièces d'artifice et faire en sorte qu'elles ne nous claquent pas dans les doigts.

A l'heure dite, Candela n'était pas à l'angle de la rue comme nous en étions convenus la veille. Elle n'avait pas non plus quitté le restaurant. Je montai la garde non loin de là pendant une vingtaine de minutes, c'est-à-dire le temps qu'elle mit à apparaître. Elle s'était parée avec un certain soin et je me permis de ne pas douter de mes chances. Je la suivis en voiture, sans qu'elle s'en aperçoive, jusqu'au lieu de notre rendez-vous. Quand elle y fut rendue, elle se contenta de secouer la tête et elle continua son chemin. Je partis à sa rencontre. Dès qu'elle entendit la voiture s'approcher d'elle, elle s'arrêta.

— Je pensais que tu t'étais dégonflé, dit-elle.

— Je ne me dégonfle pas si facilement, lui répondis-je en soutenant sa moue sceptique.

— Comme tu vois, je suis là et je me suis faite belle, presque autant que j'ai pu. Que vas-tu faire pour me récompenser ?

— Tu veux aller dîner quelque part ? Tu as peut-être déjà dîné ?

— Je ne dîne jamais dans le restaurant. Je vois d'où viennent les ingrédients et comment ils les préparent. Si tu connais un endroit décent, je me laisse inviter.

— A toi de dire, je t'emmène.

Candela, comme je l'avais calculé (sans grand effort, il est vrai), suggéra d'aller dans le port. Là, ses pas nous portèrent jusque dans un restaurant italien. Un établissement en rien solennel, plutôt modeste dans ses propositions, et qui au moins ne répandait pas cette odeur de friture qui régnait dans son lieu de travail.

L'aspect que Candela offrait à la vue mérite d'être décrit. Pour commencer, j'ai peut-être omis de dire qu'elle était longue comme un jour sans pain. Bien qu'elle fût plus ou moins de ma taille, son très petit calibre lui conférait une hauteur extraordinairement accusée. Elle portait une jupe très exiguë, qui laissait émerger ses cuisses d'une manière terrifiante : seul un ballot musculaire fibreux garantissait ses os des intempéries. Au-dessous du genou, la rareté de la chair était presque alarmante, mais Candela ne semblait aucunement en être gênée. Bien au contraire. Elle tordait continuellement ses chevilles et avançait ses pieds interminables, comme une technique de séduction étudiée. Pour habiller son torse, elle avait choisi ce soir-là un haut de coton qui lui couvrait les épaules et cette partie d'elle-même qui forçait l'attention du premier venu. Ses bras dénudés, constellés de grains de beauté et de taches de rousseur, étaient comme deux lances qui fendaient l'air dans un sens et dans l'autre quand elle parlait. Mais la partie la plus inquiétante de son anatomie était, à n'en pas douter, son visage. Elle s'était maquillée d'une façon qui accusait ses traits au point de les rendre hostiles. Dès que sa bouche trop rouge s'ouvrait, c'était comme si une blessure béait en elle.

Au cours du dîner, Candela improvisa une espèce de mensonge confus sur ses relations conjugales. Elle le fit avec amour-propre, sans se préoccuper de mon insistance à lui faire comprendre que je m'en souciais comme des neiges d'antan. Une insistance d'autant plus sincère que c'étaient ses liens avec d'autres personnes qui justifiaient tout l'intérêt — ou presque — que je lui portais. Candela avalait sans protester le vin que je m'employais activement à verser dans son verre. Ce faisant, elle devenait plus effrontée et ses réticences du début s'atténuèrent jusqu'à disparaître. Ma théorie, sur le moment comme à présent, c'est qu'elle se fichait pas mal de ma personne, mais qu'elle se réjouissait d'avoir trouvé si promptement et si facilement une occasion de casser du sucre sur le dos de Lucas. Elle me le confirma elle-même dès la fin du dîner, quand elle me proposa de retourner dans la crique et d'aller dans la discothèque où officiait l'ex-légionnaire. Je refusai sans donner trop de précisions sur les causes de mon refus, tout en lui laissant entendre qu'il n'était pas irréversible. Entre-temps, je lui proposai d'aller dans un autre endroit pour continuer de nous mettre au même diapason. Candela se laissa conduire, et c'est ainsi que nous arrivâmes devant la porte de l'Abracadabra.

— Ici ? demanda-t-elle, horrifiée, comme si je l'avais entraînée dans un lupanar ou autre lieu de perdition.

— J'aime la musique qu'ils passent, alléguai-je. Tu as quelque chose contre cet endroit ?

— Cette boîte est une vraie merde. Pour pédés et lopettes de la même farine.

— Tu es déjà entrée dedans ?

— Oui, une fois, reconnut-elle de mauvaise grâce. Pour me persuader qu'il valait mieux ne pas y remettre les pieds.

— Moi, la clientèle, ça m'est bien égal. J'aime le blues, et ici ils savent le choisir. Tu ne trouves pas ?

— Je ne sais pas. Partons, allons ailleurs.

Cette résistance obstinée acheva de me résoudre à exécuter mon plan, coûte que coûte. Je l'attirai vers moi et, m'efforçant d'émettre des sons sans appel, je lui murmurai à l'oreille :

— Écoute, je te propose d'entrer, de prendre un gin-fizz, de danser un moment et après de faire tout ce qui te passera par la tête.

— Un gin-fizz ?

— Tu n'as jamais goûté ?

— Si. Trop amer pour moi. En plus, la dernière fois, j'en ai bu dans le verre d'une personne qui a mal fini. Je suis superstitieuse.

— Alors, prends ce que tu veux. Viens.

Je l'entraînai à l'intérieur du club. La perspective d'une visite brève semblait l'aider à vaincre ses scrupules, mais la façon qu'elle avait de regarder autour d'elle était significative. Nous allâmes vers le bar, où je commandai le gin-fizz annoncé et elle, quelque chose qui offense le goût : un whisky allongé de coca-cola. Puis nous nous dirigeâmes vers la piste. Ce n'était pas précisément un blues qui passait, mais un de ces succès de discothèque de la fin des années soixante-dix qui ont acquis au fil du temps une coloration mi-douceâtre, mi-simplette. Candela se mit à danser de bon cœur, peut-être pour oublier qu'elle se trouvait là où elle ne souhaitait pas se trouver. Pour faciliter ses mouvements, je pris son verre et lui proposai de le poser sur une table pendant que nous dansions. Elle me tendit sa répugnante mélasse et je la laissai sur la piste ballotter comme une folle ses énormes mamelles. Esquivant des danseurs plus ou moins inspirés que Candela, j'allai vers le fond de la salle. Depuis environ cinq minutes, j'y avais repéré quelqu'un et ce quelqu'un m'avait repéré.

Andrea surveillait mes évolutions d'un air sévère.

Elle était avec Enzo, qui pour la première fois me toisait avec une réserve exagérée. Je fis comme si de rien n'était et, après m'être assuré que Candela était à son affaire, je m'attablai avec eux en souriant.

— Je vous trouve enfin ! dis-je, l'air réjoui, en tendant une main qu'Enzo serra sans force et en risquant sur le visage d'Andrea un baiser qui, grâce à une brusque rotation de sa tête, tomba dans son cou.

— Qui prend la peine de chercher trouve, me reprocha Andrea.

— Dis, tu n'es pas fâchée à cause de mon amie ?

— D'où la sors-tu ? demanda-t-elle, péremptoire.

J'essayai de l'apaiser :

— Eh, là, Andrea !

— Je te demande d'où tu la sors.

— De la discothèque de la crique. Son cavalier s'est entiché de María et c'est à moi qu'il échoit de veiller sur elle. Il fallait bien que quelqu'un s'en occupe.

— Tu es trop bon.

— Je l'ai fait pour déblayer le terrain à María. Bon, pas seulement. Maintenant elle est distraite et ça fait mon affaire.

— Comment était l'homme qui était avec la fille ? s'enquit Andrea, comme si elle devinait ce que j'allais répondre.

— Grand.

— C'est tout ?

— Grand et brun, avec une queue de cheval et un anneau à l'oreille gros comme ça. Dis-moi : pourquoi t'intéresses-tu tant à lui ?

L'Italienne scruta l'horizon :

— Je les connais, révéla-t-elle. Tous les deux. Ils sont venus ici avec Eva, la dernière nuit, avant le meurtre.

Je feignis d'être inquiet.

— J'espère que tu n'es pas en train d'insinuer que María s'expose à un danger. A part la queue de cheval et la boucle d'oreille, il m'a fait l'effet d'un type assez ordinaire.

Andrea aurait pu choisir de se taire ou ne pas y attacher d'importance. Mais elle préféra m'impressionner et, ce faisant, elle me confirma dans mes soupçons.

— Pas si ordinaire. La fille non plus. Je ne sais pas ce qu'ils manigançaient tous les deux, mais Eva m'a avoué que le type s'était mis en quatre pour la pousser dans les bras de la mamelue, alors qu'elle, elle s'en fichait pas mal.

Quand j'y repense, je crois que c'est à cet instant précis que s'est produit dans mon cerveau le raté qui m'a conduit à me fourvoyer si gravement ce soir-là. Un raté pour lequel je ne peux faire valoir aucune excuse, parce que je m'en suis rendu coupable par excès de confiance. Voyant mes hypothèses de base se confirmer, je baissai la garde et me sentis sûr de mon astuce. C'est une sensation agréable, dont on peut jouir en toute sérénité, parce qu'elle fortifie la vanité. Le problème, c'est qu'on n'est pas toujours assez astucieux pour se permettre de se laisser distraire, et surtout qu'après s'être trompé, ce qui arrive fréquemment quand on se laisse distraire, la sensation n'est plus aussi agréable, et qu'il en coûte bien plus de rester serein : une fois sa vanité atomisée, on se fait une idée exacte de la vulnérabilité et de la petitesse de son existence. Avec le temps, on apprend à tirer profit de la honte, parce que la honte, en définitive, est bien plus instructive que la gloire, mais sur le moment, et enseveli sous le poids des désagréments, il est difficile d'apprécier les avantages qu'il peut y avoir à s'être conduit comme un parfait imbécile.

A présent qu'il me faut évoquer la maudite légèreté avec laquelle j'achevai ma prestation cette nuit-là, j'assume pleinement le fait que mon audace ne rencontre aucune sympathie. Pour dire les choses comme elles sont, je préfère qu'on sache que j'étais en train de me détourner du bon chemin, même s'il me faut remettre à plus tard le moment de préciser jusqu'à quel point et de quelle manière, pour mon déshonneur, ce fut le hasard qui m'offrit l'occasion de corriger le tir.

Suite à la confidence d'Andrea, qui refermait mon cercle supposé, je me décidai, sans tergiverser, à mettre la dernière main à la besogne.

— Attends-moi ici, priai-je mon interlocutrice. Nous allons bien voir de quelle pâte est faite cette fille.

Je partis chercher Candela. Je lui dis que je voulais lui présenter des amis. Le programme ne la séduisait pas, mais elle se laissa conduire jusqu'à la table où attendaient Andrea et Enzo.

— Nous nous connaissons, déclara Andrea d'une voix irritée.

— Ta tête me dit quelque chose, admit Candela, qui simulait la naïveté d'une manière plutôt inopérante.

L'expression qui s'était emparée de ses traits au moment où elle avait aperçu les deux Italiens avait parlé d'elle-même.

— Allons bon ! Et comment vous êtes-vous connues ? demandai-je.

— On a dû se croiser dans les parages, s'esquiva Candela.

— Nous avons une amie commune. Ou plutôt nous avions, précisa Andrea.

Candela devenait nerveuse. Je sautai sur l'occasion :

— Comment cela « vous aviez » ?

— A présent, elle n'est plus l'amie de personne, décréta Andrea.

Candela s'empressa de prendre ses distances.

— Elle n'a jamais été mon amie. Je la connaissais, voilà tout.

— Mais que s'est-il passé ? Elle est morte ?

Andrea ne répondit pas. Candela ravala sa salive. Elle devait se rappeler qu'elle m'avait raconté, non sans une certaine vantardise, comment elle avait envoyé promener Eva. La personne même par l'intermédiaire de laquelle il lui fallait à présent avouer qu'elle s'était mise en rapport avec Andrea. Et il lui fallait le faire, parce qu'autrement c'est l'Italienne qui le raconterait à sa place, solution qu'elle avait de bonnes raisons de ne pas préférer.

— C'est la fille qui a été tuée dans la crique, marmotta-t-elle.

— Ah ! la fameuse Eva, feignis-je de déduire avec lenteur. Elle est partout. Mais je croyais que tu avais eu des mots avec elle, la pressai-je.

La conversation en était à ce stade quand elle fut interrompue par un événement que j'attendais depuis quelques minutes. Chamorro et Lucas venaient de faire leur entrée dans le club et, sitôt qu'ils nous avaient aperçus, opération à laquelle mon adjointe s'était activement employée, ils s'étaient approchés de notre table. A présent ils se tenaient là et nous nous étions tous tournés vers eux. Mon adjointe prit un air d'étonnement, ce qu'elle devait éprouver en partie parce que je ne l'avais pas prévenue que Candela serait des nôtres. Sur le visage de Lucas, il était impossible de discerner la moindre émotion.

— Salut, m'aventurai-je. Nous voilà tous réunis. Vous ne voulez pas vous asseoir ?

Lucas ignora ma proposition et s'adressa à Candela :

— Qu'est-ce que tu fais là ?

— Je pourrais te poser la même question, se défendit la femme.

— Tu n'es qu'une pauvre idiote.

— Et toi donc ? Je te rappelle que c'est toi qui as commencé. Et tu es venu ici, comme moi.

— Je crois que ce n'est pas le lieu pour en parler, ordonna l'ancien légionnaire.

— Dites, à quoi riment ces petites intrigues ? Nous n'allons pas vous laisser troubler la fête, affirmai-je.

Alors Lucas me regarda. Il le fit comme s'il me toisait et en même temps pour me mettre en garde. Sa pondération était intimidante, certes, mais pas autant que l'éclat glacé de ses yeux. Pour le cas où son regard n'y aurait pas suffi, il condescendit à le traduire par des mots simples.

— Je ne t'ai pas sonné, têtard. Reste à ta place et tu pourras ressortir d'ici avec le même nombre de dents que tu avais en entrant.

Je ne reculai pas.

— Tu es en train de me menacer ?

— A ton avis ?

— De me frapper ?

— Assez ! me recommanda-t-il sans affectation dans le ton de sa voix. Et toi, viens, intima-t-il à Candela.

— Un moment, m'interposai-je. Tu te plantes. En réalité tu t'es déjà planté en répondant à une aimable plaisanterie par cette grossièreté sur mes dents. Et maintenant tu te permets de donner des ordres à la fille qui est avec moi. C'est tellement au-dessous de tout que je vais devoir me confectionner un porte-clefs avec ta couette.

Lucas sourit et posa une main sur mon épaule. Il convient de signaler que sa paume était beaucoup plus large que mon articulation scapulo-humérale. Nonobstant, j'écartai son bras d'un coup de coude. Il eut un dixième de seconde d'hésitation, puis il se borna à prendre Candela par la main et à l'emmener. La fille n'opposa aucune résistance.

Avant de nous quitter, Lucas dit à Chamorro :

— Excuse-moi. J'en ai pour une minute.

Tandis que Lucas et Candela s'éloignaient en direction de la porte, tous les regards se tournèrent vers moi.

— Que se passe-t-il ? interrogea mon adjointe, traduisant le sentiment général.

— Rien, María. Attendez-moi. Je reviens tout de suite.

— Que vas-tu faire ? bondit Andrea.

— Tester ce que vaut ce champion.

— Tu es fou ! Il pourrait t'étendre rien qu'en te soufflant dessus.

— Je n'en doute pas. Ce n'est pas là-dessus que je cherche à le tester.

Ils ne me suivirent pas sur-le-champ, mais avant de sortir je remarquai qu'Andrea s'était levée. Ils n'arrivèrent pas à temps pour voir comment je m'approchai de Lucas par-derrière et lui plantai par trois fois mon index dans l'épaule, tandis que le légionnaire discutait âprement avec Candela. En revanche, ils le virent se retourner, s'arrêter à peine un instant, se décider et m'effacer la moitié de la figure d'une formidable gifle. Après quoi, non sans que Lucas m'ait assené deux autres coups de poing dans le ventre, Perelló et ses hommes firent leur entrée en scène. Quintero réduisit le légionnaire au moyen d'un coup de pied foudroyant dans les testicules et Satrústegui contrôla Candela. Barreiro m'aida à me relever. Juste avant qu'ils nous emmènent tous les trois, j'eus le temps de constater, avec satisfaction, que Chamorro se repliait discrètement avec les Italiens.

16.

Un quart d'heure pour le faire tomber

Lucas et la fille furent emmenés dans un véhicule tout terrain et moi dans un autre. Je mis environ six minutes à recouvrer la parole, et tout le temps que dura le trajet à juguler l'hémorragie de mon nez. Barreiro, qui conduisait et qui aurait dû être plus attentif aux aspérités de la route, ne put s'empêcher de faire remarquer, émerveillé :

— Quelle purée de marrons, sergent ! J'ai bien cru qu'il vous tuait.

— Et moi donc !

— Heureusement que Quintero a eu de la présence d'esprit. L'endroit où il l'a frappé doit bien être la seule chose qu'il ait de tendre.

— Dis-moi, Barreiro. Crois-tu que ceux qui étaient avec Chamorro se sont posé des questions sur la rapidité de votre intervention ?

— La seule chose que je sais, c'est qu'ils se sont débinés en quatrième pompe. Vous pensez qu'on est allé un peu vite en besogne, sergent ? Le patron a estimé que si on attendait encore un peu vous risquiez de rentrer en ambulance ou de ne pas rentrer du tout.

— En vérité, je ne pensais pas qu'il allait me sauter sur le poil séance tenante. Il m'avait fait l'effet d'un type beaucoup plus froid.

Au poste, les autres nous attendaient. Ils se chargèrent des détenus, tandis que je m'écartai un moment avec Perelló.

— Quelqu'un devrait prendre en filature les Italiens. Ils repartent après-demain. Il ne doit pas être bien difficile de repérer leur vol. A tout hasard, il ne serait pas superflu de s'assurer qu'ils n'essaieront pas de filer avant. Nous aurons peut-être besoin de leurs témoignages. Mais pour l'instant, je préfère qu'ils ne sachent rien.

— Je parlerai avec Palma.

— Mon adjudant.

— Quoi ?

— N'en dis rien à Zaplana. Pas encore.

— Ne t'en fais pas.

— Je vais les interroger. Ont-ils demandé un avocat ?

— Lui seulement.

— Ça ne fait rien. Je commencerai par elle. J'espère lui extorquer des arguments pour le convaincre, lui, de ne pas être si formaliste. Au fait, Chamorro était censée récupérer ma voiture. Elle ne devrait pas tarder. Quelqu'un peut-il lui dire de passer me voir dès qu'elle se présentera. Veux-tu m'accompagner ?

Perelló haussa les épaules.

— Je n'y tiens pas spécialement. A moins que ma présence ne soit indispensable.

— Tu sais bien que non.

— Alors vas-y tout seul. Tu es jeune et tu as encore quelque chose à gagner.

Avant d'entrer dans la cellule de Candela, je me penchai vers le cachot où ils avaient enfermé Lucas. Il était assis, menottes aux poignets, et regardait devant lui.

— Tu t'es calmé ? lui demandai-je.

— Qu'est-ce que c'est que ce bordel ? cria-t-il, les traits altérés. Je ne savais pas que tu étais un cogne. Pour t'avoir tapé, j'écoperai au grand maximum d'une amende de trente mille pesetas. Peut-on savoir à quoi vous jouez ?

— Chaque chose en son temps, *mon ami*, chaque chose en son temps.

L'emploi de ces deux mots de la langue française le rendit encore plus méfiant. Je le laissai et j'allai trouver la femme. Elle tremblait de tous ses membres, ne demandant qu'à s'effondrer. Je m'approchai à pas de loup.

— Ne t'en fais pas. Il ne va rien t'arriver. Je suis le sergent Bevilacqua et je suis payé pour que les filles ne s'affolent pas.

— Sergent ? — elle eut un rire nerveux. Dieu que je suis bête.

— Pourquoi ?

— J'ai cru que c'était dans la poche.

— Si je n'avais pas été de service, probable. Ne te tourmente pas pour ça. Écoute, Candela, nous sommes sur une petite affaire à propos de laquelle nous avons de bonnes raisons de penser que vous disposez, Lucas et toi, de renseignements.

— Quelle affaire ?

— L'Autrichienne. Vous avez noué des liens avec elle, pas vrai ?

— Je vous jure que je n'ai pas la moindre idée de la personne qui a pu...

— Tout doux, ma jolie ! Je ne t'accuse de rien. Je te demande simplement si tu as eu des liens intimes avec elle.

Candela baissa les yeux.

— Je m'imagine que oui.

— Tu t'imagines ? Sois un peu plus précise.

— En réalité c'est Lucas. Lui, et elle...

— Seulement Lucas ? Ce n'est pas tout à fait ce qu'on m'a dit. Allons, Candela. J'ai une morte sur les bras et je recherche un assassin. Aucune loi ne me permet de te reprocher tes inclinations sexuelles.

— Alors qu'est-ce que ça peut vous faire ?

— Ça me fait que ça y fait beaucoup pour finir de me convaincre que tu n'as rien à voir avec ce meurtre.

— Et pourquoi m'interrogez-vous si vous connaissez la réponse ?

— Tu as donc eu des relations intimes avec elle. Beaucoup de fois ?

— Trois ou quatre. Je ne sais plus.

— Quand cela ?

— La dernière fois, ça doit faire dix ou douze jours.

— Et quand l'as-tu vue pour la dernière fois ?

— Cette fois-là.

— C'est bien sûr ?

— Oui.

Candela n'eut aucune hésitation avant de corroborer cette donnée. Je le notai parce que sur presque tous les autres points son manque d'assurance était flagrant.

— Bien, laissons cela. Sais-tu qui est Regina Bolzano ?

— Non, s'empressa-t-elle de dire.

Je me levai et arpentai la pièce de long en large pendant quelques secondes.

— Reprenons, insistai-je. Sais-tu qui est Regina Bolzano ?

— Non, s'empressa-t-elle de dire une nouvelle fois.

La peur se peignait sur son visage. Je souris.

— Voyons voir, Candela. Avant que tu continues

de me courir sur les osselets, je voudrais mettre les points sur les i. Tu n'es pas ici parce que je m'ennuie comme un rat mort ou que j'ai envie de jouer aux devinettes. Nous avons procédé à des recherches. Nous avons aussi mis au frais, dans une cellule comme la tienne, cette femme. Voilà l'état où en sont les choses. Si tu me mens, je m'en rendrai compte et si je me rends compte que tu me mens il va me prendre l'envie de t'en faire manger. M'as-tu bien compris ?

Elle ne protesta pas. D'ordinaire, je ne suis pas favorable à l'emploi d'un langage grossier avec les prévenus, mais en certaines occasions c'est un recours qui peut porter ses fruits. Candela n'était pas préparée à cette éventualité.

— Bon, dernier essai. Sais-tu qui est Regina Bolzano ?

— Lucas, gémit-elle. Moi je n'ai jamais parlé avec elle. Je te le jure.

— Très bien. C'est déjà un progrès. Tu n'as pas eu vent de ce dont Lucas s'entretenait avec cette Madame Bolzano ?

— Non.

— C'est reparti pour un tour, soupirai-je. Écoute, Candela, tu as un mari et rien n'est plus facile à prouver, avec le livret de famille. Mais pour prouver que tu as avec Lucas « des liens analogues d'affectivité », il faut déjà se lever de bonne heure. Et si tu n'arrives pas à le prouver, ce que tu es train de faire s'appelle complicité de meurtre et ça coûte la cabane. Tu me suis ?

Candela éclata en sanglots. Cela fendait le cœur de la voir tressaillir, si dégingandée et si cassante, le visage enfoui dans son buste hypertrophié.

— Parle. Ça te soulagera, l'exhortai-je.

— La seule chose que je sais, c'est qu'elle lui a donné de l'argent. Beaucoup d'argent.

— Et pour quoi faire, à ton avis ?

— Il ne me l'a pas dit. C'est la vérité.

— Qu'as-tu pensé en apprenant qu'on avait tué Eva Heydrich et que Regina Bolzano avait disparu ? Que c'était une coïncidence ? Tu n'as pas demandé d'explications à Lucas sur cet argent ?

Candela essaya de reprendre le dessus pour faire preuve de véracité.

— Ce n'est pas lui, sergent, dit-elle.

— Essaie de m'en convaincre. Etais-tu avec lui cette nuit-là, a-t-il peur des armes à feu, son ange gardien te l'a-t-il dit ?

— Je n'étais pas avec lui cette nuit-là. Je sais que ce n'est pas lui, parce qu'il l'aimait. Elle a détruit notre histoire. Elle lui a tourné la tête et il s'est prêté à tous ses caprices. Vous ne savez pas à qui il avait affaire, sergent. Elle l'a obligé à me livrer comme si j'étais une bague.

— Et pourquoi as-tu accepté ?

— Par colère, ou par peur, ou parce que j'étais devenue folle. Ce que je vous ai raconté sur le soir où je l'avais rencontrée est véridique. Je m'en suis débarrassée comme on se débarrasse d'une grue. C'est pour ça qu'elle s'est vengée ensuite.

Je secouai la tête, en signe de désapprobation.

— Non, non, ma jolie. Tu voudrais me faire avaler que tout cela n'est qu'un sac d'embrouilles avec une mauvaise fille, un bon escogriffe et des passions tumultueuses ? Je vais te dire ce qu'il en est, des fois que tu essaies de me mettre dedans comme tu t'es toi-même mise dedans. C'est l'histoire d'une fille riche que quelqu'un avait intérêt à voir plier bagage, d'une intermédiaire et d'une fripouille prête à vendre ses services. Tu mélanges le tout, tu secoues et il t'en sort un meurtre comme tant d'autres, enduit de fric et de merde. Le poème que tu t'es fabriqué est tout juste bon pour se torcher le cul et être jeté dans le trou des chiottes. Après quoi, il n'y a plus qu'à tirer la chasse.

— Vous vous trompez ! protesta-t-elle. Il n'a pas pu faire ça. Même si l'autre femme l'a payé pour le faire, si c'est pour ça qu'elle l'a payé. Il s'en est repenti. Quand il l'a rencontrée, il s'est effondré et il n'a pas été capable d'aller plus loin.

— Je vais te poser une dernière question. Réfléchis bien avant de répondre. Ce que tu viens de me dire, y crois-tu fermement ?

— Oui, répliqua-t-elle avant même que l'écho de mes paroles se soit éteint.

— Très bien. Pour le moment tu restes ici. Un avocat va se présenter sous peu et nous te conduirons devant le juge d'instruction.

— Pourquoi ?

— Pour participation à un crime. Dissimulation ou complicité, nous en déciderons dès que nous aurons taillé une bavette avec Lucas.

— Vous n'avez pas idée de l'erreur que vous êtes en train de commettre, sergent. Je vous le jure.

Je laissai de nouveau Candela seule avec elle-même. Pendant que je me dirigeais vers la cellule de Lucas, je perçus du mouvement à l'entrée du poste. Chamorro venait d'arriver.

— Tu en as mis du temps, estimai-je. Dans quel état étaient Andrea et Enzo ?

— Inquiets. Ils ont regagné dare-dare leur hôtel. Je leur ai promis de les appeler dès que j'aurais de tes nouvelles. Il y a du nouveau ?

Je la mis au courant. En toute objectivité, ce que j'avais tiré de Candela était loin d'être négligeable. A tel point que cela pouvait servir à faire tomber Lucas et peut-être, encore que je n'en aie pas le cœur net à cause du détail incompréhensible des empreintes non effacées sur le revolver, Regina Bolzano. Mais quelque chose me chiffonnait. C'était le ton et l'expression avec lesquels Candela m'avait accusé d'être en train de commettre une erreur. J'omis de mentionner cette petite lézarde à Chamorro.

— Allons trouver Lucas. Le moment est venu pour lui de nous prouver son courage, le vrai. Passer quelqu'un à tabac n'en est qu'une preuve trop simple.

Pour interroger Lucas, nous nous fîmes escorter par Quintero. Certes, le prévenu était menotté et je n'avais pas l'intention de me laisser faire cette fois, mais je n'étais pas certain de pouvoir le maîtriser avec mon adjointe s'il devenait agressif.

— Vous allez vous en ramasser une que vous allez en chier des roues de brouette. J'invoque l'*habeas corpus*.

— Fichtre ! Monsieur a de la lecture, opina Quintero. Je commence par quel bras, sergent ?

— Ce n'est pas nécessaire, Quintero. S'il s'obstine, nous le conduirons devant le juge dans la nuit. Il ne me faut pas plus d'un quart d'heure pour le faire tomber.

— Et mon avocat ? Sans avocat, tout ça ne vaut pas tripette, précisa Lucas avec suffisance.

— Ton avocat est en ce moment même en train de sécher les larmes de Candela, mentis-je. Elle s'est fait mal à la langue, à force de parler.

— N'essaie pas de m'embobiner. Je la connais.

— Très bien, monsieur... — je consultai sa carte d'identité, accrochée par un clip à celle de Chamorro — Valdivia. Je vois que vous êtes un homme accoutumé à fréquenter la police. Je n'aurai donc pas besoin de vous indiquer que vous avez le droit de ne pas répondre si vous ne le souhaitez pas et d'être informé des charges qui pèsent sur vous. L'avocat dont vous réclamez la présence, et auquel vous avez également droit, ne va pas tarder à nous rejoindre. Entre-temps, je me présenterai. Je suis le sergent Bevilacqua. Et voici l'agent Chamorro.

Lucas regarda mon adjointe avec une haine concentrée et profonde.

— Merde, ça me fait chier de m'être fait avoir, reconnut-il.

— Tu n'es peut-être pas aussi malin que tu le crois, lui cracha au visage Chamorro, sans avoir froid aux yeux.

— Ne vous inquiétez pas, monsieur Valdivia, presque tout le monde tombe dans le panneau, l'excusai-je. Personne ne s'imagine qu'une grande blonde qui vous fait des avances est une fliquesse. Même les plus intelligents préfèrent penser qu'ils sont irrésistibles. Passons aux charges. Des preuves et des témoignages dont nous disposons, entre autres celui de doña Regina Bolzano et celui de doña Candela Yuste, il découle que, moyennant rémunération en espèces versée par Mme Bolzano, vous avez été l'auteur matériel du meurtre d'Eva Heydrich, survenu dans cette île la nuit du 20 au 21 août. Estimez-vous que c'est là une accusation imprécise ?

— Vous n'avez rien du tout, se révolta-t-il. — Il essayait de se montrer ferme, mais il n'avait pas bien encaissé le coup.

Je gardai le silence pendant quelques instants. Lucas ne me fuyait pas. Quand il comprit qu'il s'agissait d'une sorte de défi, il s'appliqua à me faire front avec plus de ténacité. Je changeai de tactique :

— Bon, Lucas, nous ne sommes pas là pour discuter. Ce qui compte pour toi c'est de savoir ce que tu as à gagner en arrêtant de faire le bravache et en filant un petit coup de main à la Guardia Civil pour expédier cette besogne ingrate. Je suppose que tu connais la différence entre un homicide et un assassinat. A la grosse, dix ans. Ce que tu as fait est un assassinat en règle, avec préméditation, récompense, et tout le saint-frusquin. Et peut-être même avec acharnement. Nous n'avons pas de témoins pouvant certifier que la Bolzano t'a donné l'argent. Il se peut qu'elle change d'avis pendant le procès et qu'elle ne soit plus disposée à le reconnaître. Comme vous passiez le plus clair de vos journées à baiser comme des phoques les uns avec les autres, nous qualifierons cet acte de crime passionnel, et n'en parlons plus, l'affaire est close. Si tu te dégotes un bon avocat, tu bénéficieras de circonstances atténuantes, mettons que tu es un peu taré à cause de la Légion, et dans sept ou huit ans tu seras de nouveau derrière tes disques.

Contre toute attente, Lucas n'eut pas de réaction violente. Au début, il eut de la peine à se contenir, mais ensuite il se renferma dans son silence, tout à ses pensées.

— Je ne suis pas généreux, Valdivia, l'avisai-je. Si tu attends l'arrivée de l'avocat pour te décider, il n'y a plus de marché qui tienne. Je resserre le cercle autour de toi et je précipite ta perte. Tu auras peut-être un peu de chance, mais ça, on ne le sait jamais d'avance.

— Ce n'est pas moi, allégua-t-il, sans autant de bravoure que quelques instants plus tôt.

— Je n'ai pas bien entendu, Valdivia. Mais il m'a semblé que tu commençais à nous raconter un conte de grand-mère. Réfléchis bien avant de continuer. Dans notre profession, on nous apprend à nous endormir seuls, sans historiette.

— Ce n'est pas moi, répéta-t-il.

— Ah, épatant ! Nous pouvons partir, mes amis. Laissez ce brave homme rentrer chez lui et donnez-lui dix mille pesetas pour l'indemniser du dérangement.

— Vous voulez bien m'écouter ?

— Si c'est pour me raconter où tu l'as tuée, pourquoi tu l'as pendue ou pourquoi tu as jeté le revolver dans la poubelle, très certainement.

— C'est bon, succomba-t-il. La vieille voulait que je le fasse. Elle m'a versé un acompte. Mais je n'ai pas pu et je lui ai tout rendu. Sauf ce que j'avais dépensé. Je vous le jure sur la tête de ma mère.

— Le monde est vraiment curieux, fis-je remarquer. N'importe quelle ordure a une mère dont il est prêt à souiller la mémoire.

Lucas eut une expression homicide. Exactement celle que j'avais cherché à provoquer, pour me raffermir dans mon opinion. De toutes les personnes que j'avais rencontrées depuis mon arrivée sur l'île, abstraction faite de Quintero, qui en fin de compte était dans mon camp, l'ancien légionnaire était la première dont le regard attestait qu'il était véritablement capable de donner la mort à quelqu'un. Je m'engageai dans cette direction :

— Tu as tué beaucoup de gens quand tu servais dans la Légion, Valdivia ?

— Je ne m'en vante jamais. Si vous étiez un vrai sergent et si vous saviez ce que c'est que la guerre, vous ne poseriez pas ce genre de question.

Je n'envisageai pas un instant de ressusciter pour lui le souvenir des deux années que j'avais passées dans le Nord. Elles m'avaient permis de constituer l'apport personnel pour acquérir mon appartement, mais je gardais dans ma mémoire un trou que je m'étais promis de ne jamais remuer. Pour qui a toute sa tête, le fait d'être enfermé entre quatre murs et de ne sortir qu'avec un gilet pare-balles et un fusil d'assaut n'invite pas à la nostalgie.

— Excuse-moi, vieux. Je m'y prendrai autrement. Étais-tu un bon tireur ?

— Comme tous les gars de la Légion. Meilleur

que le meilleur des vôtres. Que cherchez-vous à prouver ? N'importe qui peut tirer avec un calibre 22.

Je n'en croyais pas mes oreilles. Il était tombé comme un enfant. Je ne laissai pas passer l'occasion :

— Qui a parlé d'un calibre 22 ?

— Vous-même, tout à l'heure.

— J'ai parlé d'un revolver, je n'ai pas parlé de calibre.

— J'ai dû le lire dans le journal.

— Nous n'avons pas donné tant de détails à la presse.

Lucas n'eut pas le temps de trouver une issue praticable. Il ouvrit et referma la bouche sans émettre le moindre son.

— Allons, Valdivia. Cela n'a aucun sens. Je n'attends pas d'un ancien légionnaire qu'il soit un homme très réaliste, mais je n'aurais jamais cru que tu pouvais être un crétin. Je suis terriblement déçu.

— D'accord, j'ai vu le revolver, admit-il. Je l'ai même eu chez moi. La vieille me l'a donné quand nous avons conclu notre marché. Mais je le lui ai rendu en même temps que l'argent. Au moins trois jours avant la mort d'Eva.

— Comment as-tu connu Regina Bolzano ?

— Par un gars du port pour qui j'ai fait des petits boulots.

— De maçonnerie ?

— Du tabac seulement. Je le jure.

— Quand les gens jurent autant et de manière si répétée, je me dis qu'il ne doit pas leur en coûter beaucoup de faire un faux serment. Mais je vais me prêter à ton jeu l'espace d'une minute. Quand as-tu vu Eva Heydrich pour la dernière fois ?

— Je ne sais pas exactement. Le 16 ou le 17.

— Et qu'as-tu fait ?

— Nous sommes allés au port. Là, nous avons

rencontré ces Italiens. Ceux qui étaient avec vous et Candela quand je suis arrivé ce soir. Nous avons beaucoup bu et je l'ai ramenée dans la crique. Je l'ai déposée chez elle et je ne l'ai plus revue.

Je perçus chez Lucas une fragilité insolite. Même sans pouvoir écarter que c'était là une façon de m'émouvoir, je grattai la fissure :

— Tu avais l'arme sur toi ?

— Oui.

— Tu allais la tuer ?

— Ce soir-là j'ai compris que je ne pouvais pas le faire.

— Es-tu bien sûr que c'était le 16 ou le 17 ?

— Oui.

Je lui donnai trente secondes pour réfléchir. J'échangeai un regard avec Chamorro. Mon adjointe approuva de la tête.

— Très bien, monsieur Valdivia. Dois-je comprendre que vous persistez à clamer votre innocence ?

— Ce n'est pas moi, sergent. J'ai tué des hommes qui m'auraient tué si je ne l'avais pas fait. Mais Eva, c'était autre chose. Elle n'était pas à ma portée.

— Je vois qu'il est inutile d'insister. Il en sera comme vous l'aurez voulu, l'informai-je. Dès que votre avocat sera là, nous vous conduirons devant le juge d'instruction. Vous devrez répondre du meurtre d'Eva Heydrich. Vous ne m'avez pas laissé le choix.

17.

Pourquoi l'a-t-on tuée ailleurs ?

Cette même nuit, après avoir informé le commandant de la situation, et conformément à ses ordres, nous conduisîmes Lucas et Candela devant le juge de garde, qui confirma leur détention. Le lendemain matin, nous les mîmes à la disposition de la juge chargée de l'affaire, qui ordonna l'incarcération des inculpés et demanda à Zaplana un rapport détaillé sur le résultat de nos recherches afin d'accélérer l'instruction. Les trois suspects continuaient de crier leur innocence, ce qui rendait difficile la reconstitution des faits. Mais nous avions tous bon espoir qu'ils commenceraient à rendre les armes au bout de quelques jours. Entre-temps, des preuves supplémentaires furent demandées au médecin légiste, afin de vérifier une éventuelle coïncidence entre certaines marques laissées sur le corps de la victime et la forme des mains de Lucas Valdivia. La requête adressée aux autorités de Vienne pour entamer des poursuites contre le père d'Eva Heydrich fut expédiée l'après-midi de ce même jour, avec une copie du rapport sur nos investigations.

La nuit de l'arrestation de Candela et de Lucas,

Chamorro avait contacté Andrea et Enzo par téléphone. Elle leur avait dit qu'on m'avait relâché mais que les deux autres étaient détenus. Ils n'avaient posé aucune question à ce sujet, s'enquérant seulement de mon état de santé. Chamorro les avait rassurés. Nous eûmes beaucoup de mal à décider de la conduite à tenir envers eux, mais l'imminence de leur départ, prévu pour le surlendemain, finit par peser dans la balance. Nous ne disposions d'aucun indice nous permettant de suspecter leur éventuelle implication dans le crime. Dans la matinée, les hommes de Zaplana se présentèrent à leur hôtel et leur signifièrent qu'ils ne pouvaient pas quitter l'île avant qu'on ait pris leur déposition. Ils insistèrent tous deux sur la difficulté qu'ils auraient à trouver un autre vol et la juge consentit à exécuter la démarche sans délai. La façon d'agir de la magistrate me heurta : tout en donnant cette autorisation, elle allégua une indisposition et délégua le greffier Coll pour recueillir leurs déclarations. C'était pour le moins une formule peu orthodoxe et, même si je n'en avais pas été témoin, il n'y avait pas deux heures qu'elle avait interrogé les suspects sans prétexter le moindre problème de santé.

Andrea et Enzo confirmèrent tout ce qu'ils pouvaient confirmer, à savoir qu'ils avaient vu Lucas et Candela en compagnie d'Eva Heydrich et qu'ils avaient observé l'existence d'une relation étrange entre ces trois individus. En affirmant cela, Andrea prit grand soin de ne pas épier l'expression de mon visage. Depuis que je m'étais montré sous ma véritable identité de sergent de la Guardia Civil, elle avait établi une âpre distance. Elle ne glissa pas même une allusion ou un reproche à propos de la comédie que nous avions jouée. Avouer, je le sais, ne fait pas honneur à mon intégrité professionnelle, mais je souffrais de la voir me marquer tant d'indifférence. Dans ses superbes iris gris, l'indifférence était une offense douloureuse.

Quant à Regina Bolzano, les Italiens déclarèrent l'avoir vue deux fois en compagnie d'Eva, à l'intérieur du club, et ne jamais avoir parlé avec elle.

Tandis que les choses allaient de ce train, un train trop rapide pour moi, parce que j'avais l'impression qu'elles échappaient à mon contrôle, le commandant nous adressa ses plus vives félicitations. Le travail que Chamorro et moi avions accompli s'était finalement révélé utile. Grâce à cela, nous avions un suspect crédible pour exécuter les actes singuliers qui avaient entouré le crime et qui semblaient excéder les possibilités de Regina Bolzano. Qui plus était, nous avions établi sans doute possible sa connexion avec la Suissesse et la victime. Cette connexion, par surcroît, revêtait une turbidité suffisante pour expliquer le déplorable dénouement. Tout ce qui manquait à Zaplana ne lui semblait que des vétilles qui se régleraient d'elles-mêmes ou qu'il lui était bien égal de régler. Je ne pouvais abonder dans son sens qu'en partie, car les empreintes de Regina sur l'arme du crime continuaient de m'obséder. Quand je me risquai à lui manifester cette démangeaison, le commandant me démontra une fois de plus qu'il n'était pas du genre à se noyer dans les difficultés :

— Ne te mets pas martel en tête, Bevilacqua. Nous ne sommes pas en présence de professionnels. La vieille était peut-être nerveuse et elle ne s'est pas rendu compte de ce qu'elle faisait. Dans la chaleur de l'improvisation, elle a pris le revolver et elle l'a mis dans le sac poubelle sans penser que les éboueurs ne passaient que tous les trois jours.

— Et pourquoi Lucas ne s'est-il pas chargé de se débarrasser lui-même de l'arme ? Certes, ce n'est pas un professionnel, mais il est loin d'être sot.

— Ses empreintes n'y étaient pas. C'était une arme apportée de l'extérieur, dont on ne pouvait pas suivre la piste. Et si on avait pu la suivre, elle ne pouvait pas lui porter personnellement préjudice. Qu'est-ce que ça pouvait lui faire ? Il l'aura laissée n'importe où.

Le commandant nageait dans l'euphorie. Je ne pouvais guère aspirer à gâcher son bonheur, et en fin de compte cela n'aurait pas arrangé mon affaire. J'acceptai que le monde se plie plus volontiers à la volonté de gens comme Zaplana qu'à celle de gens comme moi, et je me retranchai derrière sa certitude. Toutefois, je mentirais si j'affirmais que j'étais aussi satisfait que lui. Quand je fermais les yeux, je voyais les visages de Regina, de Candela et de Lucas en train de clamer leur innocence. J'avais déjà entendu de telles dénégations, et des dénégations peut-être encore plus mélodramatiques chez des criminels, ultérieurement convaincus de culpabilité et même fiers de leurs forfaits. Je m'efforçai de recenser les mensonges et les incohérences que j'avais pu surprendre dans leurs discours. Mais, même ainsi, j'avais le remords au cœur. La beuverie à laquelle je m'étais livré la nuit où j'avais fait tomber tous les masques était déjà loin, et le retour de manivelle, comme il arrive toujours, était nettement plus aride et plus mesuré.

Dès lors, notre présence dans la crique n'avait plus lieu d'être. On nous chargea de dresser une liste de toutes les personnes susceptibles d'être appelées à témoigner lors du procès. Nous devions la transmettre aux hommes de Perelló pour qu'ils se chargent d'obtenir leurs coordonnées et de les contrôler. Nous revînmes pour remettre la liste à l'adjudant et pour récupérer nos affaires dans la villa.

Pendant le trajet, Chamorro trouva enfin un moment pour satisfaire des curiosités que l'issue vertigineuse de cette enquête avait excitées en elle et que, entre une chose et l'autre, je n'avais guère eu l'occasion de rassasier de la même manière.

— Tu as donc trouvé ton personnage clé. Et tu ne m'en as rien dit ? me blâma-t-elle vivement.

— Tu veux parler de Candela ?

— C'est bien par là que tu as dévidé l'écheveau, à la fin. Comment l'idée t'est-elle venue ?

— Grâce à un détail que j'avais presque oublié. En réalité, tout a commencé avec Lucas, naturellement. Il nous manquait un protagoniste qui puisse déplacer et suspendre Eva, qui soit une fine gâchette et qui n'ait pas froid aux yeux. Mais j'avais un problème. Par où l'attaquer ? C'est là que je me suis tout à coup souvenu de quelque chose.

— Tu me tiens en haleine !

— L'homme qui nous a révélé que Lucas avait eu une liaison avec Eva a laissé tomber une information très intéressante : le légionnaire lui aurait lui-même confié qu'une autre personne dans la crique avait obtenu les faveurs de la défunte. Quand notre informateur lui a demandé qui était l'autre tigre, Lucas lui aurait répondu qu'il s'agissait en fait d'une tigresse. C'était de l'ordre du pari, mais ce mot oiseux et le fait que Lucas et Candela aient entretenu des relations secrètes m'ont décidé à jouer le tout pour le tout.

— Tu aurais pu te casser le nez.

— Candela m'a fait comprendre par de nombreux signes que je ne faisais pas fausse route. Elle ne voulait pas entrer dans l'Abracadabra, elle connaissait quelqu'un qui avait connu une fin tragique et qui buvait des gin-fizz. Tous les pièges que je lui ai tendus, elle est plus ou moins tombée dedans. Et, quand tu es arrivée avec le légionnaire, tout était limpide. J'avais présenté Candela à Andrea, et Andrea m'avait parlé de Candela et de Lucas. Ce truc d'assembler des pièces a fonctionné.

Chamorro poussa un feulement.

— Heureusement ! S'il n'avait pas fonctionné, nous aurions gâté d'un seul coup les deux seules pistes décentes que nous avions creusées.

— Je n'avais pas le temps de faire des mignardises. Zaplana nous avait couverts de ridicule. De deux choses l'une. Ou bien je décrochais quelque chose rapidement ou bien on nous écartait de l'affaire et on me dégradait. Pendant que je manigançais mon coup, je pensais au coup de gueule de Pereira et je dois dire que cela me déliait l'esprit.

— Ce qui m'étonne, c'est que tu aies réussi à la dompter, cette Candela. Elle m'avait tout l'air d'un scorpion.

— Justement. Je l'ai incitée à se servir de son aiguillon, en m'utilisant contre Lucas. Le fait qu'ils se soient disputés était un cadeau de la Providence.

Ma subordonnée hésita avant de me sonder :

— Elle te plaisait autant qu'Andrea ?

— Elle ne me plaisait pas du tout. Et, comme pour Andrea, j'étais en service commandé. Ne te méprends pas sur ma personne. Je suis plus sérieux que je n'en ai l'air. Et je ne tiens pas à ce que tu me fasses passer pour une espèce de Romeo.

Chamorro rougit. Le jour où elle apprendrait à ne plus le faire, elle deviendrait une policière redoutable. Mais elle perdrait par la même occasion une grande part de son charme.

— Je peux te dire quelque chose ? murmura-t-elle.

— Profites-en, on vient de nous féliciter. Ma vanité m'empêchera de t'en tenir rigueur si ce n'est pas à mon goût.

— J'ai cru que tu avais perdu les pédales.

— C'est naturel. Mais tu m'as aidé. Je t'en sais gré et le Corps reconnaît ton sens de la discipline.

— Rubén.

La façon dont Chamorro avait prononcé mon nom, une familiarité qui, par ailleurs, n'était pas du tout spontanée chez elle, m'alarma.

— Quoi ?

— Pourquoi as-tu voulu tout prendre sous ton bonnet ? me demanda-t-elle avec une tendresse subite. Tu n'avais pas confiance en moi ?

Quelque chose me portait à croire que ce n'était pas mon éventuel manque de confiance en elle qui l'attendrissait, mais une certaine confusion régnait dans mon esprit et je préférai interpréter cet instant délicat de la manière la moins compliquée qui soit, pour ne pas risquer de déraper. Je me débarrassai de la question en bottant en touche :

— Non. S'il y avait une personne en qui je n'avais pas confiance, c'était en moi.

En discutant avec Chamorro, j'avais réussi à renouer avec la sensation d'être relativement content de moi et de l'enquête. Lorsque nous fûmes parvenus au poste, après être passés prendre nos affaires, je me dirigeai vers le bureau de Perelló avec optimisme. Je remis à l'adjudant la liste des témoins possibles, avec tous les renseignements dont je disposais sur chacun d'entre eux. A trois ou quatre exceptions près, sans importance majeure, Perelló estima que ces éléments lui permettraient de les localiser. Le sous-officier aux longs états de service me parut un peu absent.

— Qu'y a-t-il, mon adjudant ?

Perelló sursauta, comme si je l'avais surpris en train de faire une chose peu convenable. Il recomposa non sans effort son humeur sereine et n'y attacha pas d'importance :

— Non, rien. Il y a un détail qui me trotte dans la cervelle depuis hier soir. Une bêtise, certainement.

— J'en serais bien surpris.

— Je me dis que, si Lucas avait l'intention de laisser le cadavre dans la maison et s'il s'était mis d'accord avec Regina Bolzano, pourquoi l'a-t-on tuée ailleurs ? Et, à partir du moment où c'était chose faite, pourquoi a-t-on fait passer le corps par la fenêtre, en prenant le risque d'être découvert par le voisinage, dès lors qu'il était possible d'entrer par la porte ?

— On l'a peut-être tuée à l'intérieur de la maison. En réalité, l'autre éventualité n'était qu'une simple hypothèse. Elle ne repose sur rien de solide.

— Mais la manière dont tu es arrivé à cette conclusion n'avait rien d'un château en l'air. Et il y a plus : il n'y avait pas de balles dans le barillet et aucune trace des douilles des projectiles tirés. Comment se fait-il qu'ils se soient occupés de faire disparaître les douilles et qu'ils n'en aient pas fait autant avec l'arme. Tu sais ce que je pense ?

— Non.

— Ils tenaient à ce qu'on découvre le revolver. Avec les empreintes de Regina. Tu l'as toi-même insinué quand nous étions dans la maison.

— Lucas a très bien pu avoir cette intention.

— En ce cas, pourquoi n'accuse-t-il pas Regina ?

Je ne lui étais vraiment pas reconnaissant de sa perspicacité. Elle apportait un renfort consistant à mes propres réticences. Avec résignation, je décidai qu'il valait mieux le recevoir de front, tel qu'il se présentait lui-même.

— Tu penses que nous avons fait une boulette, mon adjudant ?

Perelló s'absorba dans ses réflexions tout en m'offrant, limpides et francs, ses yeux qui ne cillaient presque jamais.

— J'espère de tout cœur que je pense de travers, sergent. Tu ne le mériterais pas.

Nous rejoignîmes les autres. Cette ambiance d'adieux et de congratulations eut pour moi une saveur amère, même si Perelló gardait pour lui ses soupçons et se chargeait de flatter Chamorro, dont le Corps, comme il le proclama surtout pour turlupiner Barreiro, pouvait être fier. Nous nous disposions à partir quand la sonnerie du téléphone retentit. Satrústegui décrocha et vint me trouver presque aussitôt. C'était pour moi. Un appel de la prison provinciale. Regina Bolzano demandait à me parler. Le directeur de la prison voulait savoir si cela m'intéressait. Je lui répondis que je serais sur place dans une demi-heure.

— Ne t'en fais pas, Vila, me réconforta Perelló avant que je monte dans la voiture. Quoi qu'il advienne, ils devront reconnaître ton mérite.

Nous mîmes à peine plus que le temps annoncé pour arriver au centre pénitentiaire. Je rencontrai Regina dans une pièce grise et propre, quoique légèrement malodorante. Revêtue de la tenue carcérale, mixture de jean et de jersey molletonné, elle offrait un aspect lamentable. Elle avait vieilli de dix ans. C'est peut-être pour cette raison qu'elle s'opposa à ce que Chamorro assiste à l'entretien.

J'étais impatient et j'allai droit au but :

— Pourquoi avez-vous demandé à me voir ?

Regina me scruta de ses yeux bleus fatigués. S'ils laissaient voir à présent la patine du temps, ils n'avaient pas dû être dénués de charme.

— Je souhaite vous avouer certaines choses que je vous ai cachées l'autre jour.

— Pourquoi maintenant ?

— Les choses commencent à tourner au vinaigre.

— Et pourquoi n'avez-vous pas demandé à voir la juge ? A présent, c'est elle qui est en charge de l'affaire.

— Vous êtes mon seul espoir, m'implora-t-elle.

— Et que souhaitez-vous donc me dire ?

— D'abord que je connais Lucas Valdivia et Klaus Heydrich.

— Je le sais. Nous avons pincé Lucas et nous n'allons pas tarder à pincer Klaus. Je le savais en partie quand je vous ai interrogée et que vous m'avez menti.

— Je connais les Heydrich depuis de nombreuses années. Vous n'avez pas remarqué le lieu de naissance d'Eva ?

— Zurich, me rappelai-je.

— C'est là que je travaillais. J'étais amie avec sa mère. Eva, je l'ai vue naître.

— Et mourir. Une symétrie un peu macabre.

— Je crois que c'est précisément à cause de ce qui s'est passé il y a vingt-cinq ans que je n'ai pas pu appuyer sur la détente.

— Vous-même ? Vous n'aviez pas payé Lucas pour faire la besogne ?

— C'était l'idée de départ, avant que tout tombe en quenouille. C'est ce dont nous étions convenus avec Klaus.

— Klaus connaissait-il Lucas ?

— Non. Il connaissait l'homme qui nous a mis en contact avec lui. En réalité, c'est avec cet homme que nous avons traité. Lui s'est chargé de trouver Lucas.

— Et qu'y avait-il ou qu'y a-t-il entre vous et Heydrich ?

— Je n'ai pas seulement été une amie de la mère d'Eva. Pendant quelque temps, j'ai trahi cette amitié en établissant avec Klaus d'autres rapports. Il y a des années de cela. Mais quand il est venu me trouver, il y a huit ou dix mois, il y avait encore entre nous cette complicité. C'est un lien qui ne s'efface jamais tout à fait. Eva et lui s'étaient déclaré une espèce de guerre depuis qu'elle avait atteint sa majorité. Elle prenait un malin plaisir à lui mettre des bâtons dans les roues et il ne lui était pas difficile de le faire, vu qu'elle était la propriétaire en titre de toutes ses affaires. Klaus ne m'a pas dévoilé tout de suite ses intentions. Il m'a demandé de me rapprocher de sa fille en tant qu'ancienne amie de sa mère et de la prendre sous mon aile tant qu'elle serait à Milan, où je vivais depuis que j'étais à la retraite et où elle jouait les stylistes de mode. Il m'a aussi demandé de les aider à se réconcilier. J'ai pris contact avec elle et elle est venue vivre chez moi. La gamine m'a littéralement fascinée. Au début, par respect pour la mémoire de sa mère, j'ai essayé de dissimuler mes sentiments. Mais, à mesure que les jours passaient, l'attraction qu'elle exerçait sur moi devenait si puissante qu'il m'était difficile de la contrôler. Elle s'en est rendu compte et c'est elle qui a pris l'initiative. En partie par pitié et en partie pour le plaisir de me voir lui passer tous ses caprices. Et elle a eu gain de cause. En quelques semaines, j'étais à sa merci.

— Klaus savait-il que vous aviez un faible pour les petites jeunes ?

— Il savait que j'en emmenais régulièrement une à Majorque. Le reste, il l'a deviné, c'était à la portée de n'importe qui.

— Et comment est venue l'idée de la tuer ?

— Klaus a attendu qu'Eva me laisse tomber. Il s'est fié à ma faiblesse et à la dureté de sa fille. Il a misé juste. Quand il m'a abordée avec sa proposition, il a su stimuler à la fois ma rancœur et ma convoitise. J'étais dans un état de grande confusion. En réalité, je suis restée dans cet état jusqu'au moment où j'ai braqué Eva. C'est alors que le brouillard s'est levé dans mon cerveau. Klaus pensait que cette île était le lieu idéal et l'été, le moment propice. Avec beaucoup de monde tout autour, loin de Milan et de Vienne. Nous sommes venus ensemble faire les préparatifs. Ensuite, j'ai invité Eva à venir passer quinze jours avec moi. Klaus avait prévu qu'elle accepterait pour le simple plaisir de me torturer et elle a accepté, mais sans fixer de date. Des amis à elle devaient arriver par bateau et elle s'est jointe à l'expédition. Elle est venue me voir tout de suite, pour se faire prier. Mais l'île l'a séduite et, quand ses amis sont retournés en Italie, elle a décidé d'habiter chez moi. Dès le premier jour, elle m'a humiliée. Alors j'ai lancé Lucas à ses trousses.

— Et après ?

— Lucas s'est révélé être un tendre. Il s'est approché d'Eva pour l'amadouer et exécuter plus commodément le coup. Mais il s'est fait embobiner comme un collégien. Un soir, il s'est présenté chez moi la queue entre les jambes et il m'a rendu le revolver et l'argent. Je l'ai insulté, mais cela n'a servi à rien.

Regina s'arrêta net. D'un geste nerveux, elle arrangea des mèches de cheveux sur ses tempes. Son apparence n'en était pas améliorée de manière perceptible.

— La rage m'a aveuglée, reprit-elle. Pendant deux jours, je l'ai suivie partout. Au début, elle consentait à se rendre sur le port avec moi, mais à partir du moment où elle a noué ses propres amitiés elle m'a ignorée et m'a presque interdit de me mêler de ses affaires. Un soir, je suis allée à l'Abracadabra et je me suis approchée d'elle. Elle se trouvait avec cette fille, Andrea. Elle me l'a présentée et elles se sont moquées de moi jusqu'à ce que je décide de rentrer.

— Andrea nie avoir échangé un seul mot avec vous, observai-je.

— Elle doit avoir ses raisons. Maintenant, je me trouve dans une situation très critique, sergent. Ce que je vous dis est l'entière vérité, mot pour mot. Je ne peux plus rien attendre du mensonge. Le lendemain soir, je suis allée chercher Eva, le revolver dans mon sac. Lucas m'avait fait faux bond. J'aurais pu et j'aurais peut-être dû abandonner le projet de l'éliminer. Klaus n'était pas là. Quand je lui ai raconté la débandade de Lucas, il m'a dit qu'il avait besoin d'un temps de réflexion. Mais je me sentais poussée, acculée par quelque chose qui était plus fort que moi. Dans le club, on m'a dit qu'Eva était sur la plage. Je m'y suis rendue et je l'ai trouvée avec deux personnes que je ne connaissais pas. Peu après, on m'a frappée par-derrière et je suis restée sans connaissance, comme je vous l'ai dit. Ce que je ne vous ai pas dit, c'est ce que je faisais au moment où on m'a frappée : j'étais en train de pointer le canon du revolver sur Eva, essayant en vain d'amasser le courage nécessaire pour tirer.

— Je vois, dis-je. Le matin, vous vous êtes réveillée, le revolver n'était plus là et Eva avait été assassinée. Je ne sais pas si vous vous rendez compte. Avec cette histoire, si elle est vraie, la personne que j'ai le plus de scrupules à avoir mise en prison, c'est Lucas. Et vous, vous allez vous en tirer encore plus mal. L'image qu'il me reste de votre récit, c'est vous en train de braquer Eva. Il n'y a que votre parole pour soutenir que ce n'est pas vous qui avez pressé la détente. Ces deux personnes dont vous parlez pourraient vous apporter leur aide. Mais d'elles, pour l'instant, il n'y a aucune trace.

— Il n'y avait aucune trace, sourit Regina.

— Expliquez-vous.

— J'ai vu la fille, ce matin.

— Où donc ?

— Vous allez enfin comprendre pourquoi j'ai demandé à vous parler. Je reconnais que je les ai vues brièvement, de loin, et qu'il faisait nuit, mais pour moi cela ne fait pas de doute : la femme qui était avec Eva quand on m'a assommée n'est autre que la juge qui m'a interrogée et qui a ordonné qu'on me conduise dans cette maison d'arrêt.

18.

Une sorte de tigre

En quittant la prison, je constatai qu'une épaisse masse de nuages orageux avait envahi le ciel de l'île et que le vent du nord avait notablement refroidi l'atmosphère. Il ne pleuvait pas, il ne plut pas par la suite, mais cette soudaine éclipse de la lumière et de la chaleur s'abattit sur mon esprit, parachevant le désastre que la révélation tardive de Regina Bolzano avait provoqué en lui.

J'avais par deux fois usé de faux-fuyants pour repousser l'avidité de Chamorro concernant les confidences de la Suissesse. J'avais dans l'idée d'arranger tout seul ce que j'avais moi-même déréglé, mais, sous le poids insupportable de ce firmament de plomb, j'ignore si j'eus une défaillance ou si j'acceptai d'assumer mes responsabilités envers mon adjointe. Bref, je me vis contraint d'ouvrir ma pensée :

— J'ignore si ce que nous avons fait jusqu'ici t'aura servi à quelque chose. Nous avons plutôt eu de la chance, mais cela n'aguerrit personne. Maintenant, il y a des cactus, Virginia. Nous nous sommes fourré le doigt dans l'œil, et dans les grandes largeurs. Je ne suis pas encore en mesure d'affirmer que nous avons mis sous les verrous trois innocents, mais s'ils sont coupables ce n'est pas du tout de la façon dont nous avons cru débrouiller les choses.

Chamorro avait l'air abasourdi. Je reconstituai pour elle la déclaration de Regina : elle altérait de telle manière sa première version des faits et, surtout, elle cadrait si précisément avec les témoignages de Candela et de Lucas qu'il était difficile de conclure sans autre forme de procès à une nouvelle invention de sa part pour se tirer du pétrin. Elle cautionnait le dire de l'ancien légionnaire, qui affirmait avoir rendu l'argent et l'arme plusieurs jours avant le crime, et lui substituait en tant qu'auteur matériel du meurtre un personnage invisible, celui qui avait indéniablement donné à Regina un coup sur la tête. Il m'en coûtait encore plus à présent de présumer qu'elle avait elle-même provoqué sa blessure ou que celle-ci provenait d'un accident fortuit, dont elle aurait tiré profit au vol. Mais s'il y avait quelque chose qui m'incitait à la croire par-dessus tout, c'était la partie la plus délirante de son récit : la présence de la juge sur la plage.

— Pourquoi ? protesta Chamorro.

— L'une des plus grossières erreurs que puisse commettre un détective vis-à-vis des individus sur qui il mène des recherches, c'est-à-dire vis-à-vis de tous ceux émergeant, où que ce soit, au cours d'une enquête, c'est d'interpréter leurs actes avec dédain. Nous nous sommes tous bien moqués intérieurement du manque d'estomac de la jugette pendant la levée du corps et de la précipitation avec laquelle elle a ordonné de dégager le cadavre. Il aurait peut-être été plus judicieux de se demander pour quelle raison une personne minutieuse et exigeante, comme le sont d'ordinaire ceux qui ont été admis au concours qu'elle a passé, a fait preuve d'une telle légèreté. La plupart des magistrats chevronnés se fichent de presque tout, mais les novices s'efforcent d'être vigilants. Par exemple, ils n'envoient pas un greffier prendre la déposition de témoins importants, comme elle l'a fait aujourd'hui. Et pourquoi ? Tout simplement parce qu'elle se sentait indisposée après avoir décerné un mandat d'arrêt contre Regina Bolzano.

— Je ne peux pas le croire.

— Il n'y a qu'une seule façon de le démentir. Il faut que tu saches que ce que j'ai l'intention de faire est encore plus insensé que tout ce que j'ai pu faire jusqu'ici. Se planter devant un juge pour l'accuser d'être impliqué dans un meurtre, avec le peu d'éléments dont je dispose, est en théorie une forme de suicide.

— Alors pourquoi le ferais-tu ?

— J'ai fait écrouer trois personnes, la juge en question a hâte de les inculper, une hâte bien évidemment suspecte, et mes chefs se montrent tout aussi pressés. Je vais tout miser sur la même carte : le lien qui existe entre la juge et la mort d'Eva est accidentel, elle a pris peur et à présent elle cherche à le masquer avec une certaine maladresse. Elle a vomi quand elle a vu le cadavre et elle a de nouveau eu un malaise en donnant l'ordre d'arrêter Regina. Ce qui m'amène à penser qu'elle est vulnérable et que je peux parvenir à la faire s'écrouler. Mais je peux tout aussi bien me fourvoyer. Je ne me sens pas le droit de t'obliger à partager mon sort.

— Je suis militaire par vocation, sergent. Il est possible que cette vocation soit une stupidité, vu la façon dont les gens se conduisent de nos jours, mais un militaire ne fuit jamais un danger et il abandonne encore moins un camarade.

La nuit tombait quand nous arrivâmes devant le

poste de gendarmerie. Perelló ne nous attendait pas, mais il n'eut pas l'air très surpris.

— Que s'est-il passé ?

— Je vais te demander quelque chose de loufoque. Je te supplie de m'accorder ce service et de renoncer à en savoir plus, lui dis-je.

— Demande toujours.

— Je voudrais savoir où habite Sa Seigneurie.

— La petite juge ?

— Oui. Et je voudrais que tu m'y conduises et que tu restes devant la porte avec Satrústegui. J'aurai peut-être besoin de vous. Je te promets que, si je vous appelle, c'est que j'ai absolument tout débrouillé. Il n'y aura plus de bévues.

— Il n'y a pas d'autre moyen ? s'enquit l'adjudant, sans me presser.

— Non.

— Je vais prévenir Satrústegui.

La juge occupait un appartement dans le centre de la localité, situé à cinq minutes de marche du tribunal et dont le loyer devait être modéré. Pour les deux ou trois années qu'elle devait avoir prévu de passer dans cette piètre affectation, cela lui suffisait amplement. L'immeuble avait peu d'occupants et la porte d'entrée s'ouvrait sans qu'il soit nécessaire de recevoir des hauteurs un sauf-conduit à travers un portier automatique. Grâce aux quinze kilomètres qui la séparaient de la mer, la bourgade était calme et sûre. Le tapage des touristes et leurs indésirables adhérences n'arrivaient pas jusque-là.

La juge ouvrit elle-même la porte. Chaussée de pantoufles, vêtue d'un short et d'un t-shirt porteur d'un message d'amour pour NY, elle n'inspirait pas beaucoup de respect. Nous ne nous connaissions pas, si bien que je me présentai :

— Bonsoir, *Señoría*. Je suis le sergent Bevilacqua,

de la section des homicides. Voici l'agent Chamorro. Elle travaille avec moi.

La juge évita mon regard.

— Qu'est-ce qui vous amène ici à une heure pareille ? Quelqu'un est mort ? Je ne suis pas de garde ce soir.

— Nous voulions nous entretenir avec vous de l'affaire Heydrich.

— Et vous trouvez que c'est le moment ? Dites à votre commandant Zaplana que nous ne sommes pas en guerre. Il y a des horaires de bureau. Nous avons tous droit à un temps de repos. Et pourquoi ne me contacte-t-il pas personnellement ?

— Je suis ici de ma propre initiative. Le commandant ne sait rien.

La juge trouva une branche à laquelle se raccrocher et un maillet avec lequel frapper :

— Formidable ! Vous vous imaginez peut-être que je suis disposée à tailler une bavette avec le premier planton qui s'ennuie. La prochaine fois, si vous avez quelque chose à me communiquer, faites-le par la voie hiérarchique. Bonsoir.

Elle poussa la porte pour la refermer. J'interposai mon pied entre le vantail et le jambage.

— Que faites-vous ? grogna-t-elle.

— Vous vous êtes fourrée dans un sale pétrin, *Señoría*. J'essaie de vous aider.

— Avez-vous perdu la tête ?

— Vous feriez mieux de nous laisser entrer. Ce n'est pas le genre de sujet qu'il convient de traiter dans l'escalier.

Elle essaya de refermer la porte une nouvelle fois. Je ne retirai pas mon pied. Mais la porte ne se rabattit pas sur moi. Chamorro l'intercepta et vainquit la résistance de la juge. Elle entra et contraignit l'autre, qu'elle surpassait largement en force et en taille, à reculer dans l'entrée.

— Sergent, dites à cette paranoïaque que ce qu'elle vient de faire est un délit.

— Elle le sait, constatai-je, sidéré par l'intervention de mon adjointe.

— *Señoría*, tais-toi et écoute, lui intima Chamorro en passant sur ses lèvres la pulpe de son index.

La juge demeura immobile. Elle était atterrée et la manifestation de sa rage ne suffisait pas à le dissimuler. Ce n'était pas seulement la proximité intimidante de ma subordonnée qui la paralysait. J'entrai et refermai la porte derrière moi.

— La comédie a assez duré, *Senõría*. Andrea, l'Italienne, a parlé. A vous de choisir. De deux choses l'une. Ou bien vous vous rendez et nous essayons de redresser la situation, ou bien nous vous arrêtons.

— Vous avez pénétré illégalement dans mon domicile, pleurnichait-elle.

— Si vous voulez, je vais chercher un mandat ou j'attends qu'on le décerne contre vous demain, criai-je. Ne comprenez-vous donc rien, ou êtes-vous sourde ?

La juge était blanche comme un linge. Chamorro parvint à la retenir avant qu'elle tombe à terre. Nous la conduisîmes dans le salon et l'étendîmes sur le canapé. Tandis qu'elle disposait un coussin sous la tête de la femme, mon adjointe me consulta :

— Qu'est-ce que c'est que cette histoire d'Andrea ?

— De l'esbroufe. Mais tu vois, ça a marché. Il faut la réanimer.

Chamorro alla chercher de l'eau. La juge en avala à grand-peine deux gorgées. Nous l'aidâmes à se redresser et elle reprit lentement ses esprits.

— Comment ai-je pu croire que... Quelle folie ! balbutia-t-elle.

— Calmez-vous. Nous arrangerons cela. Nous sommes convaincus que vous n'y êtes pour rien mais vous devez nous aider à le prouver et, pour cela, vous n'avez pas d'autre solution que de tout nous raconter, aussi fidèlement que possible.

Elle riait comme une démente.

— Tout ? Je ne sais même pas par où commencer.

— Commencez par le début. Ce sera plus facile. Comment avez-vous fait la connaissance d'Eva ?

— Dans une fête, sur un yacht. Il y a trois semaines, au moins.

— Qui donnait cette fête ?

— Des Italiens, les propriétaires du bateau.

— Comment vous êtes-vous retrouvée là ?

— Par un camarade de la faculté, de Madrid. Il avait séjourné aux États-Unis avec un des types du yacht, ou avec un autre qui travaillait pour un des types du yacht. Je ne me souviens plus très bien.

— Qui assistait à cette fête ?

— Six ou sept Italiens, et autant d'Espagnols. Je les rencontrais tous pour la première fois.

— C'est là que vous avez connu Enzo et Andrea ? se risqua Chamorro.

Avant de pouvoir lui adresser le moindre reproche, je me souvins qu'Enzo lui avait confié, le premier soir où elle avait parlé avec lui, qu'ils avaient rencontré Eva dans une sorte d'orgie à bord d'un yacht.

— C'est là que je les ai connus. Andrea et Enzo.

Après avoir prononcé ce dernier nom, elle resta à hocher silencieusement la tête de haut en bas.

— S'est-il passé quelque chose d'étrange au cours de cette fête ?

La juge écarquilla les yeux. Son regard se fixa sur le vide.

— Étrange ? Bon, pour moi, oui, et comment ! Je

n'étais pas habituée à ce genre de choses. Je ne le suis toujours pas, d'ailleurs.

Chamorro lui tira les vers du nez :

— Quelle genre de choses ?

— D'abord, la cocaïne. Je n'en avais jamais pris. Et après, tout le reste. Je n'avais jamais vu une femme à califourchon sur une autre. Et encore, ça n'a pas été le plus original, c'est le moins qu'on puisse dire. Mais ils avaient tous l'air d'y être habitués.

— Et vous-même, qu'avez-vous fait ?

— La dernière chose dont je me souvienne, c'est que j'avais terriblement mal au cœur. Ensuite, je ne vois que des visages et je n'entends que des bruits. En vérité, je ne sais pas ce que j'ai fait. Tout, je suppose.

— Quel souvenir gardez-vous d'Eva Heydrich ce soir-là ?

— Plusieurs numéros, tous plus impressionnants les uns que les autres. Celui qui m'a le plus affectée, c'est celui qu'elle a fait avec mon ami.

— Pourriez-vous le décrire ?

— Je pense que personne ne pourrait le décrire.

— Quel type de rapport aviez-vous avec cet ami ? Étiez-vous seulement amis ? Ou y a-t-il eu à un moment donné quelque chose de plus ?

— Je pensais qu'il y avait quelque chose de plus ou qu'il avait cherché à me retrouver dans cette intention. Il a appris que j'avais été mutée ici et il m'a appelée pour venir passer quelques jours avec moi. En réalité, il va toujours à Minorque. Il possède une maison dans le nord de l'île. Il est avocat d'affaires pour des banques étrangères et, à vingt-neuf ans, il est déjà millionnaire.

— Millionnaire ?

— Bon, j'exagère peut-être. Disons que son salaire est trois à quatre fois supérieur au mien. Le fait est que, dès son arrivée, j'ai eu l'impression qu'il me faisait la cour. A la faculté, il me courtisait déjà, et je ne l'avais pas beaucoup payé de retour. Mais tout est différent quand on se retrouve seule dans une petite bourgade comme celle-ci et qu'on a encore deux ans à tirer. On devient plus accessible. Tout s'est à peu près bien passé jusqu'à l'apparition de cette Eva. Elle ne lui a pas accordé plus d'attention qu'à un autre, mais il est resté sous le charme. Une femme expérimentée, inutile de le dire, bien plus que je ne le serai jamais. C'est peut-être pour ça.

Il y avait une amertume presque enfantine dans cette comparaison. La juge n'offrait plus aucune résistance. Elle avait besoin d'être protégée et peut-être de comprendre pourquoi sa vie rangée s'était retrouvée sens dessus dessous.

— Et après cette fête, quand l'avez-vous revue ?

— Raúl, mon ami, est reparti pour Minorque le lendemain. Il avait des invités, d'autres connaissances de sa période américaine. Des Allemands, je crois. Moi, je suis restée ici. Nous avons passé près d'une semaine sans nous voir, sans même nous téléphoner. J'ai tenté d'en profiter pour remettre de l'ordre dans mes pensées, mais je dois avouer que je n'y suis pas parvenue. Quand Raúl m'a appelée pour me dire qu'il venait passer quatre ou cinq jours à Majorque, je n'ai pas eu la présence d'esprit de m'y opposer.

Ses indications n'étaient pas très précises. Malgré tout, j'essayai d'établir une chronologie approximative des faits. D'après mes calculs, nous ne devions pas être très loin de la nuit du crime. Je sentis que la juge perdait son élan. Je répétai ma question :

— Quand avez-vous revu Eva ?

— J'allais y venir. La première chose que Raúl a faite, le soir de son arrivée, c'est de m'emmener sur le port. Nous avons fait la tournée des établissements, sans à peine prendre le temps de consommer ce que nous commandions. J'ai compris qu'il la cherchait. Et nous avons fini par la trouver. Elle ne l'a pas reconnu tout de suite, si tant est qu'elle l'ait reconnu. Mais, tant bien que mal, il est parvenu à lui imposer sa présence. Raúl était déjà bien allumé quand il est arrivé. Je crois qu'il avait pris quelque chose à la maison, avant de sortir. Malgré cela, il a continué à boire. A un moment donné, il ne devait pas être très tard, Andrea et Enzo se sont joints à nous. J'avais discuté avec Andrea le soir de la fête sur le yacht, avant le chambardement général. Elle m'avait fait l'effet d'une femme un peu inquiétante, mais sympathique. Je ne sais plus comment s'est présentée l'idée d'aller sur la plage. Raúl a insisté pour qu'Eva monte dans notre voiture. Elle, ça lui était égal. Elle a vu que la voiture de Raúl était plus luxueuse que le véhicule de location des Italiens et elle est venue avec nous. Eux, ils ont fait un détour pour passer prendre quelque chose à leur hôtel, si bien que nous sommes arrivés avant eux. Si nous n'avons pas quitté la route, cela tient du miracle. Raúl était très mal. On comprenait à peine ce qu'il disait. Eva commençait à ne plus le supporter, mais il ne s'en rendait pas compte. Il a continué à la harceler jusqu'à ce qu'elle se mette en colère. L'espace d'un moment, j'ai cru qu'il allait la frapper. Mais avant qu'il ait eu le temps de le faire, cette femme est apparue, la Suissesse. Nous n'avons pas réalisé tout de suite qu'elle était en train de braquer une arme sur Eva.

Elle poursuivit son récit en reconstruisant avec un soin méthodique tous les faits et circonstances qui résolvaient, enfin, l'amas d'incertitudes dans lequel nous flottions depuis quelques jours. A partir d'un certain point, reprenant son calme et son sang-froid, elle parvint à faire preuve d'une singulière minutie. A force de le taire et de réfléchir à la façon dont elle pourrait en éviter les conséquences, elle avait perfectionné une connaissance privilégiée de ce funeste accident auquel elle s'était vue mêlée contre sa volonté et contre son intérêt.

La conscience déchargée, Sa Seigneurie accepta de nous suivre. Je me penchai à la fenêtre et fis signe à Perelló de monter. Je tenais à la remettre entre les mains d'une personne qui lui inspire confiance. Chamorro l'aida à grimper dans le tout terrain et, en guise d'adieu, elle nous fit un dernier aveu :

— Je suis heureuse que vous soyez venus. Je n'aurais pas su gérer tout cela. Et j'en avais assez de jouer la comédie à cause d'elle. Je ne pourrai pas le reconnaître plus tard, mais si j'y pense froidement, je ne regrette absolument pas que cette fille soit morte. Je l'ai peu connue, mais la seule chose dont je sois convaincue c'est que c'était une espèce de bête sauvage, dangereuse et destructrice.

Je me souvins alors de ma première conversation avec Regina et du récit brumeux que m'avait fait un ivrogne nommé Xesc des aventures d'Eva dans la crique.

— Une sorte de tigre ? avais-je suggéré.

— Une sorte de tigre, avait-il appuyé.

Je dus faire appel à Perelló pour que Zaplana veuille bien croire que mon rapport n'était pas le fruit d'un usage abusif de stupéfiants et qu'il consente à faire préparer un hélicoptère à destination de Minorque. Il fallut avant toute chose trouver un nouveau juge pour prendre les rênes de l'affaire et les mesures appropriées, tant vis-à-vis de la juge destituée que des autres sujets impliqués dans l'homicide. Nous décollâmes au lever du jour en direction du lieu où, au dire de la juge, se trouvait le domicile estival de Raúl. La maison était accrochée au flanc d'une côte escarpée et solitaire que la tramontane fouettait avec virulence. Le capitaine qui se trouvait à la tête de l'opération l'avait déjà discrètement encerclée. Il attendait l'ordre d'intervenir. D'après les renseignements dont nous disposions, notre objectif n'était ni armé ni particulièrement dangereux, mais nous étions suffisamment échaudés pour ne pas permettre que le moindre contretemps vienne entraver nos projets.

Le jour se levait quand nous frappâmes à la porte. Personne ne se présenta. Nous frappâmes une nouvelle fois, sans résultat. Nous nous frayâmes un passage par la force, puis nous nous déployâmes dans la maison. La cuisine était envahie de récipients sales et de restes de nourriture pré-cuisinée ; du linge et des objets traînaient un peu partout. Au moment où nous atteignîmes la terrasse, quelqu'un sauta par-dessus la balustrade et descendit vers la mer en enjambant les rochers. C'était un individu blanc de peau, qui portait une barbe de plusieurs jours, presque touffue. Pour tout vêtement, il n'avait sur lui qu'une chemise déboutonnée et son objectif semblait sans équivoque. La falaise vers laquelle il galopait devait atteindre soixante ou soixante-dix mètres de hauteur, et plus bas les vagues battaient les rochers en soulevant des montagnes d'écume.

Devançant tous les autres, bondissant sur les crêtes rocheuses comme si elle volait, Chamorro arriva à temps pour l'intercepter. Ils roulèrent tous deux à terre et l'homme se mit à assener des coups de poing que mon adjointe parait péniblement. Trois secondes plus tard, nous le maîtrisions et lui menottions les mains derrière le dos.

— Tout va bien ? demandai-je à Chamorro.

— A part quelques égratignures, oui.

— Où as-tu appris à courir comme ça ?

— En essayant d'intégrer l'école des officiers. Je n'aurai pas tout à fait perdu mon temps.

Le prévenu, qui empestait le gin et la sueur, vociférait :

— Foutez-moi la paix. Je vous épargnerai le travail, bande d'enfants de putain !

Zaplana s'avança vers lui et le saisit par le menton. Il observa longuement ses yeux exorbités et injectés de sang.

— Tu as le droit d'être assisté d'un avocat et aussi d'apprendre que tu es accusé du meurtre d'Eva Heydrich, citoyenne autrichienne, l'informa-t-il. Et si tu n'arrêtes pas de brailler, je vais t'arracher à la racine ces toutes petites noisettes.

Raúl ne broncha pas. Le commandant soutenait son regard.

— Et dire que c'est ça qu'on recherchait. Un yuppie de merde qui ne sait même pas perdre.

— Personne ne sait perdre, mon commandant, le disculpai-je.

— Une racaille de la pire engeance. Ils méprisent tous ceux qui ont de la poussière sur la semelle de leurs souliers. Eh bien, regarde-moi : moi j'en ai de la poussière sur mes souliers, depuis que j'ai l'âge de raison, et je te pisse à la raie.

— Laissez-le, mon commandant.

— Emmenez-le à la voiture, ordonna-t-il. Et couvrez-le, il fait horreur à voir.

L'expression sulfureuse de Zaplana révélait que, malgré tout le talent qu'il pouvait thésauriser et son indéniable courage, il ne ferait jamais un bon policier. La dernière chose qu'un policier doit faire, comme le prescrit sagement la devise du Corps, c'est de haïr le délinquant.

Au même moment, Andrea et Enzo étaient appréhendés. Ils sortaient de leur hôtel pour se rendre à l'aéroport. De justesse et malgré l'imprudence des uns et des autres, l'affaire de la mort d'Eva Heydrich était bouclée avec l'arrestation de tous les coupables.

19.

Si seulement elle avait mesuré l'effet

Mis à part le rapport que je rédigeai avec Chamorro et le témoignage que je fournis à l'audience, je ne fus amené qu'une seule fois à reconstruire la séquence intégrale des faits. Ce fut à l'attention de l'adjudant Perelló. Dès que nous fûmes rentrés de Minorque et que nous eûmes accompli toutes les formalités requises, ce qui fut l'affaire de quelques heures, je chargeai Chamorro de régler notre retour dans la Péninsule, puis je pris en voiture le chemin du village. Le soleil déclinait déjà quand j'arrivai devant le poste. Il n'y avait que Quintero et Barreiro. L'adjudant, me dirent les gendarmes, était dans un bar de la place où il jouait au *truc*[1] tous les après-midi.

Je le trouvai en civil, installé à une table avec trois hommes, et il me parut plus âgé qu'en uniforme. Je pris mon mal en patience en savourant un whisky national, âpre mais décent. L'adjudant, qui m'avait vu, tâcha d'abréger la partie sans offenser ses compagnons de jeu. Puis il vint me rejoindre.

---

1. Jeu de carte populaire à Majorque. (*N.d.T.*)

— Alors, fin prêt ? me demanda-t-il.

— Oui. Cette fois, oui.

— Tu retournes à Madrid ?

— Demain. Par le premier avion. Ou le deuxième. J'ai encore une personne à voir. Mais, avant toute chose, j'ai une dette envers toi et je ne voulais pas m'en aller sans la solder.

— Quelle dette ?

— Ma dette c'est de te raconter pourquoi tu as arrêté hier la juge et de te remercier de toutes les orientations que tu m'as données. Non seulement il n'y en a pas une qui se soit révélée inexacte, mais encore elles m'ont apporté les lueurs qui me manquaient pour réparer mes bourdes.

— Tu exagères.

— Non, je n'exagère pas. Il s'agit bien d'un crime inutile perpétré par un quidam, comme tu l'avais suspecté. On l'a effectivement tuée hors de la maison, comme tu persistais à le penser quand je m'étais laissé mettre sur une fausse piste. Et les empreintes de Regina ont été imprimées sur l'arme pour la faire inculper, comme tu as essayé de me le faire voir. Mais je ne voulais pas seulement te témoigner ma reconnaissance. Je voulais aussi te demander une dernière faveur : que tu oublies les ans et les grades qu'il y a entre nous et que tu me fasses l'honneur de te soûler avec moi. J'ai des remords à laver et je n'ai pas trouvé mieux que toi pour m'absoudre.

— Quels remords ? me reprit-il. Tu as tout débrouillé seul. Les chefs peuvent s'estimer heureux. Tout le monde se plante un jour ou l'autre, et rien ne les autorise à te le jeter au nez. Ils devront plutôt te féliciter. Ils n'y ont vu que du brouillard de bout en bout.

— Ce n'est pas l'opinion de mes chefs qui m'importe. J'ai agi contre mes principes. C'est le plus impardonnable. Et surtout ce qui me blesse dans mon orgueil. Sans ce pur hasard, si l'affaire n'avait pas été confiée à cette juge, je n'aurais jamais pu rectifier le tir. Andrea et Enzo auraient pris le large, Raúl serait mort d'une overdose ou dans un accident de la circulation, la juge, d'une manière ou d'une autre, aurait enterré l'incident dans sa mémoire, et on aurait inculpé ceux qui n'ont pas fait le coup. Vu la façon dont fonctionne la justice, la probabilité de leur condamnation aurait été de quatre-vingts pour cent. Et tu sais ce qui me chiffonne le plus ? C'est de ne pas avoir soupçonné un seul instant Enzo, avec tous les indices dont je disposais. Non seulement il était assez robuste et assez stupide pour suspendre Eva à la poutre. Mais il faisait de la pêche sous-marine. Un lance-harpon, me diras-tu, ce n'est pas la même chose qu'un revolver, mais c'est un engin qui requiert de la dextérité et, pour tirer sur une cible aussi fuyante qu'un poisson, de la précision. En plus, il avait le profil psychologique idéal et une dévotion dangereuse pour Andrea, surtout si on considère le comportement de cette femme. Son apparente mansuétude était le refoulement typique d'une rancœur intérieure. Ces gens-là sont capables des pires brutalités.

Perelló posa sa main sur mon bras, qu'il pressa affectueusement.

— Je ne peux pas me soûler avec toi, Vila, s'excusa-t-il. Mon taux d'acide urique est trop élevé. Mais je peux boire un cognac pendant que tu me racontes tout ça.

Nous nous installâmes à l'écart. Avec un nouveau whisky dans la main, j'attaquai pour l'adjudant mon résumé des faits. Au préalable, je l'informai de la seconde version des aveux de Regina Bolzano et des hasards qui avaient réuni la juge et Raúl, les deux Italiens et Eva Heydrich sur la plage. Et j'en arrivai plus ou moins au moment où Regina braquait sur Eva le canon de son arme, sans oser tirer, sous les yeux de Raúl et de la juge.

— L'individu qui a frappé Regina à la tête n'est autre qu'Enzo. Il s'était approché par-derrière et la Suissesse n'avait pas pu l'entendre parce que le sable amortissait le bruit de ses pas. Il avait une barre de fer dans sa voiture et il n'a pas hésité à s'en servir. Le fait est que cela semblait tomber sous le sens : Regina était la seule personne à savoir qu'elle n'allait pas tirer. Après quoi, une certaine confusion s'est installée. Eva s'est précipitée pour s'enquérir de l'état de son amphitryonne, la juge et Raúl sont restés cloués sur place, et Andrea et Enzo se sont penchés sur le corps inanimé. Le coup avait dû être violent. Regina saignait et restait sans connaissance. Eva ne contrôlait plus ses nerfs. Elle reprochait à l'Italien d'y être allé trop fort. Andrea s'est interposée, essayant de la calmer. Enzo haussait les épaules et protestait, assurant que la prochaine fois il la laisserait se faire descendre. L'Autrichienne a perdu les pédales et elle s'est mise à errer sans direction précise. Andrea est partie après elle. Entre-temps, Raúl s'était approché de la femme étendue pour l'examiner. A l'insu de tous, il a saisi le revolver. Au moment où les autres ont bien voulu ouvrir les yeux, il improvisait de maladroits tours d'adresse et pointait le canon de l'arme sur sa tempe. La juge s'en est aperçue la première et elle a donné l'alarme. Enzo ne bougeait pas. Andrea hésitait. Mais Eva était moins paisible. Elle s'est mise à l'insulter, exigeant qu'il arrête cette démonstration stupide. Raúl a dû se sentir stimulé par ces remarques. Il s'est mis à faire le faraud en demandant à Eva si elle avait peur. Elle lui a tourné le dos et lui a crié que personne ne pouvait avoir peur d'un pauvre camé tout baveux. Alors Raúl a décidé de se faire valoir. Il a ouvert le barillet du revolver et l'a vidé de son contenu. Comme ses réflexes laissaient à désirer, cela lui a pris un certain temps mais, pour une raison quelconque, personne n'a essayé de l'en empêcher. Il a jeté dans le sable toutes les cartouches, sauf une, qu'il a relogée dans le barillet. Il l'a fait pivoter et il a refermé l'arme. Il l'a positionnée contre sa tempe et il a appuyé sur la détente. Ils étaient tous paralysés. Il n'y a pas eu de détonation. Eva a réclamé que quelqu'un le désarme, mais personne ne pouvait bouger. Raúl s'est avancé vers elle. Il a étendu le bras et il lui a demandé si elle avait peur à présent. L'Autrichienne n'a pas répondu. L'ivrogne lui a souhaité bonne chance et il a de nouveau appuyé sur la détente. Une détonation a déchiré la nuit et Eva s'est écroulée en portant les mains à son cou. Elle se tordait sur le sol, mais ni la juge ni Andrea ne furent capables de réagir. Raúl avait laissé tomber l'arme. Il ouvrait et fermait la bouche comme un demeuré. Brusquement, Enzo a pris le contrôle de la situation. Il tenait dans sa main le revolver que l'autre avait lâché et le rechargeait avec les cartouches qu'il avait ramassées sur le sable. Il a ajusté son coup et il a tiré. Eva a cessé de s'agiter. Raúl a eu une crise d'hystérie que l'Italien a fait avorter d'un coup de poing. A présent, aurait-il dit, il fallait se comporter avec le plus grand calme.

— Et ils ont pensé à la maison.

— Oui. L'idée a dû venir d'Enzo. La juge et Raúl ne pouvaient prêter leur concours que sur des aspects mécaniques. Andrea était plus astucieuse et elle avait plus de cran, mais elle était anéantie. Tout s'était passé très vite et d'une manière inexplicable. Seul un inconscient comme Enzo pouvait s'adapter à la situation avec la célérité nécessaire. Les autres se sont conformés à ses instructions. C'est pour cela qu'ils ont dû se taire par la suite. En fin de compte, Raúl n'était pas maître de lui et il n'avait pas blessé Eva délibérément. Elle n'en serait pas sortie indemne, mais avant l'initiative audacieuse d'Enzo, il n'y avait guère plus qu'une terrible imprudence. Qui sait ? La balle qu'elle avait reçue dans le cou ne laissait rien présager de bon, mais s'ils l'avaient immédiatement conduite à l'hôpital l'affaire en serait peut-être restée pour Eva à une belle frayeur, et en prime elle en aurait gardé une cicatrice dont elle aurait pu se vanter.

— Si je comprends bien, l'Italien est pour toi le seul assassin.

— Les autres ont prêté leur concours pour effacer les traces. Pas trop bien, il faut dire. Ils ont fait disparaître les douilles des deux projectiles tirés et deux autres cartouches, probablement celles qu'Enzo avait réintroduites dans le barillet. Mais un touriste a découvert une cartouche non utilisée dans le sable et, en ratissant la plage ce matin, on a retrouvé la sixième. Quelles autres bévues peut-on relever ? Pendant qu'Enzo imprimait sur l'arme les empreintes de Regina Bolzano, quelqu'un aurait dû se charger d'aller chercher les clés de la maison dans sa voiture. Quand ils sont arrivés devant la villa, ils se sont aperçus qu'ils avaient omis de le faire. Il s'est probablement ensuivi, entre ces bricoleurs du dimanche, une prise de bec qui n'a pas dû être piquée des hannetons, vu l'état d'excitation dans lequel ils ont tout exécuté. La chance devait vraiment leur sourire pour qu'aucun voisin ne remarque leurs mouvements. Ce qu'ils ont effacé à la perfection, ce sont les traces de sang dans le sable. C'est d'autant plus digne d'être noté qu'à l'intérieur de la maison ils ne se sont pas montrés aussi méticuleux : ils nous ont permis de constater qu'Eva n'était pas morte dans le salon. Un autre signe de grande finesse, ou un véritable coup de veine, c'est d'avoir calculé que le cadavre serait découvert avant que les ordures, et avec elles le revolver, soient enlevées. Parce qu'ils ont sorti le sac pour le mettre dans la poubelle. Le laisser dans la maison, il est vrai, aurait manqué de vraisemblance, mais je n'arrive pas à déchiffrer les conjectures auxquelles ils se sont livrés sur ce point. Est-ce seulement la preuve d'une habileté retorse ? Ont-ils changé d'idée ? Peut-être ne faut-il pas trop s'y arrêter. Quant au déplacement du corps, il est l'œuvre d'Enzo et de Raúl, que le drame et le coup de poing de l'Italien avaient dû tirer de son état d'ivresse. A eux deux, sans trop de peine, ils ont pu faire passer Eva par la fenêtre et la suspendre à la poutre. La corde se trouvait dans la voiture de Raúl, si bien que je n'écarte pas la possibilité que l'idée soit de lui. Mais en définitive elle a été approuvée par celui qui menait la danse, c'est-à-dire Enzo. En parlant plus tranquillement avec eux, nous saurons peut-être ce qu'ils cherchaient exactement à faire en agissant ainsi. C'est là leur grande erreur. Ils n'y ont pas pensé d'emblée. Ils ont décidé la chose une fois dans la maison et ils ont dû mettre un certain temps à le combiner. Entre la mort d'Eva et le moment où ils l'ont suspendue, il s'est écoulé les trois heures qui ont permis au médecin légiste de certifier qu'Eva n'était pas décédée des suites de la pendaison. Au dire de la juge, ils ont voulu simuler une sorte de cérémonie sadique, ce que la police pourrait peut-être mettre en rapport sans trop de discussion avec le caractère et les aventures d'Eva. Ils n'ont pas pensé que plutôt que d'amonceler d'éventuelles variantes ils auraient dû choisir une version unique et cohérente qui justifie leur mise en scène. Faire inculper à la fois Regina et un sadique musclé ne pouvait qu'inviter les enquêteurs à tenter de relier les deux choses et peut-être à ne pas parvenir à les agencer. Ils ne pouvaient pas miser sur l'existence de Lucas ni sur le fait que nous nous empresserions de l'utiliser pour donner un sens à ce sac d'embrouilles. Il est vrai qu'Andrea et Enzo le connaissaient, mais ils n'avaient pas la moindre idée de ses liens avec Regina et encore moins du projet du père d'Eva. Quand ils ont été appelés à comparaître, ils ont forcé la note contre Lucas pour tenter d'éloigner d'eux les soupçons et gagner le temps dont ils avaient besoin pour s'enfuir.

— Comment se fait-il qu'ils soient restés si longtemps sur l'île après le crime ?

— Ils ont essayé de partir. La raison pour laquelle ils ne l'ont pas fait est aussi simple que péremptoire. Au mois d'août, il est quasi impossible d'essayer de trouver une place sur un vol en partance ou en provenance de Majorque, sans l'avoir réservée un mois à l'avance. Contraints et forcés de rester, ils ont essayé de mener une vie des plus normales et de se mêler à d'autres gens. C'est comme ça que nous avons fait leur connaissance.

Perelló secoua la tête.

— Le plus fort, c'est que, par-dessus le marché, ils aient parlé de la défunte.

— On peut en trouver le motif, sinon la justification. D'abord, ni Chamorro ni moi n'avons mis le sujet sur le tapis d'une façon qui aurait pu éveiller leur méfiance. Ensuite, il y a la psychologie de ces deux êtres, surtout celle d'Enzo. Les conclusions du psychiatre à son sujet ne manqueront pas d'intérêt. Andrea s'est montrée plus prévoyante, ce n'est pas elle qui a mangé le morceau la première. En tout cas, Eva ne laissait pas seulement des marques intenses sur ceux qui la côtoyaient. Elle était pour partie une aventure et pour partie une calamité. Si on y regarde de près, ce que n'importe quel individu se plaît le plus à exhiber devant les autres ce sont les aventures, réelles ou imaginaires, et les calamités. Le souci de faire impression dans une conversation est l'un des pires ennemis de l'homme et l'une des causes les plus fréquentes de ses revers. De tous ceux qui ont été en contact avec Eva, indépendamment du caractère de chacun et quelle que soit leur opinion sur elle, aucun n'a manqué d'en parler à la première occasion. Pour les gens de la plage, les extravagances d'Eva constituaient l'événement de l'été. Pour beaucoup d'autres, celui de leur vie. Si seulement elle avait mesuré l'effet que produisait sur les autres ce qu'elle faisait sans y attacher d'importance, elle aurait peut-être été en meilleure posture pour éviter ce qui a fini par lui arriver.

L'adjudant prit une gorgée dans son verre. Il le faisait par intervalles, environ toutes les quinze minutes, dégustant l'eau-de-vie de raisin nationale, cela va sans dire, comme s'il s'agissait d'un cognac français de quinze ans d'âge.

— On dirait que tu la rends responsable, dit-il.

— Le problème de la responsabilité est épineux. Je suppose que rien ne nous arrive sans que nous l'ayons un peu mérité. Pense à Eva. Elle aurait pu faire l'économie de Raúl. Je parie qu'elle ne s'est même pas amusée avec lui. Aujourd'hui elle serait en vie et sans doute en compagnie de quelqu'un qui l'amuserait vraiment. Mais, d'un autre côté, il n'y a rien qu'on ne puisse éviter totalement. Eva n'a rien fait pour s'attirer la haine d'Enzo ou disons qu'elle ne l'a pas fait consciemment. Et Enzo a été en définitive l'exécuteur de son destin.

— Après t'avoir écouté, Vila, estima Perelló, je comprends encore moins pourquoi tu te tortures les méninges. C'était une énigme démoniaque. Mais sans ces coups de dé, je ne vois pas qui aurait pu la déchiffrer. La piste de Lucas et de la Suissesse est celle que le premier venu aurait suivie. Surtout si on considère la façon dont ils ont réagi quand on les a épinglés.

— Et comment voulais-tu qu'ils réagissent ? On les accusait exactement de ce qu'ils avaient projeté de faire, ils avaient rompu le contact depuis des jours et ils ne pouvaient pas savoir ce que l'autre avait avoué, et encore moins ce qu'il avait fait. Lucas a peut-être perdu à tort son sang-froid quand il a vu Candela assise à la même table qu'Andrea à l'Abracadabra. Mais ce n'est pas une conduite inexplicable. Quand ils ont appris la mort d'Eva, ils ont compris, ou, pour mieux dire, Lucas a compris qu'ils devaient redoubler de vigilance et dissimuler les relations qu'ils avaient entretenues avec la victime. Candela s'en est moins bien acquittée que lui, mais il a néanmoins commis deux imprudences, que je sache : se montrer trop bavard avec Xesc et accepter d'accompagner Chamorro au port et à l'Abracadabra. Je ne suis pas certain que le premier impair ait constitué un faux pas trop grave. Il a peut-être fait cette confidence à Xesc avant la mort d'Eva et, même si dans ce cas, et en considérant ses affaires avec Regina, il aurait mieux fait de se mordre la langue, ce n'était plus la même chose avec un cadavre en travers. Mais c'est la rage que sa deuxième erreur a provoquée en lui, avivée par le fait de trouver là Candela, qui l'a déboulonné. Andrea avait été témoin de sa relation avec Eva. Ce que l'Italienne pouvait faire ou supputer, il l'ignorait, mais c'en était déjà trop. Sans cela, je crois qu'il ne m'aurait jamais frappé, même en réponse à ma provocation. Je crois même qu'il ne m'aurait jamais donné l'occasion de le provoquer.

— Et la Suissesse ?

— Sa conduite a été relativement logique. Que gagnait-elle à appeler la police et à contribuer aux investigations ? Elle avait conclu un marché avec un tueur local pour parvenir à ce même dénouement et elle ne savait pas qui avait tiré sur Eva. Pourquoi pas Lucas en personne, puisqu'il avait succombé sentimentalement à la victime ? La dernière chose qu'elle pouvait faire, c'était l'accuser : tôt ou tard, ses machinations seraient remontées à la surface. Cela revenait à se mettre la corde au cou. Elle pouvait subodorer que l'assassin, Lucas ou un autre, était l'individu qui l'avait laissée sans connaissance et qui lui avait dérobé son arme, mais elle ne l'avait pas vu. Elle avait seulement aperçu deux personnes qu'elle ne connaissait pas et qu'elle n'avait pas pu bien identifier. Elle se trouvait dans une situation si précaire que le jour où nous l'avons agrafée et où elle s'est vue obligée d'échafauder une histoire, elle s'est engouffrée dans un tunnel bouché. Elle a seulement pu mixer un bout de vérité inoffensif avec tous les mensonges nécessaires pour occulter ses relations avec le père d'Eva et avec le légionnaire. Elle a réussi à rester sereine et à ne pas se trahir de manière trop ostensible, c'était déjà bien beau. Malgré tout, il faut admettre qu'elle a eu un trait de génie : elle a tiré en l'air quand je lui ai parlé d'Andrea, et ni elle ni moi ne nous sommes rendu compte qu'elle avait mis dans le mille.

— Il va sans dire que cette femme n'est pas ce que le premier venu aurait pu croire quand tout passait pour l'acte inconsidéré d'une amante dépitée, rappela Perelló. Mais, tout de même, si on me demande mon avis, je continue de penser que le père de la fille n'a pas fait preuve d'une grande intelligence en l'utilisant comme agent.

— Je n'ai pas eu l'occasion de rencontrer Klaus Heydrich. Si je dois m'en tenir à la confession de Regina, il n'a pas si mal organisé les choses. Il est venu s'assurer personnellement que tout serait entre des mains fiables. Il a lui-même établi le contact et il a combiné quelque chose que tout manuel de technique criminelle devrait recommander : effectuer le travail loin du lieu où se situe l'intérêt qui le commande. Regina s'est montrée à la hauteur jusqu'au moment où elle a dû assumer un rôle dont on ne l'avait pas chargée et pour lequel elle n'était pas préparée. Jusque-là, elle avait servi les desseins de l'Autrichien, probablement contre son désir le plus intime. Si le meurtre s'était produit de la manière dont il avait été conçu, je suis convaincu que Regina aurait joué brillamment la femme accablée, étrangère à tout, et qu'elle serait sortie du pays sans difficultés. Il est même probable que Zaplana, ravalant son antipathie pour la vie irrégulière de la Suissesse, l'aurait accompagnée jusqu'à la passerelle de l'avion et lui aurait exprimé ses condoléances et son regret de ne pas disposer encore d'une piste fiable pour alpaguer le responsable de cet événement tragique. Et pendant ce temps-là Klaus, rempli d'aise, aurait été en train d'hériter.

— C'est comme ça qu'il va s'en tirer finalement, signala Perelló, d'un ton goguenard.

— C'est possible. Même s'il ne fait pas de doute qu'il convient de l'accuser de conspiration pour assassinat. Si ce n'est pas cette conspiration-là qui a eu raison de sa fille, ce n'est certes pas parce que lui a reculé. Lucas et Regina, eux, en revanche, ont reculé et, grâce à cela, ils sauveront leur peau. Mais pas Klaus.

— Il sauvera sa peau de la même façon, pronostiqua l'adjudant.

— Les paris sont ouverts. Avec une frontière au milieu, tout avancée que soit l'Union européenne, et après l'appréhension de celui qui en définitive a fait le coup, rien ne me paraît plus improbable que de le voir devant un tribunal. Si l'histoire est le relevé des délis commis par des criminels restés impunis, comme l'a dit je ne sais qui, ce brave Klaus est passé à l'histoire. On a beau vouloir se leurrer, le monde n'appartient pas à ceux qui suent sang et eau, mais à ceux qui jouissent des faveurs de la roulette.

Je raccompagnai l'adjudant chez lui. Lui n'avait

dans l'estomac que son révérencieux cognac, mais moi je ressentais dans les profondeurs de ma poitrine un roulement de tambour dû à une ingestion immodérée d'eau de feu. Avant de nous séparer, Perelló, sans me le reprocher, fit nonobstant le constat que sa rigueur naturelle lui dictait de faire :

— Te sens-tu en état de prendre le volant et de conduire jusqu'à Palma ? Sinon, je t'offre le gîte.

— J'ai déjà abusé de ton amabilité, mon adjudant. Je conduirai doucement. La prochaine fois que quelqu'un se fera descendre dans les parages, j'espère que tu ne seras pas à la retraite.

— Moi, j'espère bien que j'aurai déjà congédié l'oiseau. Je ne comprends plus bien les gens d'aujourd'hui. A vrai dire, je ne jalouse pas ton sort, sergent. Prends soin de toi.

Son front haut et ses cheveux tirés en arrière brillaient à la lumière du reverbère. Je le laissai là, à me faire ses adieux avec l'attitude douce et convaincante, à jamais irrécupérable, de ces hommes faits tout d'une pièce.

20.

Le lointain pays des étangs

J'arrivai à Palma la tête moins embrumée qu'en quittant le village. J'avais bénéficié du concours de l'air qui, entrant par la fenêtre et anticipant l'arrivée de l'automne, était frais et tonifiant. A la caserne régionale, Chamarro m'attendait avec impatience.

— J'avais peur que tu aies eu un accident, me réprimanda-t-elle.

— Je te sais gré de ton inquiétude. J'étais en train de ciseler un dernier détail d'ordre moral. Rien qui mérite qu'on y attache de l'importance par les temps qui courent. Il y a du nouveau ?

— Le juge d'instruction a recueilli les dépositions. Elles confirment la version de la petite juge, à peu de chose près. Les mesures seront prises demain. La juge sera libérée sous caution, et peut-être aussi Andrea, mais dans ce cas ils lui retireront son passeport.

— Et les autres ?

— Qui ? Enzo et Raúl ?

— Non. Regina et le couple.

— Ils seront relâchés demain. Et s'ils s'engagent

à collaborer et à ne pas brouiller les cartes, très certainement sans charges contre eux.

— M'est avis que cette petite aventure leur aura ôté l'envie d'embrouiller quoi que ce soit. Cela nous sauve la mise, Virginia. Tu as réglé le départ ?

— Oui. Je dois aussi t'informer que tu as reçu un appel, ou plutôt plusieurs appels, tous de la même personne : le commandant Pereira. Le dernier, vers dix heures. Il rentrait chez lui. J'ai eu un peu de mal à te couvrir.

— Ne t'en fais pas. Je vais l'appeler chez lui, rien que pour l'enquiquiner.

Je composai le numéro de Pereira et à l'autre bout du fil je tombai sur une voix enfantine. L'idée ne m'était jamais venue que Pereira puisse avoir des enfants. Je l'imaginais en train de gratter le petit ventre de la créature qui avait pris l'appareil. Je demandai à la fillette à parler à son papa. Ma jeune interlocutrice s'enquit de mon identité et je lui facilitai la tâche en recourant à l'abréviation de mon patronyme, ce qui a priori ne devait pas poser de problèmes de prononciation à une enfant de trois ans. Au bout de quelques secondes, Pereira fit irruption :

— A quoi joues-tu, Vila ?

— A faire ce dont vous me chargez, mon commandant.

— Zaplana m'a tout raconté. Un peu plus remuant que prévu. Pourquoi ne m'as-tu pas appelé toi-même pour m'en informer ?

— J'avais l'intention de le faire, mon commandant. J'ai été très occupé.

— Nous en reparlerons plus tranquillement. Pour l'heure, je te transmets les félicitations du colonel ainsi que les miennes. Tu as hissé haut le pavillon. Et Chamorro ?

— J'ai honte d'avoir tout fait pour ne pas l'avoir à mes côtés. C'est la meilleure.

— Allons donc, rien que ça !

— Vous pouvez lui confier n'importe quelle affaire. Elle crèvera plutôt que de mollir. En attendant, elle a largement mis à profit cette opportunité.

— Je veux un rapport détaillé. Nous avons reçu du ministère une espèce de consigne officieuse. Il faut promouvoir les femmes qui ont de la valeur. Si tu ne peux vaincre ton ennemi, joins-toi à lui.

— Je pensais que nous étions tous du même côté, je veux dire du bon côté.

— Ne me prends pas le chou, Vila. Bonne nuit.

J'allai retrouver Chamorro.

— Alors ? s'enquit-elle.

— Alors rien, pour changer. Bon, ils vont peut-être te donner de l'avancement. Je prendrai ma plus belle plume pour qu'il en soit ainsi. Ensuite, c'est au gré du caprice de Pereira et des astres. Je ne peux rien te promettre. Mais, on ne sait jamais, allons le fêter. J'ai l'estomac dans les talons.

Chamorro laissa transparaître sa gêne en rougissant, comme à son habitude. Sans accent de conviction, elle allégua :

— Il ne faut pas fêter les choses avant l'heure. Ça porte la poisse.

— Pas pour l'instant. Nous ferions mieux d'acheter un billet de loterie, Chamorro. Nous avons le vent en poupe. Il aurait pu arriver une catastrophe.

Nous allâmes dîner en ville et la célébration en resta là. J'eus l'impression que Chamorro aurait volontiers accepté une invitation à aller prendre des verres, cette fois pour de vrai et non pour raisons de service, mais je m'en abstins. D'un côté, j'avais déjà beaucoup bu ce soir-là. De l'autre, le nain fanatique qui se fait parfois remarquer dans l'arrière-fond de mon âme, où que je la conserve, considérait comme une sorte d'infamie que je puisse me prévaloir de la présumable attitude favorable de Chamorro, après lui avoir annoncé son avancement ou la simple perspective d'une promotion. Et c'était la barbe, cette leçon de morale de ce nabot fanatique : ce devait être à cause de l'alcool, mais Chamorro était aussi belle que Veronica Lake dans la scène de la piscine des *Voyages de Sullivan.* Je ne sais pas si j'ai déjà évoqué les ravages qu'exerce sur moi Veronica Lake.

Je la raccompagnai jusqu'à la porte de sa chambre et lui souhaitai chastement une bonne nuit. Chamorro se vit obligée d'avoir une attention délicate pour moi.

— Ce ne sera pas facile de recommencer à t'appeler « sergent », déclara-t-elle.

— Je t'arrêterai si tu ne le fais pas, pour te faciliter les choses. Merci pour tout, Chamorro. Sans toi, rien n'aurait été pareil. Et maintenant la vie continue, c'est toujours comme ça. L'avion décolle à onze heures et demie. Rendez-vous en bas à dix heures pétantes.

Chamorro serait promue, une fois déjoué le fatras d'obstacles qu'impose la bureaucratie du Corps, et elle ne m'appellerait pas toujours « sergent » par la suite. Mais c'est là quelque chose qu'il convient peut-être de consigner ailleurs, si tant est que cela mérite d'être consigné.

J'aurais pu dormir près de sept heures cette nuit-là, mais je décidai de me lever tôt. A sept heures et demie je me trouvai devant la prison provinciale. Après quelques démarches auprès de l'administration pénitentiaire, j'eus confirmation que Regina Bolzano serait libérée à huit heures. Je demandai au fonctionnaire de retenir Candela et Lucas une demi-heure de plus. Dans la foulée, autant gaffer jusqu'au bout. Pour diverses raisons, je ne tenais pas à les rencontrer.

Personne n'attendait Regina Bolzano à sa sortie de

la maison d'arrêt, à part moi, et cette seule réalité aurait pu constituer une bonne raison de le faire. La Suissesse m'apparut amaigrie, sans défense. Elle avait dû perdre quatre ou cinq kilos depuis le jour du premier interrogatoire. Elle marchait le dos courbé dans une tenue qui n'était plus celle de la prison, mais qui procurait une sensation identique de grisaille et de délaissement. Je m'avançai vers elle et je lui offris de porter son sac.

— Madame Bolzano. Je suis venu vous présenter mes excuses.

Regina me regarda comme si elle n'avait pas compris. Elle fit d'abord mine de vouloir serrer son sac contre elle. Elle finit par me le tendre.

— Ma voiture est là. Si vous me dites où vous allez et si vous y consentez, ce serait un plaisir pour moi de vous y conduire.

— Pourquoi ?

— Je suis un homme vieux jeu, madame Bolzano. J'ai une dette envers vous.

— Vous vous payez ma tête.

— Certainement pas.

— Je retourne là où on m'a arrêtée. Je peux encore disposer de l'appartement pendant dix jours. Jusqu'à ce que je trouve un vol pour Milan.

— J'aurai besoin de vos indications. Je ne pense pas pouvoir trouver le chemin tout seul.

— C'est très aimable à vous.

— Je ne fais que mon devoir.

Pendant la traversée de la ville, Regina me surveillait du coin de l'œil. Au bout de cinq ou dix minutes, elle rompit le silence.

— Quand on m'a appris que j'allais être relaxée, dit-elle lentement, et tout à l'heure quand je me suis retrouvée seule à la porte de la prison, j'ai cru que tout le monde me méprisait. C'était presque mieux quand on m'accusait d'avoir tué la pauvre Eva.

— Je ne vois pas de quel droit je vous mépriserais. Moi ni personne. C'est vous qui seriez en droit de nous mépriser tous.

— J'ai peine à vous croire. Parlez-vous sérieusement ? J'ai quand même payé un homme pour faire ce sale boulot. J'ai de quoi me repentir, et vous aviez tous les motifs du monde de m'arrêter.

— Vous vous trompez. Je ne peux pas vous juger, madame Bolzano. Quand vous avez mis Eva Heydrich en joue et que vous avez décidé de ne pas appuyer sur la détente, vous m'avez ôté tout motif valable de le faire. Si les apparences étaient obscures, c'était mon problème. Je suis payé pour voir dans l'obscurité.

— Ecoutez, s'agit-il d'une plaisanterie ?

— Ce n'est absolument pas une plaisanterie. Je fais en sorte de respecter ce que je fais, parce que je fais en sorte de me respecter moi-même. Si bien que je suis prudent et, quand je me trompe, je me rachète. Dans le cas présent, j'aimerais vous convaincre de quelque chose que vous auriez peut-être du mal à admettre par vous-même.

— De quoi voulez-vous donc me convaincre ?

— De ceci : vous êtes pure de tout crime. Quelqu'un a eu pitié de votre faute et a dissuadé Lucas. Ensuite vous vous êtes prouvé que vous n'étiez pas une meurtrière. Ce qui est arrivé après est un malheur stupide, rien de plus.

La femme m'observa avec appréhension.

— Etes-vous un prédicateur ou quelque chose de ce style ?

— Pas le moins du monde. Mais quand on passe son temps à examiner comment des individus tuent d'autres individus, on doit se forcer à une certaine gymnastique mentale si on ne veut pas finir avec un cœur de pierre. Ma gymnastique à moi, c'est de ramener tout ce sur quoi j'achoppe à une séquence généreuse et raisonnable. Et dans ma séquence raisonnable et généreuse vous n'avez fait de mal à personne. Au contraire.

— Je ne suis pas sûre de bien vous suivre.

— Ce n'est pas grave.

— Mais vous m'avez tout l'air d'un homme gentil.

— Dans certains salons mondains, cette formule est une injure.

— Ne l'entendez pas comme ça. Vous m'avez tendu la main à un moment où je n'attendais d'appui de personne. Merci.

— Il n'y a pas de quoi.

Tandis que la route défilait, le silence s'installa de nouveau dans la voiture. Le jour était nébuleux, comme le précédent. Chaque fois qu'un été touche à sa fin, pensai-je, c'est un bout de l'enfant que nous avons été qui meurt. Et puis, un été, il ne reste plus aucun bout et c'est nous qui mourons. Pour fuir ces méditations fondamentales, qui détériorent habituellement ma capacité de séduire les êtres qui m'entourent, je pris la parole :

— Je me demandais si je pouvais me permettre une indiscrétion.

— Comment vous le refuser ?

— Comment s'appelait la mère d'Eva ?

— Frieda.

— Et comment était-elle ?

— L'antithèse de sa fille. La douceur même.

— Quel âge avait Eva quand elle est morte ?

— Dix ans. Vous cherchez à psychanalyser la victime ?

— Oh non, Dieu m'en garde ! me révoltai-je. J'ai simplement une grande démangeaison de compléter l'histoire. Après tout, c'est ce qui reste, d'une manière ou d'une autre : une poignée d'histoires. Rien de plus. Je ne pense pas que vous preniez au sérieux l'opinion d'un garde civil à ce sujet, mais, à mon avis, Freud avait un défaut incorrigible : il était trop licencieux, épistémologiquement parlant.

Regina éclata de rire. C'était sans doute ce à quoi visait mon commentaire.

— Tous les gardes civils ont lu Freud dans ce pays ?

— Pas tous. C'est ce qui nous distingue des Argentins.

— Je vous prends sur le fait ! Vous êtes un homme sarcastique.

— N'allez pas croire cela. C'est un truc pour masquer la timidité. C'est aussi très pratique pour masquer l'ignorance et la mauvaise conscience, le cas échéant.

Durant le reste du trajet, plus détendue après sa décompression, Regina Bolzano me prouva qu'elle était une causeuse sémillante et pleine d'esprit. On a souvent tendance à juger les gens à la manière dont les circonstances les forcent à se comporter. Je me réjouissais de ne pas avoir seulement à conserver de cette femme le souvenir d'une suspecte saisie d'effroi ou d'une pitoyable prisonnière relaxée. Je la laissai à la porte de son bloc d'habitations.

— Bonne chance, madame Bolzano.

— Pareillement à vous, sergent. Votre gentillesse est la seule chose que je n'aurai pas sur le cœur après tout ça.

— Soyez indulgente envers vous-même. Au revoir.

— Attendez !

Regina s'inclina vers son sac. Elle l'ouvrit et l'explora en tous sens. Au bout de quelques secondes, elle en tira une feuille de papier pliée en quatre. Elle me la tendit.

— Je ne sais pas pourquoi j'ai écrit ce texte. Je m'apprêtai à le déchirer. Mais peut-être vous sera-t-il utile pour compléter l'histoire.

Je le pris et le conservai précieusement. Je ne le lus que deux heures plus tard, dans l'avion qui nous ramenait à Madrid. Il était rédigé en italien et émaillé de quelques insertions en allemand. Une écriture petite et disciplinée recouvrait la quasi-totalité de la feuille. C'est un texte baroque : je crois que c'est ce qu'il convient de dire quand quelque chose est difficile à saisir du premier coup et qu'on veut susciter la complicité de son auditoire. Malgré mes efforts et le sang qui soi-disant coule dans mes veines, voici la meilleure traduction que j'ai pu en faire :

Meine geliebte Eva,

A présent que tout est perdu, j'ai soudain le sentiment que j'ai obtenu la paix en moi-même. Cette paix qui m'était interdite tant que tu étais parmi nous, à user de ton infinie beauté pour nous humilier. Je ne rétracte pas l'hommage que j'ai rendu, jusqu'au bout, jusque-là où ton avarice de toi-même m'a laissée, à cette beauté. Je l'ai fait de tout mon cœur et je sais que c'était la seule chose à faire. Moi aussi j'ai été belle un jour, avant de me corrompre, et je peux affirmer comme tu n'as guère pu le faire que la beauté du corps est, tant qu'elle dure, le signe que les dieux honorent fugacement les hommes. Il n'est pas possible de ne pas aimer les dieux, et il n'était pas possible de ne pas t'aimer, jusqu'à la douleur, jusqu'à la honte, et même jusqu'au crime.

Il est vrai que ce n'est pas ma main qui a eu raison de toi et que je n'ai pas pensé que ta mort puisse me libérer quand j'ai donné mon aval à celui qui m'a proposé ton sacrifice. Mais maintenant que tu es partie, je ressens la force du premier homme qui a secoué le joug, non celui qui a dérobé le feu aux dieux, mais celui qui l'a nié. Niée as-tu été par la force barbare de ta mort, et, sans l'avoir mérité, me voici libre à présent. Je n'aurais jamais pu prédire comment la chose se passerait. *Der Zeit, ihre Freiheit.* La liberté pour moi, c'est que ta déloyauté ne pourra plus me faire mal, que ton dégoût ne me rabaissera plus, que tu ne frotteras plus la splendeur de ta nudité contre la putréfaction nostalgique de la mienne. La liberté pour moi, c'est d'être seule avec ma déchéance, de la tolérer, et même de la prendre tout doucement en affection.

Il y a beau temps, quand nos chemins se sont croisés, j'ai fondé sur nous des espérances douces et échevelées. J'avais passé ma vie à jouer la comédie devant ma vanité en feignant d'accepter la cruelle brièveté des passions, en vouant au mariage et autres consolations en usage une répugnance hautaine. Ne pas prolonger l'effort au-delà du souffle du désir s'était révélé simple tant que j'avais une certaine confiance dans ma capacité de susciter le désir chez l'autre. Quand je t'ai rencontrée, cette capacité avait disparu et il me fallait la remplacer par de coûteuses élaborations de l'expérience. C'était le temps de la peur et donc de la franchise naturelle. J'avais besoin d'amarrer le navire dans un port, mais je n'avais pas perdu mes ambitions. Quel plus beau roc que celui qui apparaissait dans la petite baie ouverte de ton île magnifique ? Et j'ai osé t'offrir ce marché ridicule, comme si je te faisais présent de quelque chose. Grâce à toi, Eva, j'ai bravé pour la première fois la vérité, en face. Cette vérité qui vous rendra esclaves.

A présent tu es poussière et moi je préserve ta mémoire. Il y a toujours quelque chose de tragique dans la destinée des plus dotés. Les humains devraient se réjouir d'être médiocres ou, mieux encore, vils. La vilenie n'éveille pas la jalousie des dieux, elle n'appelle pas leur vengeance. J'ai voulu croire, dans des moments de culpabilité, que tu étais chanceuse et que tu t'étais soustraite pour toujours à la bassesse de ce monde. Mais non. Il n'en est pas ainsi. Tu n'es plus rien. Ta beauté s'en est allée en fumée dans une tragédie aussi vertigineuse que sordide. Ma tragédie à moi a l'avantage de la lenteur. Il ne faut pas prêter attention à tous ces imbéciles qui défendent, comme la forme de pitié la plus élevée, l'abrègement de la souffrance. Moi je veux souffrir le plus longtemps possible, et j'implore seulement le Ciel pour que désormais l'intensité de ma souffrance progresse sans trop d'à-coups, de sorte que je puisse m'y accoutumer et ajuster sur elle mes illusions.

Je te quitte là, *meine Liebe*. Je conserverai tes empreintes, j'honorerai ton infortune et je te dédierai mes prières. Ma prière. J'ose seulement espérer, après avoir banni tout ce qui au fil des ans a altéré ma raison, que cette paix qui aujourd'hui me réconforte soit toujours avec toi.

Immer Deine

Regina

Je constatai grâce à cette lettre que mes attentions charitables envers la Suissesse avaient été inutiles, et à vrai dire ce constat ne fut pas pour me déplaire. Je repliai la feuille, appuyai ma tête sur le siège et souris. Je soupçonnais Chamorro de se demander pourquoi je souriais ainsi, mais je repoussai l'idée de la faire pénétrer dans cette ténébreuse jungle d'équilibres fragiles.

Après tout, et surtout après avoir découvert que Regina elle-même l'avait abandonnée, j'eus la faiblesse d'être touché d'une compassion posthume pour Eva Heydrich. Sans condescendance. Avec plus d'affection que de pitié. Aucun être n'est pervers au point de ne mériter l'amour de personne. En voyant de quelle manière tout le monde désertait, je fus pris d'un désir attendri de lui tenir compagnie. C'est toujours la même chanson, et il en coûte d'admettre que ce soit irrémédiable. Tôt ou tard, on sèche ses larmes, on fait demi-tour et on pense à ce qu'on va faire à dîner. Personne ne prépare à dîner aux morts.

Quelques mois plus tard, je me trouvais à Vienne, pour d'autres affaires. Cependant, je ne résistai pas à la tentation de chercher le nom de Klaus Heydrich dans l'annuaire téléphonique. Je trouvai le numéro de son domicile personnel et aussi celui de son groupe de sociétés. Je me rendis sur son lieu de travail, où j'eus un entretien mouvementé avec la réceptionniste, une fille pâle aux cheveux noirs qui éveilla en moi de troublantes réminiscences. Par la suite, j'en vins à la conclusion que ce type de femme n'était pas insolite en ce lieu, et qu'il puisait peut-être ses origines dans la population juive de la ville. En discutant avec elle, mon ardeur se refroidit. En fin de compte, à quoi pouvait bien servir ce que Heydrich pourrait me dire ou ce que je pourrais moi-même lui dire ? Sa fille était morte et il se trouvait à la tête d'une affaire légitimement acquise, conformément aux lois d'une nation civilisée.

A Vienne, près d'un faux temple gothique, il y a un petit parc où se dresse un monument à Sigmund Freud. En dépit des divergences qu'il y a entre nous, j'estimai qu'il était opportun d'aller le visiter. Si ma mémoire ne me joue pas des tours, il y a dans ce même parc un petit bassin, peu profond, à la surface calme duquel flottent des nénuphars. Je restai un long moment assis près de ce plan d'eau, essayant de m'imaginer la face mélancolique d'Eva Heydrich, que peut-être personne, à l'exception de Regina, qui avait préféré l'oublier, n'avait entrevue. C'était le printemps, et les hirondelles, en passant, trempaient les pointes de leurs ailes dans les eaux sombres du lointain pays des étangs.

Getafe-Madrid, 22 août-25 septembre 1995.

Table des matières

1. Une femme suspendue 11
2. La petite amie, dans un accès de fureur 23
3. Une victime volage 37
4. Tuée par le premier chien coiffé 51
5. Trop de froideur 63
6. Inspirée par les étoiles 77
7. Elle nageait comme personne 89
8. Ouvert jusqu'à l'aube 103
9. Comme ça, tout simplement 117
10. Elles sont faibles aussi 131
11. La piste tchadienne 145
12. L'unique héritier 159
13. Plutôt l'oiseau 173
14. Il manque un personnage 187
15. Un excès de confiance 201
16. Un quart d'heure pour le faire tomber 215
17. Pourquoi l'a-t-on tuée ailleurs ? 229
18. Une sorte de tigre 243
19. Si seulement elle avait mesuré l'effet 257
20. Le lointain pays des étangs 271

Impression réalisée sur CAMERON
par BRODARD ET TAUPIN
La Flèche
en mai 2000

Édition exclusivement réservée aux adhérents du Club
Le Grand Livre du Mois
15, rue des Sablons
75116 Paris
avec l'aimable autorisation des Éditions Lattès

Imprimé en France
Dépôt légal : mai 2000
N° d'impression : 2557

BIBLIOTHÈQUE MUNICIPALE
57915 WOUSTVILLER